위험한
룸메이트

위험한 룸메이트 1

절세검도미녀 N세대 연애 소설

초판 1쇄 찍은 날 § 2003년 8월 19일
초판 1쇄 펴낸 날 § 2003년 8월 29일

지은이 § 절세검도미녀
펴낸이 § 서경석

편집장 § 문혜영
편집책임 § 이종민
마케팅 § 정필 · 강양원 · 이선구 · 김규진 · 홍현경

펴낸곳 § 도서출판 청어람
등록번호 § 제1081-1-89호
등록일자 § 1999. 5. 31
어람번호 § 제4-0017호

주소 § 경기도 부천시 원미구 심곡1동 350-1 남성B/D 3F (우) 420-011
전화 § 032-656-4452 팩스 § 032-656-4453
http://www.chungeoram.com
E-mail § eoram99@chollian.net

값 9,000원

ISBN 89-5505-798-9 (SET)
ISBN 89-5505-799-7 04810

절세검도미녀 N세대 연애 소설

위험한
룸메이트 1

도서출판
청어
람

CONTENTS

작가의 말 / 6

제1장 은빛 보석 발견 / 9

제2장 익숙해진 오해 / 101

제3장 수정을 가장한 사랑 / 153

제4-1장 다른 여자가 내 몸에 손대는 거 싫어 / 269

안녕하세요? 섹쉬검도미녀에서 절
세검도미녀로 닉네임을 바꾸고 열심히
활동 중인 작가 지 양입니다. ^^

'섹쉬'나 '절세'나 원래 제 얼굴과
는 전혀 거리가 멀긴 하지만 인터넷에서 활동할 때나마 미녀님 소리 듣는
게 기분이 좋아 끝까지 이런 쪽으로 밀어붙였다는… 하하… 주접작가답게
인사말이 영~ 시원찮군요.

우선 또다시 제게 책이란 걸 출판할 수 있도록 기회를 만들어주시고 아
낌없이 사랑해 주신 팬 여러분들께 진심으로 감사드리구요. 게으른 작가 탓
에 편집에 엄~청 고생하신 우리 이종민 편집 기자 언니, 알라뷰~ 작가들
섭외에 열 올리고 계시며 맛난 밥도 많이 사주신 우리 영업부에 규진 언니
두 알라뷰~ 요즘 릴레이 소설 쓰느라 고생 중인 우리 작가 언니들~ '외부
인 출입금지' 끝까지 분발해서 우리 좋은 모습으로 작가의 길을 걷자구요.
>ㅁ< 장나라 닮으신 우리 다죽자(현주 언니), 만화 캐릭터 닮은 귀여운 우
리 하늘엔슬픈비(은경 언니), 은근한 카리쑤마와 솔직함이 매력이신 우리

러브리걸(은희 언니), 하하… 제가 정말 좋아하는 거 알죠? 우리 맡은 바 책임을 다 하자구요. 홧팅!! 그리고 언제나 제가 하는 모든 일에 적극적으로 도와주신 부모님, 지 양(접니다)의 협박에 못이겨 투덜대면서도 끝까지 룸메이트 칸 줄이기 도와준 동생 해물탕집 딸내미 김경리 양, 그 외에 정말 고마우신 팬들로는 남은진, 류혜원, 김수진, 임별아, 윤정화, 우정은, 김진아, 오명주, 우한나, 이민주, 오소라, 손지현, 김민지, 오주연, 김혜경, 김보라, 오윤주, 김령희, 이승희님, 정말 진심으로 감사드립니다. 물론 저를 아껴주시고 부족한 제 소설을 사랑해 주시는 모든 팬 여러분들께도 감사 인사 올립니다. 제가 많은 분들을 기억하진 못하지만 우선 우리 '왕팬미녀' 공식 팬 카페의 운영진과 지기 여러분들, 그 외에 활동 자주 해주시는 하늘 양, 가짜로사랑해님, 온리도진님, 강유랑예주님, 순수검도미녀님, 아쿠아님, 인천도진님, 스카이님, 하늘비님, 리엔님, 미녀님이죠아님, 핑크피기님, 내사랑천

우님, 보혁사랑님, 언덕위에하얀집원장님, 보혁이랑이어줘님 헉헉… 제가 이만큼이나 기억하고 있다니~ 조금 더 생각하면 더 나올 것 같은데. 아무튼 모든 분들께 정말 너무너무 감사드립니다~

　『위험한 룸메이트』가 부족하고 많이 모자란 부분 많지만 그 모자란 부분은 늘 그렇듯 팬들의 사랑으로 채워주시리라 믿습니다. 항상 건강한 웃음 잃지 마시구요. 힘들 거나 슬플 때도 당당히 웃을 수 있는 방법을 배우는 멋진 사람들이 되시길 바라며 항상 분발하고 노력하는 모습 보여 드릴게요.

　여러분, 사랑해요~!! > ㅁ <

−2003. 08. 19 절세검도미녀 드림.

은빛 보석 발견

제1장 은빛 보석 발견

　안녕? 지금부터 이 소설을 이끌어갈 여주인공 소아랑이야. 누가 보기에도 평범한 외모에 튀지 않는 옷차림이야. 새 구두를 신어 뒤꿈치가 살짝 까슬려 조금 인상을 쓴 채로 열심히 학교로 가고 있어. 일요일임에도 불구하고 내가 이렇게 학교를 찾아가는 이유는 바로 입학식 날 결석을 해버렸거든. 그래서 벌받으로 가냐구? 천만에. 기숙사 배정을 받기 위해 가는 거야. 우리 학교 학생은 모두 기숙사 생활을 하거든. 제발 멋진 룸메이트랑 3년을 같이 지냈으면 좋겠답! ^-^ 히헤히.

　나는 들뜬 기분으로 구두에 까슬린 뒤꿈치의 고통은 깡그리 잊고 교무실로 향했다. 오늘은 일요일이라서 그런지 학교 안에 선생님들이 많이 보이지 않는다. 교무실이란 간판을 확인한 후 조심스럽게 문을 열었다. 처음 오는 곳이라 아는 선생님이 없어서 가장 가까이에 있는 선생님께 다가가 말을 건넸다.

"저, 선생님, 죄송한데요. 신입생이거든요? 근데 제가 어제 결석을 해서 기숙사 배정을 못 받았는데요."

종이에 무언가 열심히 끄적이던 선생님이 내 음성을 듣고 나를 바라본다.

"흠, 이름이 뭐지?"

검은 뿔테가 너무 잘 어울리는 이 선생님의 목소리는 굵직한 게 아이들을 다루면서 소리깨나 지른 것 같아 보인다.

"소아랑이라고 합니다. 1학년 2반인 걸로 알고 있는데요."

선생님은 서랍을 뒤져 명단이 나열된 종이를 꺼내 들더니 눈동자를 굴리며 내 이름을 찾는 듯 보였다. 잠시 후,

"음… 입학식 날 안 와서 맨 끝 방에 넣었어."

"맨 끝 방이라 하면……."

"미안해. 어쩔 수 없었어. 정원이 꽉 차서… 니가 입학식 날 왔으면 다른 방에 어떻게 해서든 들어갈 수 있었을 텐데 교장 선생님 결제가 끝나서 말이지."

맨 끝 방을 배정받은 나에게 선생님이 미안해할 이유가 없지 않은가? 끝 방이면 어때?

"아~ 괜찮아요! ^-^ 끝 방이면 어때요? ㅎㅎ"

괜찮다고 웃는데도 선생님의 굳은 얼굴은 좀처럼 풀릴 줄을 몰랐다.

"음… 그게 말이지, 끝 방이면 510호 방인데……."

"아, 네. ^^"

"5층 방엔 전부 문제아들이 있는 곳이야. 괜찮겠어?"

"아~ 그래요? ^^ 호호~ 뭐… 뭐… 뭐라구욧—!!"

선생님 표정이 왜 그렇게 어두웠는지를 깨달은 순간이었다. 잔인한 선생님의 말씀은 이어져 갔다.

"어쩔 수 없잖니? 입학식 날 안 온 애들을 전부 마지막 방에 넣었는데. 배치가 그렇게 됐어. 게다가 510호는 남자애들이야."

오, 마이 갓!! 신이시여!! 소아랑의 수난 시대가 이렇게 시작되는구랴~

"ㅜㅜ 그, 그것도 남자애들이라고욤?"

"교칙이 엄하니까 아마 무슨 짓은 못할 거야. 안심해."

선생님, 제가 당신의 자식이라면 안심하시겠습니까? 대체 이게 말이 되냐구요!

"어떻게 안심해요. 무슨 짓은 둘째 치고……. 남자애들 사이에 나 혼자 달랑 끼어서 생활하라니……. ㅜㅜ"

얼굴 가득 근심을 새기고 금방이라도 울 것 같은 표정을 하는 내게 룸메이트들의 명단을 읊어주시는 선생님. 너무하십니다!

"음, 어디 보자. 510호에 있는 애들 명단이… 천우, 신규, 그리고 음… 어, 그래. 여기 이놈이 젤 걱정되는 놈이긴 한데……."

"누군데요?"

"보혁이, 신보혁. ^^ 어머, 어떡하니? 보혁이도 너랑 같은 방이네."

금시초문인 이름. 대체 뭐가 그렇게 걱정된다는 건지.

"신보혁?? 그게 누군데요?"

"넌 학생이 선생님보다 모르니? 중학교 때 선생님도 못 말렸다던 문제아라 하더라. 그래서 우리 학교에 들어온다는 소식 듣고 선생님들도 조금 술렁거리고 있어. 아랑이라고 했지? 조금 걱정된다."

"허걱! 뭐 그런 놈이랑 같은 방을 주시옵니까? 남자랑 같이 방 쓰는 것도 모자라 완전 깡패라니요. 으흡! ㅜㅜ"

나의 울먹임에도 불구하고 어쩔 수 없다는 눈빛으로 등을 토닥이는 선생님.

"^^;; 기숙사로 가서 짐이라도 풀어야 하지 않겠니?"

더 이상 선생님을 난처하게 할 수 없어 발길을 돌렸다.

"ㅜㅜ 으흑! 네, 그럼 수고하세요."

교무실을 터벅터벅 걸어나와 기숙사 건물로 향하는 내 발걸음은 그동안 뒤꿈치의 고통을 어떻게 견뎠는지 의심스러울 정도로 아파왔다. 재수가 없어도 이렇게까지 드러울 수 있는 것인가? 지극히 평범하디평범한 내가 왜 고등학교에 올라오자마자 이런 시련을 겪어야하는 걸까?

5층까지 커다란 짐 보따리를 들고 낑낑대고 올라갔다. 그리고 510호라고 적힌 방문 앞에서 크게 한숨만 팍팍 쉬고 있는 나다. 으메… 이게 무슨 신세여. 나는 조심스럽게 문고리를 당겼다.

끼이익—

약간 간지러운 소리를 내며 문이 열렸다.

허걱—!! 이게 머시당가! 2층 침대 두 개가 놓여 있는데 거기엔 각각 이름표가 붙어 있었다. 오른쪽 1층 침대엔 성천우. 2층엔 최신규. 그리고 왼쪽 침대 1층에 신보혁. 2층에 내 이름이 적혀 있었다. ㅜㅜ 하필이면 최고의 문제아랑 한 침대라니……. 하기사… 나 빼구 이 방 애들이 다 문제아라던데……. 난… 난 시극히 펑범하다구~

울먹이며 짐 정리를 하고 있었다. 옷장에 옷을 정리하고 속옷… 허억! 마따, 속옷은 어떡하지? 같이 옷장에 넣어두었다가 혹시 보게 되면 난감하잖아. 속옷은 가방 속에 두고 내 침대 위로 올렸다. 겨우겨우 투덜거리며 짐 정리를 다했을 쯤에 남자애들 목소리가 들린다. 헉! 머, 뭣이여! 누가 온다. 어떡해. 어떡해. 난 내 침대 위로 올라가 벌벌벌 떨고 있었다.

이내 방 문이 열리고… 굉장히 껄렁해 보이고 한눈에도 완전 깡패놈처럼 보이는 두 녀석이 들어왔다. ㅜㅜ 무섭다.

"웅? 저건 뭐냐?"

"글쎄. 웬 암고양이?? ㅋㅋ"

"갖고 놀기 적당하게 생겼는데?"

"그러게~ 범생 스탈이잖아? ㅋㅋ"

헉! 저것들이 지금 머라는 겨……. 내 기분은 아랑곳하지 않고 나를 보며 연신 낄낄대는 두 녀석이 괜스레 기분 나쁘다. 하지만 난 눈치를 삼피며 뻘쭘하게 침대 위에 가만히 있을 뿐이다. 무섭다. 무서워 죽겠다.

"이봐~ 암고양이~ 너 이름이 뭐냐?"

"소… 소… 소… 소아……."

내 말이 채 끝나기도 전에 먼저 입을 여는 삐죽 대가리.

"뭐? 소라고? 으하하하하! 너 이름이 소냐? ㅋㅋㅋㅋ 암고양이가 아니라 암소였구만? ㅋㅋ"

"ㅋㅋ 재밌는 애네."

저 나쁜 넘들. ㅜㅜ 침대에 붙은 이름표를 보면 될 거 가지고 왜 말 시키는 것이야? 다행스럽게도 곧 자기들끼리 대화에 몰입한다.

"우리도 짐 정리나 해볼까나?"

"ㅋㅋ 그래, 옷 정리랑 다 해야지."

"빨리 짐이나 풀어, 임마."

그 두 놈은 각자 가지고 온 가방을 내려놓더니 마구 꺼낸다. 헉! >//< 팬티도 보인다. 미치겠네, 진짜. 사방에 옷을 다 끄집어내어 놓았는데 갑자기…

띠리리리리~ 띠리리리리~

녀석들 수다만 가득 차 있던 방에 요란한 휴대폰 소리가 울린다.

"어? 야, 성천우. 니 전화 온다!"

"어? 맞네. 여보세요? 어. 어~ 어~ 어, 그래. 알았어."

뭔지 몰라도 상당히 간단한 통화. 내용까지는 안 들린다.

"최신규, 나가자!"

"뭐? 어딜."

"일진들 나오래."

"다 어질러 놨는데."

흐압! 일진이란다. 내 이럴 줄 알았다. ㅜㅜ 난 일진과는 거리가 먼 매우 순수하고 착한 학생이란 말이다. 무서워 죽겠네, 진짜…….

"아~ 이거 옷이랑 다 끄집어내 놨는데 어쩌지?"

"아~ 맞다. 암소한테 부탁하자. ㅋㅋ"

허걱! 저 자식이 뭐라는 거야!

"이봐, 암소~ 미안한데 우리 옷들 옷장에 정리 좀 해줘~ 알았지?"

"아… 저… 저… 저… 저기, 저… 저……."

앗! 떨려서 말이 안 나온다.

"ㅋㅋㅋㅋ 저, 저, 저, 뭐? 싫으냐?"

나를 흉내 내는 삐죽 대가리.

"아, 아, 아니… 하, 하, 할게."

"너 원래 말을 그렇게 더듬냐?"

"아, 아, 아니."

"ㅋㅋ 야~ 암소 진짜 웃기다, 그치? ㅋㅋ 우리 올 때까지 다 정리해 놔."

익살스럽게 웃으며 명령 아닌 명령을 내리는데 풀 죽은 강아지마냥 끄덕여야 했다.

"아… 아… 알… 았어."

내 말을 듣곤 회심의 미소를 지으며 유유히 사라지는 저 두 놈.

"빨리 가자."

"그래."

"그럼 이따 밤에 보자. ^-^"

나에게 인사까지 건넨다. 나쁜 것들. 뭐 저런 자식들이 다 있담. 어, 어쩔 수 없지. 내가 정리를 해야지. 난 할 수 없이 녀석들이 어질러 놓고 간 옷들을 하나하나 정리해서 옷장에 넣고 있었다. 이거 왜 이렇게 많은 거야? 우씨! 정말 오랜 시간에 걸쳐 옷 정리가 끝났다. 팬티를 정리할 땐 혼자 민망해 죽는 줄 알았다. ㅜㅜ 낼은 월요일이니까 학교 가서 착하고 좋은 친구들을 많이 사귀어야겠답. 우울함을 달래기 위해 방문을 열고 5층을 기웃거리다가… 헉—!! 한 층에 각 10개의 방이 있는데 5층에 있는 애들이 전부 문제아들이라던 선생님의 말씀을 실감할 수 있었다. 5층으로 올라오는 녀석들마다 모두 머리 색깔 하며 인상 하며……. ㅜㅜ 으흑!! 난 도로 내 방으로 휙 들어가 버렸다.

아~ 3년 내내 이런 지옥 같은 곳에서 살아야 하다니……. 신이시여! 아니야! 그렇다고 방에만 처박혀서 안절부절못하고 있으면 친구가 생기지 않을 거야! 그래! 운동장으로 나가보자. 학교라도 둘러보는 거야! 나는 혼자 중얼중얼 기합을 불어넣으며 운동장으로 향했다. 걱정이 태산이다, 정말… 그런 싸가지없는 놈들하고 아직 얼굴도 모르는 최고의 깡패 놈이랑 같은 방이라니… ㅜㅜ 우씨! 연신 중얼거리며 운동장을 가로질러 산책을 즐기는데 알 수 없는 비확인 물체가 내 머리를 강타했다.

퍼억—!!

"아악—!!"

둔탁한 소리와 함께 나의 비명이 울려 퍼졌고 난 축구공에 맞아 운동장을 침대 삼아 쓰러졌다. ——;; 아… 왠지 고등학교 생활이 순탄할 것 같지 않다.

"이봐, 괜찮아? 엉? 그렇게 운동장 한복판에서 그렇게 멍하게 걸어다니면 어떡해?"

@_@ 흐미, 어질어질… 머리가 띵~ 하다. 안 그래도 머리가 울리는데 이 사람 목소리를 들으니까 막 터질 것만 같다. 어느새 공으로 가격(?)했던 그 선배는 나를 안고 양호실로 간다. 일요일이라서 양호 선생님의 모습은 보이지 않았다. 그 선배는 침대에 가만히 나를 눕히더니,

"조금 쉬면 괜찮을 거야. 미안하다. 그럼 난 계속 축구해야 하거든? 미안~ 갈게."

매우 무책임하게도 그는 그렇게 말하고 사라진다. ——;; 하긴 여기까지 안고 와준 것만으로도 저 사람은 매너가 상당한 거다. 아고, 머리야… 쩝!

겨우 정신을 차리고 침대에 멀뚱멀뚱 누워 있는데 누가 양호실로 들어오는 소리가 들린다. 커튼으로 가려져 있어 형태만 보일 뿐이다. 그 형태는… 얼핏 보기에도 키가 크다. 약간 마른 듯하면서도 잘빠진 것 같은 몸매. 머리 스타일도 잘 보이진 않지만 세련되어 보인다. 앗! 내가 지금 뭐 하는 거야? 변녀도 아니고…….

달그락— 달그락—

약을 찾아 바르는 것 같다. 어딜 다치기라도 한 건가? 괜스레 그 사람 얼굴이 궁금해졌다. 나는 살짝 커튼을 열어 그 사람을 훔쳐봤

다. 허업—!! 완벽한 나의 이상형. 꿈에 그리던 나의 왕자님. 진짜 저런 걸 완벽한 꽃미남이라고 할 수가… 얼레? 그, 그, 근데 머리 색깔이… 머리 색깔이 회색 빛이 조금 감돌고 있다. ——;; 저거 깡패 아냐? 그렇게 훔쳐보다가 그만… 그 녀석과 눈이 마주쳐 버리고 만 나다. 난 재빨리 커튼을 놓고 당황해서 어쩔 줄을 몰라 하고 있었다.

터벅터벅—

이, 이쪽으로 걸어온다. 옴마야~

촤악—!!

커튼을 확 열어젖히더니 아주 거만한 눈빛으로 날 내려다보며 말한다.

"뭘 봐?"

"예? 아, 아니요. 그게 아니구요… 양호실에 누가 오는 거 같길래 그, 그냥……."

한참 나를 쳐다보더니 이내 양호실을 나간다.

두근두근—

옴마야. 이거 무서워서 학교 다니긋나.

기숙사 배정과 축구공에 맞은 충격으로 상태가 좀 안 좋아진 나는 기숙사로 올라왔다. 4층까진 그냥 덤덤하게 올라가다가 5층에 다다르자 난 기웃기웃 눈치를 봐가며 510호로 들어갔다. 휴우… 내가 내 방에 들어오면서 눈치를 봐야 하다니. ㅜㅜ 머리가 복잡하고 힘들 땐 잠자는 게 최고야! 그래, 자자… 자. 난 내 침대로 올라가 잠을 청했다.

몇 시간 후 난 시끄러운 소리에 잠을 깨야 했다. 눈을 부비적부비적 비비며 일어났더니… 흐압—!! 그 자식들이 와 있다. 성천우인지 뭐시긴지하고, 최신규인가 뭐시긴가하는 놈 말이다. ㅜㅜ

"어? 암소~ 일어났냐?"

"ㅋㅋ 짐 정리 아주 잘해놨더라?"

"맞아~ 내 팬티도 아주 예쁘게 접어서 넣어놨던데? ㅋㅋ"

헐!! 저 자식들이 또 왜 시비를 거는 것이야?

"너 우리 팬티 만지면서 이상한 상상한 거 아니지?"

"ㅋㅋㅋㅋ."

저거 미친 거 아냐? 내가 무슨 변녀인 줄 아나.

"한마디도 안 하네. ㅋㅋ 암소~ 우리 배고파. 밥 좀 해라."

"그래, 여!자!잖아. ㅋㅋ"

저런 악질 놈들이 있나. 기숙사 구조상 각 층마다 밥을 지을 수 있는 식당이 복도 끝에 하나씩 있다. 밥을 하려면 냄비랑 쌀을 들고 그곳으로 가야 한다.

"뭘 그렇게 궁시렁거려? 진짜 배고프단 말이야! 빨리 밥 좀 해와."

"그래, 부탁 좀 하자. ㅋㅋ"

사악하게 웃는 놈들. 어쩔 수 없이 난 냄비를 찾아 들고 5층 식당으로 향했다. 전부 다 깡패 놈하구 깡패 년들밖에 없다. 무섭다. 그 사이에 끼어서 조심스럽게 쌀을 씻고 있었다. 그런데 갑자기 어떤 깡패 년 하나가…

"야, 비켜! 내가 좀 급하거든?"

그러면서 나를 밀치고 10분이나 기다린 내 자리를 가로챘다. ㅜㅜ 줄 서서 기다렸다가 내 차례가 되면 어김없이 하나둘씩 나타나 내 자리를 가로챘다. 결국 밥 짓는데 2시간이나 걸리고 말았다. 그놈들이 화내면 어떡하지? 어찌 되었든 내 나름대로는 최선을 다해 만든 밥상이다. 다 된 밥을 푸고 반찬 여러 개를 챙겨 방으로 돌아왔다.

달칵!

내가 문 여는 소리에 사악한 그 두 놈이 나를 쳐다보며…

"야! 쌀을 키워서 밥 해오냐? 왜 이렇게 늦게 와!"

"배고파 죽는 줄 알았잖아!"

"미… 미, 미안해."

사실 그렇게까지 미안해할 이유가 있나? 내가 이놈들 꼬봉도 아니고. 아니지, 어쩌면 이 방에 들어온 순간부터 저놈들이 날 그렇게 임명했는지도 몰라. 아무렇지 않게 저딴 말을 지껄이는 걸 보면……

"됐으니까 이리 내려놔!"

난 조용히 밥이랑 반찬을 얹은 쟁반을 내려놓았다. 녀석들, 잘도 퍼먹는다. 쩝! 근데 신보혁이라고 했던가? 그놈은 오늘도 기숙사에 안 들어오는 건가? 제발 안 왔으면 좋겠다.

녀석들은 내가 2시간이나 걸려 해온 밥을 5분 만에 뚝딱 해치우고는…

"이거 좀 치워."

"아… 응."

난 말없이 다 먹은 쟁반을 들고 식당으로 가기 위해 방문을 열었다.

퍽!!

쨍그랑—!!

허걱! 누구랑 부딪쳐서 그만 쟁반을 떨어뜨리고 말았다. 난 떨어진 쟁반을 보고 쪼그리고 앉아서 깨진 그릇들을 주워 담으며…

"저… 저기 미안해. 괜, 괜찮니?"

그러면서 고개를 들었는데…

허거거거거걱—!!

양호실에서 봤던 그놈이 그릇을 줍는 나를 아주 하찮은 벌레 쳐다 보듯 내려다본다.

"비켜."

난 그릇을 주워 담다 말고 문 앞에서 비켜섰다. 그러자 그 녀석은 한 손에 들고 있던 신보혁이라고 적힌 가방을 침대 위에 툭~ 던진 다. 그, 그렇다면 저 자식이 바로… 신.보.혁? 옴마야……. ㅜㅜ

"보혁아, 왔어?"

"이제 왔냐? ㅎㅎ"

저 자식들, 한패거리인가 보다.

"야~ 암소! 멍하게 뭐 하는 거야! 빨리 그릇 치워. 냄새 나잖아."

"아, 알았어."

난 재빨리 그릇을 깨진 그릇을 주워 담았다. 깨진 그릇에 찔려 손 가락 10개 중 8개에서 피가 났다. 식당으로 가서 깨진 그릇을 버리고 멀쩡한 건 설거지해서 돌아왔다. 내가 내 방 앞에서 들어가도 될지 말지를 망설이는… 이런 게 세상에 어딨어. 신보혁인가 하는 놈 무지 잘생기긴 했는데 드럽게 무서워 보인다. 꿈에 그리던 이상형이 최고의 문제아 룸메이트라니……. 우째, 이럴 수가…….

벌써 내 방 앞에서 들어가지 못하고 망설이고 있는 지 30분째. 나는 바보 멍충이가 틀림없다. 하지만 누구라도 내 상황이 되어보아라. 덜컥! 문이 열어지나(쌍들의 연애 방식 민시영이라는 작자가 아닌 이상. ——;;). ㅜㅜ

소아랑! 용기를 내자! 용기를 내! 나는 할 수 있다구우~ 엄연히 나도 이방 주인(?)이란 말이햐! 좋았어. 좋았어. 나는 용기를 내어 문고리를 잡았다. 그리구 당기려는 순간…

쾅!

픽—!!

오늘은 하루 종일 뭔가에 부딪치는 날인가 보다. 아… 프… 다. 이런, 젠장. 어떤 노무 시키가 문을 갑자기 쾅! 연 것이야? 아오!

"어? 뭐야? 암소 너 거기 있었냐? ㅋㅋ"

"……(ㅜㅜ 웬수 콤비?)."

마음속으로 읊은 말이었다.

"괜찮냐? 얼굴에 정면으로 부딪쳤나 보다? ㅋㅋ 코가 빨개."

"별로 안 괜… 아니, 괜찮아."

하는 수 없이 반어법을 사용해야 했다.

"ㅋㅋ 야, 코피난다. 빨리 들어가서 휴지로 닦아."

"아… 응."

꼴에 매너 챙기는 걸 보니 심성이 원래부터 나쁜 놈은 아닐지도 몰라.

"ㅋㅋ 진짜 웃기다. 암소, 너~ ㅎㅎㅎㅎ 아차! 우리 둘은 오늘 안 들어온다. 밤새 놀러갈 거거든?"

저렇게 비웃는 걸 본 순간 방금 한 말 취소다. 그래도 놈들이 나간 다는 말을 들으니깐 기분이 좋다.

"뭐, 뭐(아싸보옹!! ㅋㅋ 저것들 나가면 나야 좋… 잠깐!! ——? 그럼 혹 시 보혁이랑 단둘이서? ㅜㅜ 옴마! 그게 더 무셔!)?"

"너 표정이 왜 그러냐? 뭐 잘못 먹었냐?"

"임마~ 방금 부딪쳤을 때 충격으로 그런가 부지. ㅋㅋ 하여튼 우 린 간다."

그렇게 나를 지나쳐 사라지는 그 문제아 두 놈! 썩을 웬수 같은 잡 것 콤비! 이 말을 직접 내뱉고 싶지만 ㅜㅜ 나는야, 힘없는 소녀라네~ 뻘쭘하게 문을 열고 그 앞에서 한참 서 있는 나다. 그래, 아까도 말했 지만 난 바보 멍텅구리구리 싸만코다. 침대에 앉아서 책을 보는 보혁 이에게 나도 모르게 잠깐 멍했다. 긴 다리. 조각 같은 완벽한 얼굴. 빨 려 들어갈 것만 같은 눈으로 책을 응시하는데… 그 모습은 정말 백마 탄 왕자도 껨에 불과할 정도다. 그러다 그만 녀석의 눈과 마주치고 말 았다. @_@ 헐! 난 재빨리 바닥으로 고개를 처박아보지만…

"안 들어오냐?"

허걱!! 들어가고 싶지만 들어갈 수 없고, 들어가기 싫지만 들어갈 수밖에 없는 저 한마디. ——;; 이쩌란 거여.

"안 들어오냐고."

"아… 드, 들어갈게요."

헐! 나도 모르게 존댓말을… >_< 미쳐미쳐.

"문 꽉 닫아."

"아… 네, 네."

존댓말을 써가며 쭈뼛쭈뼛 움직이는 나를 계속 바라보는 보혁 녀석의 시선이 부담스럽다. 녀석의 따가운 시선을 느끼며 내 침대로 올라가기 위해 침대 쪽으로 다가서는데…

퍽! 콰당—!!

아! 개노무 콤비 자슥들! 콜라를 먹었으면 쓰레기통에 버려야 할 것 아닌가! 왜 여기다 버려서……. 그렇다. 보혁이 바로 코앞에서 보란 듯이 콜라 캔을 밟고 대자로 뻗어 넘어진 나의 추함은 이루 말할 수 없다. >//< 쪽팔려 미칠 거 같다. 아씨, 쪽팔려서 일어나지도 못하겠다. 보통 다른 놈들 같았으면 키득 웃거나… 뭔가 반응이 있어야 할 텐데 이놈은 아무 반응이 없다. 심지어는 거들떠보지도 않는다. 남이야 자빠지든지 말든지, 완전히. 쪽팔리지만 어떡하겠는가? 여기서 365일 이러고 있을 수는 없지 않는가? 난 조심스럽게 일어났다. 그리곤 후닥닥 내 침대 위로 뛰어올라 갔다. ㅠ//ㅜ 쪽팔려. 쪽팔려 죽겠으~ 그래! 소아랑! 내 주특기는 잠자기야! 나쁜 일이든 좋은 일이든 뭔가 일이 있으면 자고 나면 홀가분해진다구! 좋았어. 내일은 정식으로 수업에 들어가는 날이니까 학교 생활도 재밌을 거야! 그래, 일찍 자자! 나는 꽂고 있던 별 핀을 떼어 한참 만지작거렸다. 돌아가신 엄마가… 사주신 핀이거든…….

툭!

"엄마야?"

장난스레 만지고 있다가 그만 떨어뜨리고 말았다. 2층 침대의 난간으로 고개를 빠끔히 내밀어 밑을 보았지만 어디에도 없다. 내려가서 찾아봐야 할 판이다.

슬금슬금. ――;

조심스럽게 2층 침대에서 내려와 보혁이가 앉은 침대 밑을 엎드려 살펴보았다. 없다. 이곳저곳 보혁이가 신경 쓰이지 않도록 조심스럽게 찾아봤지만 그 어디에도 없다. 소중한 거라서 꼭 찾아야 하는데. 슬슬 불안해져 오기 시작할 때쯤… 허걱! 내 눈에 띈 내 핀은… 보혁이 손에 쥐어져 있었다. 어뜩해.

"저… 저… 저어기……."

"……."

"그, 그 핀… 내 핀인데… 요."

보혁 녀석 말없이 나를 한 번 힐끔 쳐다본다. 허걱!! 잘생겼다. 아니지, 아니지! 이런 말 하고 있을 때가 아니지.

"시, 실수로 떠, 떨어뜨려서 그만… 죄, 죄송합니다."

보혁 녀석 내 핀을 만지작거리며 쳐다본다.

"도, 돌려주시겠어요?"

보혁 녀석은 가만히 내게 별 핀을 건네주었다. 휴… 심장 떨려. 별 핀을 받는 손이 심하게 떨리고 있었다.

덜덜덜덜―

그 떨리는 두 손 위에―고이 두 손을 뻗었다―보혁 녀석은 살짝 별핀을 올려놓더니 한마디 덧붙였다.

"너 내가 무섭냐?"

허걱!! 그걸 말씀이라고 하십니까요? 하지만 무섭다고 하기도 그렇고…

"네? 아, 아니… 저 그게… 저…….."

대답도 제대로 못하고 또 쭈뼛쭈뼛 굳어가는 나를 보더니… 보혁 녀석 나를 똑바로 쳐다보면서…

"씨익― 무서워할 필요는 없잖아?"

혁―!! 이 방에 여자가 나밖에 없는 게 참으로 안타깝다. 보혁이의 미소를 보았으니까 말이다! >//< 어떻게 인간이 저렇게 멋있단 말인가? 웃는 모습이 귀한 탓일까? 순간 얼굴이 새빨개진 채로 뻣뻣하게 굳어버리고 말았다. 한참 멍하게 서 있다가 녀석의 한마디에 정신을 차렸다.

"뭐 하냐?"

"아… 아, 아무것도 아니에요."

"나 복학생 아니다."

"네?"

"존댓말하지 말라고."

"아… 네. 아, 아니, 응."

"안 올라가냐?"

"아… 오, 올라갈게."

심장이 두근거리고 얼굴이 화끈 달아올라서 정말 다리가 후들거리고 정신이 아찔하다. 어색하지만 아주아주 부끄럽고 왠지 민망하지만… 나, 나 보혁이랑 얘기를 했어. >//< ㄲㅑ!! 침대 위로 올라가 잠을 자기 위해 가만히 누워 있으니 보혁이의 책 넘기는 소리가 간간이 들려왔다. 마치 자장가처럼……. 그날 밤은 길게만 느껴졌다.

다음날, 내가 침대에서 내려왔을 때 보혁이는 보이지 않았다. 교복으로 갈아입고 고등학교 첫 수업을 듣기 위해 교실을 열심히 찾고 있는 내 두 눈. 후… 그렇게까지 내성적인 편은 아닌데… 물론 밝은 성격도 아니지만……. 드디어 내 눈이 목표를 찾은 순간, 긴장감이 한 번 더 심장을 조여왔다. 천천히 교실 문을 열고 들어서니 이미 웬만한 자리는 아이들이 가득 채우고 있었다. 창가 맨 뒷자리만이 비어 있는 게 눈에 띈다. 조심스럽게 그곳으로 다가가 책가방을 내려놓고 자리에 앉았다. 나를 향하는 모두의 시선은 과연 기분 탓일까? 얼굴에 뭐가 묻은 것도 아닐 텐데 왜 모두들 나를 뚫어져라 보는 거지? 모두가 웅성거리며 나를 쳐다보는 듯한 시선을 느끼고 있는데 첫날부터 교복을 타이트하게 줄여 입고 잔뜩 멋을 부리고 온 여자애가 나를 향해 다가와 말을 걸었다. 시비를 건다는 게 더 정확한 표현일지도…….

"야, 너 좀 놀았냐?"

"어? 그… 그… 그게 무슨……."

"너 되게 용감한데? 나도 못하는 짓을 서슴없이 하는 거 보면 꽤 놀았나 보다? 어?"

"그게 무슨 말이야??"

무슨 말을 하는 걸까? 침을 꼴깍 삼켰다. 똑같이 껄렁해 보이는 다른 여자 아이가 그 아이에게 말을 건넨다.

"미주야~ 언니들이 좀 보자는데?"

그 말을 듣더니 나를 노려보던 시선을 다른 곳으로 옮겨간다. 후… 뭐지? 대체 나한테 왜 그러는 걸까?

"너 조금 있다가 보자."

"어? 아, 아니, 저기……."

내 말은 듣는 둥 마는 둥 서둘러 자신을 부르던 친구와 교실을 나간다. 실은 무슨 말이냐고 물어볼 용기도 없는 내 자신이 미워졌다. 한참 알 수 없는 따가운 시선을 받고 있다가 견디다 못해 화장실로 향했다. 화장실 안에서 잠시 생각에 잠겨 있는데 여자 아이들의 목소리가 앙칼지게 들려왔다.

"야야, 봤냐?? 아까 그 여자애 말이야! 진짜 용감하다?"

"그러게~ 그건 용감의 수준을 벗어나서 거의 미친 거라고밖에 볼 수 없어."

"맞아맞아. 어떻게 뻔뻔히 아무렇지도 않게 태연한 척 그 자리에 앉을 수가 있냐?"

"우리 반에 엄청난 뻔뻔이가 들어온 거 같애. 쯧쯧."

"모르고 그 자리에 앉은 게 아닐까??"

"야! 그 자리가 어떤 자린지 모르는 애가 있었으면 우리 학교 간첩이지 뭐냐!"

"하긴 보혁이 자리인 거 뻔히 알면서도 어떻게 앉을 수가 있냐?"

"지가 거기 앉으면 옆 자리에 보혁이가 앉을 줄 아나 보지? 꿈 깨라고 해!"

"ㅋㅋ 맞아. 얼빵하게 생겨 가지고 웃긴다, 진짜."

뭐가 그렇게 즐거운지 내 험담을 하던 그 아이들은 낄낄대고 웃어 댄다. 그나저나 심하게 떨리는 내 다리 좀 누가 진정시켜 줄 수 없나? ㅜㅜ 어쩌면 좋아. 이미 온몸엔 식은땀이 흐르고 있었다. 나를 험담하던 애들이 사라진 건 진작 느꼈지만 도저히 반 애들을 볼 자신이 없어 교실에 들어갈 수가 없다. 어째서 내가 이런 최악의 순간을 계속해서 겪어야 하는 건데! 왜!

한참 마른침만 계속 삼키고 있는데 스피커를 통해 수업을 알리는 종이 울려 퍼졌다. 떨리는 손으로 화장실 문을 열고 나왔을 때 이미 화장실은 텅텅 비어 있었다. 교실로 걸어가는 복도에도 역시 애들은 눈에 띄지 않았다. 조용해진 교실 뒷문을 열고 들어서자 이미 담임 선생님이 들어와 계셨다. 선생님을 포함하여 모든 사람들의 시선은 나에게 꽂혔다. 떨어지지 않은 입을 겨우 열어 말했다.

"느, 늦어서 죄송합니다. 화, 화장실에 다녀오느라……."

"첫날이니까 그럴 수도 있지. 앞으로 주의하거라."

"네."

"어서 자리에 앉으렴."

창가 맨 뒷자리 책상 옆에 걸려 있는 내 가방이 보였다. 두 자리 다

비어 있는 책상에 내 가방만 그곳을 지키고 있었다. 천천히 발걸음을
옮겨 떨리는 맘을 채 가라앉히지도 못하고 그 자리에 앉았다. 모두들
나를 쳐다보는 시선이 너무나도 따갑다. 불행하게도 내 앞에 앉아 있
는 아이는 아까 그 미주라는 여자 아이였다. 힐끔 뒤를 돌아 나를 노
려보더니 조용히 속삭였다.

"뻔뻔한 년."

너무너무 무섭고 떨리는 순간 선생님이 나가지 않기를 속으로 얼
마나 수십 번 기도했다. 제발… 제발 이 시간이 끝나지 않게 해주소
서. 제발!

초조하고 불안한 내 마음은 깊어져만 갔다. 1교시는 첫 시간이라
담임 선생님과의 시간을 갖고 있다. 이 시간이 끝나 10분의 쉬는 시
간은 얼마나 길지 대충 감이 잡힌다. 쉬는 시간은 이 한 시간보다 더
길 것이라는 걸 알기에 이 추운 날 삐질삐질 땀이 흘렀다.

급기야 1교시를 마치는 종이 울렸다. 담임 선생님이 무슨 말을 했
는지 하나도 기억이 안 난다. 가장 중요한 건 자리를 바꾸는 것에 대
한 말은 전혀 없으셨다는 거다. 종이 치고 담임 선생님께서 나가자마
자 미주란 아이가 일어나 내 옆으로 바짝 다가왔다.

"야! 너 이름이 뭐냐?"

"소, 소아랑."

"그래? 소 씨면 소심하게 굴면 될 것이지~ 용기가 가상한데?"

"……."

심하게 떨리는 내 손을 감추려 책상 밑에 차분히 모은 두 무릎 위

로 손을 가져갔다.

"너 보혁이한테 꼬리치려고 그러는 거지? 어? 그런다고 보혁이가 너 같은 거 상대나 해줄 거 같냐?"

"……."

무섭다. 너무너무 무서워서 아무 말도 할 수가 없다.

"순진한 척 보혁이 옆 자리에 앉아서 무슨 짓을 하려고 여길 앉아? 어?"

어느새 미주 주변으로 여러 명의 무서운 여자애들이 몰려와 있었다.

"좋은 말로 할 때 딴 데 가서 앉아라. 알았냐?"

주위를 둘러봐도 빈자리라고는 한군데도 없다. 빈자리가 없기에 여기 앉은 것뿐인데… 하필이면 이 자리가…….

"야! 너 귀 썩었어? 딴 데로 꺼지라는 말 안 들려?!"

"하, 하지만… 자, 자리가 없는걸?"

용기를 내어 한 말이다. 하지만 미주가 다음으로 한 말은 또다시 나를 아무 말도 할 수 없게 만든다.

"그럼 서 있어! 니가 뭔데 보혁이 옆에 앉아! 당장 비키란 말이야! 나도 못 앉는데 지가 뭐라고 앉아? 웃겨, 진짜."

"……."

"어쭈! 야, 너 진짜 맞아야 정신 차리겠어? 당장 안 비켜?! 어?!"

니무니무 무서웠다. 난 가만히 가방을 들고 자리에서 일어섰다.

탁!

미주라는 아이가 내 어깨를 밀치며 나를 무섭게 노려봤다.

"너 조심해라, 어?!"

"……"

난 입을 굳게 다물고 가방을 가슴에 꼬옥 안은 채로 교실 뒤에 가만히 서 있었다. 아이들은 모두 나를 쳐다보고 키득키득 비웃는다. 너무나 창피하고 무서워서 학교 다니기가 싫어졌다.

그렇게 조금의 시간이 흐른 뒤 다시 수업을 알리는 종소리가 울렸다. 2교시 선생님이 앞문을 열고 들어오시는 게 느껴진다. 나를 쳐다보시더니 선생님께서는 황당한 듯한 표정으로 말씀하셨다.

"거기 맨 뒤에 서 있는 학생은 뭔가? 어서 자리에 앉지 않고 뭐해?"

무슨 말이든 해야 한다. 자리가 없다고 말을 해야 한다. 하지만 뻔히 빈자리가 있는데… 그런데……

"……"

결국 그 어떤 말도 못하는 나를 보며 선생님은 더 어이없는 표정이 되신다.

"어이, 학생! 내 말 안 들리나? 왜 거기 서 있느냐고 묻고 있지 않나."

"저… 저……"

미주랑 눈이 마주치지 않으면 좋으련만 잔뜩 인상을 구기며 뭔가 나에게 협박하는 듯한 표정. 마치 자신이 못 앉게 하더라는 말을 하면 죽이겠다는 뜻으로 보였다. 결국 말을 잇지 못한 채 가만히 서 있는 나를 보더니 선생님은…

"저기 맨 뒷자리가 비어 있지 않니~ 어서 거기 가서 앉으렴."

또 그 자리에 앉으란 말인가? 도저히… 도저히 저 자리만큼은 앉을 수 없다. 차라리 서서 수업을 했으면 했지 어떻게 저 자리에 다시 앉는단 말인가. 선생님의 말에도 아무 반응이 없자 선생님께서는 황당함이 화로 바뀌셨다.

"이봐, 학생! 자네 뭔가! 내 말이 말 같지 않은 거야? 어? 그럼 계속 거기 서서 수업 들어!"

반 아이들이 키득거리는 소리가 메아리 퍼지듯 귓가에 울려댔다. 결국 난 가방을 꼬옥 움켜쥐고 서 있는 채로 2교시를 보내야 했다.

다시 쉬는 시간이 되자 미주와 그의 패거리들이 내 곁으로 다가왔다.

"야~ 잘했다. 계속 그렇게 하루 종일 서 있어봐라, 어디. ㅎㅎㅎ"

"ㅋㅋㅋㅋ"

뭐가 그렇게 좋은지 모두들 낄낄대지만 나한텐 오직 긴장감과 공포만이 심장을 뛰게 하고 있었다.

"그나저나 보혁이는 왜 안 오지?"

"맞아. 너무 보고 싶은데. ㅎㅎ"

"혜진이 너 우리 보혁이한테 눈독들이지 마!"

"야야야~ 보혁이한테 눈독들이는 애가 나뿐인 줄 아니?"

"그야 그렇지만. 쩝! 하긴 이런 순딩이 바보도 보혁이를 노리는데. ㅋㅋㅋㅋ"

미주의 말에 모두들 다시 한 번 큰 소리로 낄낄댄다. 기분이 나쁜 것보다, 자존심이 상하는 것보다, 그저 무서워 떨고 있는 내 자신이 한심하게 느껴질 뿐이었다.

이윽고 3교시가 다시 시작되었다. 선생님께서는 아직 들어오시지 않은 상황이지만 아이들은 제각기 자신의 자리에 앉아 교과서를 들척인다. 나를 보며 키득키득 웃는 미주 패거리를 제외하고는 조용하고 적막했던 교실 분위기를 앞문 열리는 소리가 깨고 있었다.

드르륵—

선생님이 들어오셨나 보다. 고개를 푹 숙인 채로 멍청하게 계속 서 있기만 한 나를 보면 분명 또 뭐라고 하실 것이 뻔하다. 여전히 조용한 교실.

터벅! 스윽— 터벅! 스윽— 터벅! 터벅! 스윽—

실내화를 끄는 소리가 점점 가깝게 들려왔다. 아이들도 조금씩 웅성거리기 시작했다. 그리고 잠시 후 고개 숙인 내 시야에도 얼핏 창가 맨 뒷자리에 누군가 앉는 게 살짝 보였다. 설마… 신보혁. 보혁이가 왔구나. 정말 저 자린 보혁이 자리였구나. 그 옆 자리엔 아무도 앉을 수가 없었던 거구나. 얼빠진 생각을 하고 있는 동안 애들은 웅성거리고 있었다. 보혁이는 의자를 쭉 내빼고는 다리를 길게 뻗어 약간 건방진 자세로 앉아 앞을 쳐다보고 있다가 뒤에 있는 사람의 인기척을 느꼈는지… 물론 그 뒤에 있는 사람이란 나를 말하는 거다. 돌아보는 보혁이와 그만 눈이 마주치고 말았다. 놀라서 고개를 바닥에 떨구었다. 반 아이들이 이상하게 술렁이고 있다. 아직도 보혁이가 나를 쳐다보고 있는 시선이 느껴졌다.

"이봐."

나를 향한 보혁이의 말에 모두들 놀랐는지 다들 토끼눈으로 나와 보혁이를 번갈아 쳐다본다. 난 고개를 숙인 채로 가만히 대답했다.

"ㄴ… ㄴ 나 말이야?"

모두들 숨죽이고 우리를 바라보는 가운데…

"그래, 너. 뭐 때문에 그러고 서 있는 거야?"

선생님이 물었을 때보다 더 떨려오는 심장 때문에 식은땀이 흘렀다.

"자… 자, 자리가… 어, 없어서……."

보혁이는 자기 가슴에 두른 팔짱을 풀더니 의자 등받이에 한쪽 손을 살짝 올리고 반쯤 내게로 몸을 틀었다. 고개를 삐딱하게 기울인 채 내게 다시 말을 건넸다.

"자리가 없다고?"

난 최대한 고개를 숙인 채로 가만히 끄덕였다.

"그래? 내 옆 자리 비어 있는 거 같은데 앉지 그래."

모두들 놀라 다시 웅성거리기 시작했다. 난 이러지도 저러지도 못한 채 가만히 서 있을 뿐이다.

"안 앉을 거냐?"

낮은 그 음성에 모두의 시선은 내게로 꽂혀 있다. 무섭고, 긴장되고, 창피해서 가늘게 떨리고 있던 내 다리를 보혁이가 바라보고 있는지 전혀 몰랐다.

"너 내가 그렇게 무섭냐?"

아무 말도 못한 채 가만히 고개를 떨구고 멍하게 서 있기만 한 나. 얼마나 바보 같고 한심하고 비참한지… 이루 말할 수 없었다. 설명할 수조차 없는 이 기분이 보혁이 앞에서 계속되자 급기야 눈물이 나고야 말았다.

똑!!

떨어진 내 눈물이 실내화에 닿자 보혁인 살짝 놀란 듯 의자 등받이에 놓았던 팔을 풀더니 일어선다. 그리고 내게로 다가오는 게 느껴졌다. 뒷걸음질칠 수도, 옆으로 피할 수도 없는 그 상황에 미련하게 눈물만 계속 떨어졌다. 보혁이는 내 옆에 다가와서 살짝 고개를 삐딱하게 숙여 내 얼굴을 보려 애쓰려는 듯한 포즈를 취한다.

"우는 거야?"

보혁이의 그 모습에 여자애들 표정은 안 봐도 드라마다.

똑! 똑!

눈물만 계속 바닥을 적시고 있었다.

"내가 그렇게 불편하면 할 수 없지. 저기 앉아. 난 기숙사 가서 잠이나 잘 테니……."

헉! 나 때문에 굳이 그럴 필요는 없는데……. 어째서 나 따위를 동정하는 거니? 그럴 필요 없어. 그럴 필요 없다구. 말하고 싶다. 당당하게 보혁이한테 말하고 싶다. 그런데… 입이 떨어지지 않는다. 그 녀석은 가슴에 꼭 움켜쥐고 있는 내 가방을 빼앗아 자신의 옆 자리에 놓는다.

"이리 와 앉아."

"……."

너무 떨리고 창피하고 겁나서 아무 말도 할 수가 없다. 정말 아무런 말이 나오지 않는다.

"계속 그렇게 서 있을 거냐?"

이미 눈물로 얼룩져 고개조차 들 수 없는 상태인데 한 발도 움직이지 못하는 건 당연하다.

"아, 이거 답답해서 원… 따라 나와."

보혁이는 갑자기 내 손목을 꽉 잡고 나를 끌어당긴다. 그 모습에 모두들 놀라 눈이 휘둥그레져서 바라볼 뿐이다.

이미 수업 시간이기에 복도는 아무도 없어 조용했다. 어디로 가는 건지, 대체 왜 날 데려가는 건지 아무것도 물어볼 수가 없다. 그저 반항 한 번 못해보고 보혁이 손에 끌려 교문 밖까지 나가는 나 자신은 누가 봐도 한심이 바보였다. 교문을 나와 멋진 오토바이 앞에 다다르자 그제야 내 손목을 놓아주었다. 그리고 오토바이 뒤에 걸쳐진 헬멧을 내게 건네는 보혁.

"이거 써."

바보같이 아직도 눈물을 멈추지 못하고 어리벙벙하게 보혁이를 쳐다보자 보혁 녀석 한숨을 한 번 짧게 내쉬더니,

"후."

스륵─ 턱!

가만히 내게 헬멧을 씌운다. 그러더니 보혁 녀석은 오토바이에 시

동을 건다. 그리고는…

"이봐! 타!"

"저… 하, 하지만 난……."

"그 답답한 속에 구멍 뚫어줄 테니 잔말 말고 타."

내가 무슨 정신으로 오토바이에 올라탔는지 알 수 없다. 살짝 보혁이 교복 끝을 움켜쥐자 보혁인 뒤쪽의 나를 바라보며 날카로운 눈을 하고서는…

"오토바이 타다가 떨어져 죽고 싶냐? 꽉 잡아!"

그 말에 가늘게 떨고 있던 손을 살짝 보혁이 허리에 가져다 댔다. 가늘다. 남자 허리가 이렇게 가늘다니……. 왠지 단단하면서도 굉장히 가는 허리가 긴장된 내 심장을 더욱 뛰도록 만들었다. 그제야 출발하는 보혁.

"꺄아—!!"

골목골목 신나고도 위험하게 질주하는 보혁. 청룡 열차보다도, 바이킹보다도 훨씬 무서웠다. 정말 이러다 죽는 게 아닌가 하는 생각이 들 정도였으니까 말이다. 하도 고함을 질러서 더 이상 목소리도 나오지 않는다. 무서움에 나도 모르게 보혁이 허리를 꽈악 끌어안고 등에 얼굴을 파묻었다. 눈을 꼬옥 감은 채로 오토바이가 멈추기를 간절히 기도하고 있었다.

거친 오토바이 소리가 점점 가라앉더니 이내 멈췄다. 눈물 범벅이 되어버린 내 얼굴은 그야말로 예술이었을 것이다. 난 가만히 오토바이에서 내려 헬멧을 벗었다. 보혁이도 오토바이를 세우더니 살짝 오토바이에 기대 앉은 채로 내 눈을 똑바로 쳐다보며 말했다.

"죽을 것같이 무섭지 않든?"

"무, 무서웠어."

"죽는 것보다 무서운 거 있나?"

"어, 없어."

"그럼 이제 내 옆에 앉을 용기 생겼냐?"

0//0 보, 보혁아…… 놀란 눈으로 보혁이를 쳐다보자 보혁이는…

"피식— 너 같은 바보는 태어나서 처음 본다."

피식이지만 잠깐 웃은 보혁이의 얼굴이 가슴에 새겨졌음을 느꼈다.

"이제 내 옆에 앉을 용기 생겼으니까 다시 학교로 돌아가 볼까?"

"저어……."

왜 나한테 이렇게까지 해주었는지를 물어보고 싶다. 하지만 용기가 없다. 불러 세우긴 했는데… 어쩌지? 뭔가 말을 해야 하는데… 갈등하고 있는 사이 보혁이가 먼저 말을 건넸다.

"걱정 마. 이번엔 그렇게 세게 안 달릴 테니. 타."

그리곤 다시 오토바이에 올라타는 보혁이. 정말 멋있다. 감히 내가 좋아해서는 안 될 존재라는 걸 깨닫고 있지만 사랑은 언제나 주제를 넘어서 찾아온다. 조금 망설이다 또 보혁이의 따가운 시선 때문에 오토바이에 올라탔다. 살짝 보혁이 허리를 감싸자 보혁이는 출발했다. 아까보다 훨씬 느리게 달리지만 그래도 내게는 여전히 무서운 질주였다.

학교에 도착해서 천천히 교실로 올라가니 3교시를 마치고 4교시 시작 전 쉬는 시간이었다. 보혁이와 같이 들어온 나를 보더니 모두들 이해할 수 없다는 표정이다. 보혁이는 먼저 성큼성큼 다가가 창가 맨 뒷자리에 앉았다. 하지만 나는 가다가 멈춰 섰다. 모두의 시선이 따갑게 느껴졌다. 저 자리에 앉으면 미주나 다른 애들이 또 괴롭힐 거 같아 무섭고 겁이 났다. 순간 아까 보혁의 말이 떠올랐다.

　　"죽는 것보다 무서운 거 있냐?"
　　"그럼 이제 내 옆에 앉을 용기 생겼냐?"
　　"피식— 너 같은 바보는 태어나서 처음 본다."

　　보혁아⋯⋯. 침을 한 번 꿀꺽 삼키고 용기를 내어 성큼성큼 걸어가 보혁이 옆 자리에 가만히 앉았다. 모두들 술렁대기 시작했다. 힐끔 미주를 쳐다보았다. 어디 두고 보자라는 표정이다. ㅜㅜ 보혁이는 내가 옆 자리에 앉는 걸 보자마자 엎드려서 잠을 청한다. 이들의 따가운 시선을 피하기 위해 고개를 숙였는데 책상으로 조금 넘어온 보혁이의 약간 은빛이 감도는 머리칼이 바람에 부드럽게 흩날리는 게 보였다.
　　두근두근 떨리는 마음으로 따가운 시선을 피하기 위해 푹 고개를 숙인 채로 지루하던 4교시 수업 시간이 겨우겨우 끝났다. 점심 시간이 되자 밥을 먹기 위해 식당으로 이동하는 아이들이 분주해 보인다. 보혁이는 깊이 잠든 걸까? 시끄러운데도 좀처럼 깰 생각을 하지 않는다. 미주 눈은 행여나 보혁이가 깰까 봐 조심스럽게 낮은 음성으로 내게 말한다.

"너 어디 두고 보자."

대체 제가 뭘 어쨌다고 이러시는 것이옵니까? ㅜㅜ 평범하디평범한 소아랑이 어째서 이런 시련을 겪어야 히는지…… 아이들이 하나둘씩 교실을 나가고 이내 잠든 보혁이와 신세를 한탄하며 한숨만 팍팍 쉬고 있는 나만 교실에 덩그러니 남겨졌다. 깨워서 밥 먹으라고할까? 아, 아니야. 그렇다고 내버려 두고 나 혼자 밥 먹으러 갈 수도 없고…… 하긴 밥 먹을 기분도 아니야. 에라, 모르겠다. 나는 내 재킷을 벗어 치마 위에 살짝 덮었다. 잠을 청하기 위한 준비 자세라고할 수 있다. 혹시 자다가 다리가 벌어지기라도 하면 스커트 속이 보일 거란 생각에 춥지만 재킷을 무릎에 덮어두었다. 그리곤 어깨를 잔뜩 움츠리곤 손을 엇갈리게 하여 양 어깨를 한참 부비적 대고는 살짝 엎드렸다.

언제 잠이 들었을까? 잠이 들기까지 계속 추워서 부들부들 떨었던건 기억난다. 하지만 잠이 들고 난 후 언제부턴가 추위는 잊고 깊은잠에 빠져들었다. 꿈에서 보혁이와 다정하게 자전거 타는 꿈을 꾸었다. 오토바이가 자전거로 바뀌었나 보다. ——;; 조금 웅성대는 소리에 잠에서 깨어났다. 깨자마자 내 시야에 잡힌 건 커다란 남자 재킷을 들고 나를 한껏 노려보는 미주였다. 미주는 꽉 깨물고 있던 입을열어 이내 내게 말을 하는데…

"너 뭐야? 너 뭐냐구——!!"

내가 이 여자애를 처음 보면서부터 생각한 건데… 이 여자 취미는 앞뒤없이 말하기가 틀림없다. 대체 또 뭐가 문제인 걸까? 갑자기 나더러 뭐냐구 물으면 사람입니다~ 하고 대답을 해야 하는 걸까? 당황한 내 표정에 더 기가 차다는 듯 거친 숨을 짧게 내뱉던 미주는 그커다란 남자 재킷을 흔들어 보이며 또다시 내게 말했다.

"니가 뭔데 보혁이 재킷을 덮구 자냐 말이야!"

——?? 이건 또 무슨 소린가? 분명 저 재킷은 미주의 손에 들려 있는데 내가 언제 덮고 잤다고 그러는 거냐고요~! 진짜 미치고 팔짝 뛰겠다.

"내가… 어, 언제……."

기어들어 가는 목소리지만 잘 모르겠다는 식의 내 말에 어이가 없었는지 잔뜩 구긴 인상에서 한 번 더 인상을 쓰더니,

"뭐라고? 뻔뻔한 계집애 같으니라고! 니가 뭔데 내 남편 옷을 덮고 자고 있냔 말이야! 어? 죽고 싶어? 죽고 싶냐고!"

이미 내 자리 주변엔 미주와 친한 아이들이 여럿 몰려와 나에게 따가운 시선을 꽂고 있었다. 도저히 무슨 말을 하는지 모르겠지만 미주 손에 들려 있는 남자 재킷의 주인은 보혁인가 보다. 수선으로 깔끔하게 박힌 명찰에 분명히 신보혁이란 글자가 새겨져 있었으니까 말이다. 보혁이의 재킷을 바라보며 미주가 무슨 말을 하고 있는 건지 잘 생각해 보고 있지만 도무지 내가 뭘 어쨌다는 건지 이해가 안 된다. ㅜㅜ 그리고 대체 보혁이는 어디로 간 것일까? 아까까지만 해도 내 옆에서 같이 잠들어 있었는데…… 미주와 눈이라도 마주칠까 무서

워서 고개도 제대로 들지 못한 채 따가운 시선을 받으며 멍하게 앉아 있었다.

툭! 툭!

내 어깨를 한쪽 손으로 툭툭 밀치며 미주는 말을 이어간다.

"이거 완전 쑥맥 여우네! 야! 보혁이 재킷을 니가 왜 덮고 자고 있는지 설명하라는 말이 안 들리냐, 어? 내 말이 완전 개똥으로 들리냐고?!"

미주의 윽박지름이 조금 거칠어지자 하는 수 없이 나도 입을 뗐다.

"그… 그럴 리가… 내가… 내가 보혁이 재킷을 덮고 잤을 리가 없는데…….."

"뭐야? 그럼 니가 덮고 있지도 않았는데 내가 보혁이 재킷을 뺏어서 너한테 괜한 시비 걸고 있다는 거야? 어?!"

물론 그렇지는 않겠지만 난 정말 보혁이의 재킷을 덮고 잔 기억이 없다. 정말이다. 미주 역시 정말정말 답답하고 짜증이 났는지 내가 앉은 의자의 밑 부분을 툭툭 걷어찼다. 보혁이의 재킷을 어깨에 메고 다른 한 손으로 내 머리를 쿡쿡 쥐어박았다. 그 모습이 뭐가 그렇게 재미있는지 주변에 모여 구경하던 아이들은 키득키득 웃어댄다.

"니가 자는 동안 보혁이가 덮어주고 가기라도 했다는 거야, 뭐야! 미친 거 아냐, 이거!"

이번엔 세차게 올라간 미주의 손.

탁!

하지만 누군가에 의해 그 손은 내려오기를 거부당했다. 다름 아닌 보혁이가 싸늘한 눈빛으로 미주의 손목을 붙잡고 있었다. 한순간 정적이 흐르고 모두들 자기 자리에 앉아 나 몰라라 한다. 손목이 잡힌 미주는 당황한 얼굴을 하고 떨리는 목소리로 말했다.

"보… 보, 보혁아……."

미주의 손목을 잡은 채로 보혁이가 입을 열었다.

"내놔."

미주 어깨에 걸린 자신의 재킷을 본 모양이다. 당황한 미주는 애써 태연한 척 보혁이에게 말한다.

"뭐, 뭘?"

잡고 있던 미주의 손목을 내려놓더니 미주의 질문에 답하는 보혁이.

"내 재킷."

미주가 침을 꿀꺽하고 삼키는 게 보였다. 그리곤 이내 얇은 입술을 떼더니,

"저, 저기 있지, 보혁아. 내가 이 재킷 세탁해서 줄게~ 글쎄, 저기집애가 허락도 없이 니 재킷을 덮고 자고 있는 거 있지? 아마 더러워졌을 거야. 내가 세탁해 줄게, 응?"

무지무지 기분 나쁘다. ㅜㅜ 내가 덮은 기억도 없지만 설사 그랬다 해도 잠깐 덮은 거 가지고 나 때문에 더럽혀졌을 거라니. 어떻게 그런 말을 저렇게 쉽게 내뱉을 수 있는 걸까? 하긴 아무 말 못하는 내가 바보지. 나만한 한심이가 어디 있다구. 혼자 열심히 스스로를 비하시키는 동안 보혁이의 짧은 말은 이어진다.

"그래?"

보혁이의 긍정인 것만 같은 반응에 미주는 기뻤는지 긴장된 얼굴에서 환하게 미소 짓는 얼굴로 변하더니 또다시 보혁이를 향해 말한다.

"응. 세탁해서 입어~ 그래야 깨끗하게 안심하고 입을 수 있어~ 저런 애가 니 허락없이 덮고 있다가 무슨 세균을 옮겼는지 알 수 없잖아? ^^"

보혁이는 표정 변화없이 미주 어깨에 걸쳐진 재킷을 집어 든다. 다시 미주의 얼굴은 굳어지고…

"저, 보혁아. 세탁해서 준대두……."

그런 미주를 거들떠보지도 않은 채 자신의 재킷을 나에게 툭 던진다. 얼떨결에 반사적으로 잡았지만… 얼떨떨한 표정으로 재킷을 잡고 있는 내게 보혁이는 말을 건넸다.

"이봐, 겁쟁이. 니가 입었으니까 니가 세탁해 와."

"뭐, 뭐?? 저… 저기 난 이, 이걸 입은 기억이……."

"떨고 있길래 내가 걸쳐 놓고 나갔어. 어쨌든 니가 입었으니까 니가 세탁해."

—//— 얼굴이 화악~ 달아올랐다. 보혁이가 나를 위해 옷을 벗어주다니……. 자꾸만 나한테 이렇게 상냥하게 굴면 단순한 나는 착각한지도 모르는데… 그러면 더 더욱 보혁이 너한테 빠져들 텐데… 어쩌라고 이렇게 잘해주는 거야? 항상 이렇게만 나를 지켜준다면 학교생활도 포기하지 않을 수 있을 거 같아.

반 아이들의 눈치를 보며 보혁이의 재킷을 꼬옥 쥐고 어찌할지 몰라 당황하고 있는데 곧 수업 종이 치고 담임 선생님께서 들어오셨다. 담임 선생님을 보자 보혁이는 자리에 앉았다. 미주도 떨떠름한 표정으로 자리에 앉는다. 아이들의의 시선은 담임 선생님에게 꽂힌 게 아니라 담임 선생님을 따라온 한 여자 아이에게로 꽂혀 있었다. 여자치곤 굉장히 큰 키, 늘씬하고 모델같이 예쁘게 생겼다. 남자애들은 웅성거리고 여자애들은 수군거리는 사이 보혁 녀석은 다시 책상에 엎드려 잠을 청한다. 선생님께서 말씀하셨다.

　　"아, 여기 좀 늦게 와서 전학생이 되어버렸는데, 이 학생도 너희랑 같이 생활할 아이니까 잘해주길 바란다. 그럼 자기소개를 해보렴."

　　선생님의 말이 끝나기가 무섭게 그 여자 아이는 해맑게 웃으며 애들을 향해 크게 손을 뻗어 흔들며 입을 연다.

　　"ㅎㅏㅇㅣ!! ^0^ 내 이름은 이.교.련! 내 별명은 정의의 여신상이구 싫어하는 건 불량스러운 애들이야. ^^ 물론 우리 반엔 나쁜 아이가 없을 거라 생각해. 다같이 친해졌으면 좋겠어. 잘 부탁해~"

　　떨떠름한 표정이지만 예쁜 얼굴 덕인가? 모두들 반가운 듯 연신 박수를 쳐댄다. 부럽다, 저렇게 밝고 명랑하게 하고 싶은 말을 할 수 있는 저 당당함……. 교련이는 이리저리 자리를 삥~ 둘러보더니 빈자리가 없음을 확인하고는 선생님께 창고를 물어서 스스로 책상과 걸상을 들고 내 뒤로 온다. 그리고 내 어깨를 살짝 치며…

　　"안녕? 이름이 뭐야? 기왕 내 앞에 앉은 거~ 우리 친하게 지내자."

너무너무 기쁘다. ㅜㅜ 내게도… 내게도 친구가 생기는구나.

"아… 난 소아랑이야. 치, 친하게 지내자."

"응응. 친하게 지내자. ㅎㅎ 어라? 니 짝지는 자는구나? 수업 시간에 자면 샘들한테 혼날 텐데."

그렇게 말하더니 용감하게 보혁이의 등짝을 후려친다.

탁—!!

헉! 담임 선생님은 전학생을 소개하러 잠시 오신 것이었기 때문에 이미 교무실로 돌아가신 후였다. 모두 교련이의 그 행동에 똑같은 표정으로 시선을 모은다. 아무런 미동이 없는 보혁이. 그러자 교련이는 다시 한 번.

탁! 탁—!!

모두들 입을 다물지 못한다. 나보다 더 용감한 지지배 여기 하나 있네. 왠지 모를 공감대 형성. 아, 이러고 있을 때가 아닌데… 교련이가 보혁이한테 찍히게 두면 안 되는데…….. 그래도 움직임이 없는 보혁이가 신기했는지 교련이는 고개를 갸웃거리며 머리를 한 번 긁적인다. 그리곤 다시 한 번 보혁이의 등을 내려치려는 순간!

"안 돼! 교, 교련아, 그, 그러면 안 돼. 이 애는 건들면 안 돼."

초롱초롱한 눈으로 나를 쳐다보는 교련이의 시선이 부담스러워 피한 것인데,

"이   니 남자 친구야?"

미주가 엄청 째려보고 있음을 느꼈다.

"아, 그, 그런 거 아닌데… 이, 이 애 건드려서 좋을 거 하나도 없어."

"그래도 수업 시간에 자는 건 나빠!"

ㅠ.ㅠ 용감의 한계를 지나 이건 진짜 병적인 거 같다. 내 말림에도 불구하고 교련이는 가방을 뒤적이다가 교과서 두 개를 포개더니 보혁이 등을 내려친다.

픽—!!

반 아이들의 표정은 하나같이 똑같았다. 말하지 않아도 꼭 저 애는 이제 죽~었다!라고 말하고 있는 듯해 보인다. 그런 표정을 하고 있는 애들 중엔 나 역시 포함되어 있었다. 교과서에 맞은 보혁이, 이번엔 꽤 아팠는지 은색 머리칼을 쓸어 올리며 고개를 들어 살짝 돌아본다. 아주 싸늘한 눈으로 교련이를 바라보며…

"뭐야? 너… 방금 뭐 한 거야? 죽고 싶어?"

그런 무서운 보혁이의 말에도 아랑곳하지 않고 교련이는 연신 웃으며 대답했다.

"안녕? 나 방금 전에 전학 온 이.교.련.이라고 해. 수업 시간에 자는 건 나쁜 거야~ 그래서 내가 깨워준 거야~ 고맙지? 응? ㅎㅎㅎ 우리 친하게 지내자."

허억! 어떻게 하면 저렇게 밝고 명랑할 수 있는 걸까? 보혁이에 대해 아무것도 모르기 때문일까? 하지만 나는 보혁이에 대해 아무것도 모를 때에도 너무 무서워 말도 제대로 못했는데……. 교련이란 여자애가 꼭 신처럼 느껴졌다. 아기처럼 해맑게 웃는 교련이를 아무 말 없이 쳐다보던 보혁이는,

쾅—!!

교련이의 책상을 주먹으로 힘껏 내리찍더니 말을 한다.

"여자라서 한 번은 넘어가겠지만… 한 번 더 그러면 여자고 뭐고 없다."

모두들 놀라서 당황한 표정이 역력한데 대체 교련이의 심장은 강철 심장이라도 되는 걸까? 여전히 생글생글 웃으면서 부혁이에게 말한다.

"헤~ 멋진걸??"

헉! 모두들 기절초풍 직전이다. 미주는 금방이라도 거품을 물고 쓰러질 것 같았고, 보혁이의 무표정에도 약간 황당한 빛이 살짝 내비쳤다. 그래도 교련이는 이 학교에 와서 처음 친구로 지내기로 한 아이인데 저대로 보혁이에게 미움받게 둘 수는 없다. 그래서 용기를 내어 떨리는 입을 열었다.

"저, 저기, 교련아."

용기를 내어 불렀음에도 불구하고 내 말이 처참히 먹혀 버리고 말았다. 계속해서 이어지는 교련의 말에 모두 어이가 없다 못해 기절 직전이었다.

"명찰을 보니 이름이 신보혁?? 얼굴에 어울리게 멋진 이름이네~ ^-^ 근데 너 머리 색깔이 왜 이래? 학생이면 학생답게 하고 다녀야지~ 염색하면 머리 결도 나빠지고 불량스러워 보이잖아~ 안 그래? 그러니까 빠른 시간 내로 머리 색깔 바꿔. 물론 수업 시간에 엎드려 잔다든지 그런 행동은 하지 마. 그런 건 얼빠진 날라리들이나 하는 짓이거든?"

마, 말이 안 나온다. 보, 보혁이보고… 얼빠진 날라리라니……. 보혁이는 가만히 교련이의 말을 듣더니 씨~익 약간 사악하게 웃어 보인다. 그러더니 다시 책상에 엎드려 잠을 청하는 것이 아닌가? 헐! 하긴 보혁이가 어떤 사람인데 남의 말을 듣겠어? 보혁이한테 감히 저런 말을 하고도 안 맞은 게 다행이라고 생각한다. 그렇게 그냥 넘어가나 했는데 교련이도 집요한 구석이 있었다. 내가 교련이 반만 닮았어도 한심이 바보가 되진 않았을 텐데……. 교련이는 아주 용감하게 보혁이의 등을 한 번 더 내려친다.

탁—!!

교련아! 어떡해. 그냥 넘어갈 때 가만히 있었으면 서로가 편할 것을 ㅜㅜ 왜 보혁이의 심기를 건드리는 거야. 꿈쩍도 하지 않은 보혁이에게 교련이는 외치듯 말했다.

"야, 신보혁! 너 그렇게 잘난 척하다가는 죽도 밥도 안 되는 거야! 일진따위가 뭐 그렇게 대단하냐? 멍청하고 껄렁한 것들이 잘난 척한다고 모인 집단이잖아! 싸움을 잘한다고? ㅎㅎ 웃기지 말라 그래~ 뭉쳐서 애들 괴롭힐 줄이나 알지. 한 명 한 명 떨어져 있을 땐 애들 건드리는 거 한 번도 못 봤어~ 일진이니 뭐니 하는 애들은 전부 얼빠진 멍청이라구, 멍청이! 알겠어? 너도 그들 중 하나가 되고 싶은 거야? 빨리 일어나! 지금은 수업 시간이라구!"

허걱! >//< 교련이의 엄청난 용기에 불안했던 마음은 반으로 사그라들고 교련이에 대해 존경심이 생기기 시작했다. 그러나 그건 나만의 생각이었을까? 반 아이들의 표정엔 여전히 긴장감만 감돌고 있었

다. 그때 미주가 나서 교련이에게 다가가 말한다.

"야! 전학생이면 전학생답게 조용히 지낼 것이지, 니가 뭔데 감히 보혁이한테 이래라저래라야?"

앙칼진 미주의 목소리에 교련이는 보혁이 등에 있던 시선을 미주에게로 옮겼다. 교련이는 해맑게 웃으며 미주에게 말했다.

"어? 안녕? 반가워. 근데 너 교복 그렇게 줄여 입으면 불편하지 않니? 이게 이뻐 보인다고 생각하면 착각이야~ 꼴불견이라구. 그러니까 교복 단정하게 입구 다녀."

교련이의 별명이 정의의 여신상인 거에 대해 절대적으로 공감하는 바다. 교련이의 말이 끝나기가 무섭게 미주의 앙칼진 목소리는 이어졌다.

"우리 반에 순딩이 또라이하고 겁을 상실한 또라이가 둘이나 있다는 게 정말 짜증나는걸?"

모두들 미주의 말에 키득키득 숨죽여 웃어 보였다. 교련이는 미주의 왼쪽 가슴에 달린 명찰을 보고 여전히 해맑게 웃으며 말했다.

"이름이 미주니? 예쁜 이름인걸? 아름다울 미 자 쓰지? 그럼 이름 값을 해야지~ 아름다움이란 겉모습을 말하는 게 아니잖아. 예쁜 거랑 아름다운 거는 엄연히 차이가 있다구. 예쁜 건~ 겉모습이 예쁘다고 할 때 쓰이지만 아름답다고 할 땐 겉모습뿐 아니라 마음이 예쁘다고 느꼈을 때 쓰는 표현이지. 네 이름에 속한 그 아름다울 미 자처럼 아름다우려면 친구에게 함부로 말하는 습관은 고쳐야 하겠는걸?"

미주의 굳어 있던 인상이 이제는 한계에 도달한 거 같았다. 급기야 교련이의 뺨을 향해 날아간 미주의 손.

탁!

그러나 교련이의 손에 의해 저지당한다. 모두의 놀란 표정 속에 내 표정도 함께 파묻혔다. 교련이의 말은 이어졌다.

"에이~ 폭력은 더 나빠. ^-^ 수많은 사람 중에 친구끼리 이렇게 상처를 주면 안 되지. 안 그래?"

미주는 교련이에게 잡혀 있던 손을 있는 힘껏 빼내더니 무섭게 노려보곤 화장실을 가는 건지 교실을 나가 버린다. 어리버리한 표정으로 교련이를 바라보다가 이내 교련이와 눈이 마주쳤다.

"아하하하……?"

어색한 나의 웃음에 교련이는 예쁘게 눈웃음을 지어 보였다. 저걸 귀엽다고 해야 하는 거야, 무섭다고 해야 하는 거야?

결국 정의의 여신 교련이는 내 뒤에 앉은 채로 오늘의 학교 생활을 끝냈다. 첫날부터 이래저래 시달린 탓일까? 기숙사로 향하는 발걸음은 매우 피곤했다. 누군가의 밝은 목소리가 이름을 불러 내 걸음을 멈추게 했다.

"아랑아~ ^0^ 소아랑~"

뒤돌아보니 나를 향해 환하게 웃으며 달려오는 교련이가 보인다.

"아, 교, 교련아."

"어디 가는 거야?"

"아… 기숙사에……."

"마침 잘됐다~ 나도 기숙사 가는 길인데 여기 지리를 잘 몰라서."

계속 방긋방긋 웃고 있는 교련이. 저 애는 웃은 채로 얼굴이 굳어 버린 게 아닐까? 그런 엉뚱한 생각을 하고 있는 동안 교련이의 질문은 계속되었다.

"근데 510호에 사는 애들 누구 있는지 알아?"

"510호?? 그, 그건 왜?"

서, 설마… 교, 교련이도 우리 방??

"아~ 그 방에 있는 애들 중에 어떤 유명한 남자애가 있는데 전학 오기 전에 내가 다니던 학교에서 조심하라고 했었거든. 그래서 말인데, 거기 있는 애들 중에 아는 애 있니?"

보혁이를 조심하라고 말해 준 건가? 내겐 너무 따뜻하게 대해줬는데. 교련이의 질문에 나는 천천히 입을 열었다.

"아… 그, 그 방엔 신규, 천우, 보혁이……."

내 말이 다 끝나기도 전에 교련이의 말이 내 귓가로 흘러 들어왔다.

"뭐?? 보혁이? 아까 그 잠자던 애??"

"어? 아, 엉……."

"그래? 그 애 불량배지?"

"부, 불량배? ——; 그렇게까지 말할 필요는 없구 그냥 학교 생활이 조금 남다를 뿐인 게 아닐까?"

"만약에 일진이니 뭐니 하는 이상한 불량 써클에 속한 애라면 내가 가만 안 둬!"

"——? 가만 안 두면? 교련아, 니가 뭘 잘 모르는가 본데… 물론 나도 잘 모르지만, 보혁이는 함부로 건드릴 수 있는 사람이 못 된다구. 선생님들도 잘 손을 대지 않으시니까 말이야. 그냥 사고뭉치 건달 같은 날라리가 아니란 말이야."

내 말을 듣고 수그러들어야 할 교련이의 웃음이 더 환해진다. 밝게 벌어진 그 입으로 내게 다시 말한다.

"역시 내 예상이 맞았어. 보혁이가 그 소문난 문제아란 말이지? 헤헤."

"그, 그래."

"좋았어! 나 보혁이를 착한 모범생으로 만들어줄 거야~ 두고 보라구."

"헐! 무, 무슨 재주로? 미리 말하지만 보혁이는 팬들도 상당해. 그 애한테 접근하는 건 아무래도 좋은 방법이 아닌 거 같은……."

역시 내 말을 막고 자신의 말을 이어가는 교련.

"상관없어. 날 좋아하게 만들 테니까 두고 봐."

너무나 자신있고 당당하게 말하는 교련이의 모습에 잠시 할 말을 잃었다. 그리고는 약간 찜찜한 기분이 들었다. 보혁이를 향한 내 마음 때문에 불안함을 느낀 것이다. 용기 내어 보혁이를 향한 교련이의 계획에 대해 슬쩍 떠보았다.

"어, 어떤 식으로 하려구?"

"ㅎㅎㅎㅎ 그건 두고 보면 알아. 일명 찐드기 정정당당이라고."

찐드기? 정정당당?? 도대체 뭐가 뭔지 모르겠다. 암튼 첫날부터, 아니, 입학한 순간부터 나에게 평범히 지낼 일은 하나도 생기지 않았다. 왕따나 당하지 않나~ 하필 문제아랑 룸메이트지 않나~ 겨우 사귄 친구가 신기한 여인이지 않나~ ㅜㅜ 한참 혼자서 속으로 신세타령을 하고 있는데 보혁이가 정원 구석진 곳에 앉아 담배를 피우고 있는 모습이 보였다. 교칙 위반이다. 한쪽 다리를 쭈욱 펴고… 또 다른 다리는 구부린 채로… 한쪽 손은 허리 뒤쪽 땅을 짚어 중심을 잡고… 또 다른 한 손으로는 담배를 잡고 하얀 연기를 입에서 내뿜고 있는 그 모습이 왜 그렇게 멋있어 보이는지. 수풀 사이에 살짝 가려져 눈에 띄진 않지만 저 은빛 머리색 때문에… 나는 한눈에 보혁이라는 걸 알 수 있었다. 보혁이의 모습을 보자 나도 모르게 살짝 입가에 미소를 지었다. 헉! 그때 언제 달려갔는지 보혁이 옆으로 바짝 다가간 교련이. 당당하게 보혁이에게 다가가 물고 있는 담배를 빼앗아 발로 비벼 끈다. 헐! 교, 교련아. >0< 정말 간이 크구나! 귀찮다는 듯 교련이를 노려보는 보혁. 그런 보혁이를 향해 눈에 힘을 잔뜩 주고 교련이는 말했다.

"학생이 무슨 담배야! 게다가 여긴 학교라구! 너 정신이 있는 애니, 없는 애니?"

나는 그 둘에게 조금 더 가까이 다가가 나무 뒤에 몸을 숨긴 채 살짝 엿듣고 있었다. 보혁이의 낮은 음성이 들려온다.

"또 너냐?"

그 말에 이어 목에 힘이 들어간 교련이가 보인다.

"또 나든, 다른 사람이든 상관없어! 학교에서 담배 피우는 건 나쁜 거야! 아니, 담배 피우는 거 자체는 무조건 나쁜 거야! 절대 안 돼!"

무표정한 보혁이는 눈까지 내려온 은빛 머리칼을 입으로 후 불며 귀찮다는 듯 교련이를 쳐다본다. 그런 보혁이를 보며 다시 환하게 웃고 말을 잇는 교련이.

"^-^ 이제 안 피우겠다고 약속해, 응? 머리 색깔은 멋있으니까 조금 봐줄게~ 그러니까 담배는 피우지 말라구~"

같은 여자가 봐도 저렇게 예쁘고 귀여울 수가 없다. 당당하고 밝은 성격, 예쁜 얼굴과 예쁜 몸매, 그리고 정의를 사랑하는 착한 마음씨까지. ㅜㅜ 나하곤 완전 반대. 교련이의 모습을 보며 한참 부러워하고 있는 동안 보혁이는 주머니에서 또 다른 담배를 꺼내 문다.

획!

이내 뺏어서 두 동강 내버리는 교련.

"아~ 참 말 안 듣네. 안 된다니까! 너 설마 교칙도 모르는 바보는 아니겠지! 담배를 피우는 거랑 교내에서 불건전한 이성 교제를 하는 것은 금지되어 있다구! 왜 자꾸 네 자신을 망가뜨려? 학교에서 우리들한테 좋은 걸 못하게 하겠어? 그러니까 학생은 교칙을 준수할 의무가 있다구~ 그래, 나 고리타분하고 답답한 모범생이라고 욕해도 좋아. 그렇지만 지킬 건 지켜야 해!"

그러자 보혁인 짧게 웃음을 내뱉더니 또다시 담배를 꺼내 물고 있다. 그 모습을 본 교련이는 예쁜 얼굴을 다시 한 번 살짝 찡그리더니 보혁이 입에 물린 담배를 빼앗기 위해 손을 담배 쪽으로 뻗었다.

"나참, 안 된다니까?"

턱!!

담배를 입에 문 채로 교련이의 손목을 잡은 보혁. 교련이는 약간 당황한 눈치다. 교련이의 손목을 잡은 보혁이는 입에 물고 있던 담배를 바닥에 뱉는다.

"푸."

떨어진 담배를 한 번 보곤 이내 신경 안 쓰는 듯 시선을 교련이에게 옮기는 보혁. 그러더니 잡고 있던 교련이의 손목을 힘껏 잡아당겨 교련이를 자신의 몸 쪽으로 넘어뜨린다.

"아얏!!"

당기는 힘에 중심을 잃고 보혁이 품으로 넘어진 교련. 그리고 그런 교련이 입에 키, 키스하는 보, 보혁이의 모습을… 여전히 나무 뒤에 숨은 채로 보고 말았다. ㅜㅜ 이, 이럴 수가……. 너무 놀라 눈조차 제대로 깜박일 수가 없다. 잠시 후 보혁이는 교련이에게서 자신의 입술을 뗀다. 새빨갛게 달아오른 교련이 얼굴은 여전히 아름다웠다. 교련이가 보혁이게 화를 낸다.

"무, 무슨 짓이야, 이게! >//<"

사악하게 씨~익 웃어 보이는 보혁. 너무 어처구니가 없어서 그저 멍하게 그 둘을 지켜보고만 있었다.

"교칙이 어쨌다고? 담배는 안 되고 불건전한 이성 교제가 뭐가 어째? 난 이런 놈이야. 나한테 너의 그 고리타분한 설교는 필요없다. 알았냐? 당장 내 눈앞에서 사라져."

달아오른 얼굴로 보혁이들 바라보는 교련이와 싸늘하게 말하던 보혁이를 뒤로한 채 기숙사로 뛰어들어 왔다. 정신없이 달려 도착한

510호 앞에서 마음을 진정시키기 위해 가슴에 손을 얹고 한참 크게 숨을 들이마쉬고~ 내쉬고~를 반복했다. 진정이 되지 않았지만 문 고리를 잡아당겨 방 안으로 들어갔다. 방 안에는 언제 왔는지 천우와 신규가 만화책을 보며 연신 낄낄거리고 있는 게 보였다. 이내 나를 본 그 웬수 콤비들이 말한다.

"야~ 암소 왔냐? ㅋㅋ"

"근데 너 표정이 왜 그러냐? 뭐 못 볼 거라도 봤냐? 얼굴이 새빨갛게 달아올라서는… 열 있냐?"

"그… 그, 그런 거 아니야."

녀석들, 내 대답을 듣고는 다시 시선을 만화책으로 가져간다. 나는 내 침대로 올라가 머리끝까지 이불을 덮었다. 자꾸만 보혁이와 교련이가 키스하던 모습이 떠올라 마음이 진정되지 않아 미칠 것만 같았다. 급기야 어느새 내 베개가 촉촉히 젖고 있음을 느꼈다. 내가 왜 울지? 내가 대체 왜 울어? 그 깟 거 좀 봤다고 왜 이렇게 서글프지? 보혁이가 어쩌면 날 좋아할지도 모른다는 착각이라도 한 걸까? 나같이 불쌍한 걸 동정 좀 했다고 혼자 착각해서 들떠 있다가 막상 아닌 모습을 보니까 섭섭한 걸까? 그런 걸까? 너무 비참하고 알 수 없는 기분에 눈물이 났다. 혹시나 신규와 천우에게 들킬까 숨죽여 울어야만 했다.

울다 지쳐 어느새 잠이 들었나 보다. 자고 일어나 보니 캄캄한 어둠이 드리워져 있다. 휴대폰을 열어 시계를 보니 벌써 자정이 넘은 시간이다. 혹시나 보혁이가 왔을까 살짝 내려다보니 보혁이 침대엔 아무도 없다. 아직까지 안 들어오고 어디서 무엇을 하고 있는 걸까? 신규랑 천우 녀석은 만화책을 끼고 사이좋게 널브러져 곤히 잠들어 있었다. 조심스럽게 사다리를 타고 2층 침대에서 내려와 잠바를 걸치고 기숙사를 빠져나왔다. 너무 답답하고 괜히 우울해져 방 안에 있는 게 갑갑했기 때문이다.

어느새 내 발은 보혁이와 교련이가 키스하던 그 정원으로 나를 데려다 주었다. 가만히 눈물이 흘렀다. 무엇보다 나 자신한테 화가 나서 견딜 수가 없었다. 따돌림을 당하지 않나, 좋아한다는 보혁이가 다른 여자와 키스하는 걸 보지 않나… 교련이와 나를 객관적으로 비교할 때 내가 교련이보다 나은 구석이라곤 정말 하나도 없다. 한없이 작아지는 내 모습이 분하고 화가 나서 자꾸만 눈물이 났다. 보혁이가 앉아 있던 곳으로 가서 가만히 앉아 땅을 보니 보혁이가 뱉었던 담배와 교련이가 동강 낸 담배가 아직도 그대로 버려져 있었다. 보혁이가 버렸던 멀쩡한 담배꽁초 하나를 조심스레 집어 들었다. 보혁이가… 물고 있던 담배… 내가 이걸 물면 간접 키… 스가… 되는 건가? 순간 얼굴이 화악~ 달아올랐다. 내가 지금 무슨 생각을 하는 거지? 미쳤어. 미쳤나 봐. 하… 하지만… 하지만 왠지… 간접 키스라도… 해보고 싶어. 나는 나도 모르게 가만히 보혁이가 물었던 담배를 입에 물었다.

두근—!!

"담배 피우게?"

뒤에서 들려온 낮은 음성 때문에 화들짝 놀라 물고 있던 담배를 떨어뜨리고 뒤를 돌아봤다. 보혁이었다. 보혁이가 무표정으로 나를 바라보고 있었다. 보혁이는 너무 당황해서 아무 말도 못하고 있는 내 곁으로 바짝 다가와 앉았다.

두근두근—

심장은 미친 듯이 뛰기 시작했다. 그리곤 이어지는 보혁이의 그 낮은 음성.

"여자들에겐 특히 더 해로울 텐데……."

아무 말도 할 수가 없었다. 너무 당혹스럽고 창피해서 고개조차 제대로 들 수가 없었다. 내가 떨어뜨린 그 담배를 보혁이는 집어 들더니 이내 자신의 입에 문다. 심장이 더 빨리 뛰었다간 마비로 죽을 것만 같았다. 보혁이가 주머니를 뒤적여 라이터를 꺼내더니 불을 붙인다.

"후……."

하얗게 담배 연기가 공기 사이를 파고들었다. 굳은 나를 더욱 얼음처럼 차갑게 만드는 보혁이의 낮은 음성이 추가되었다.

"간접 키스인가? 씨~익."

너무너무 창피했다. 어쩔 줄 몰라 입을 꾹 다물고 있는 내게 보혁이는 다시 한 번 말했다.

"나보다 말이 없는 애라 답답하군. 무슨 말이라도 좀 해봐."

그 한마디에 무슨 말이라도 해야겠다는 생각이 들었지만 도저히 아무 말도 할 수가 없다. 여전히 자욱하게 담배 연기를 내뿜으며 멍한 시선으로 하늘을 보는 보혁. 난 눈치를 보며 어떻게 해야 할지 몰라 당황하고 있었다. 다시 정적을 깨며 보혁이는 말했다.

"답답하군. 말을 할 줄 모르는 것도 아닐 텐데 어째서 그렇게 벙어리처럼 입을 꾹 닫고 있는 거지?"

떨리는 마음을 제대로 추스르지도 못한 채 보혁이에게 겨우 말을 건넸다.

"나, 난 그냥……."

내 말에 보혁이가 나를 쳐다보는 시선을 느꼈다. 담배를 바닥에 비벼 끄더니 말한다.

"담배 피우려고 온 거냐?"

"아… 그, 그런 거 아니야……."

"그럼 왜 담배를 물고 있었지?"

미친 듯이 화끈거렸다. 어떻게 본인이 옆에 있는데 그 사람과 간접 키스해 보고 싶어서라고 대답하겠는가? ㅜㅜ 겨우 생각해 낸 어설픈 잔머리.

"호, 호기심에 그냥… 떨어져 있길래……."

피식 웃는 보혁이의 코웃음 소릴 들었다.

"호기심이라… 별로 좋은 호기심은 아니군."

또다시 난 아무 말도 할 수가 없었다. 보혁이 말은 이어졌다.

"너랑 있으면 내가 굉장히 말을 많이 하는 애가 되어버리는군. 하긴 난 떽떽거리는 여잔 딱 질색이지만."

보혁이의 그 밑에 삼산의 희망을 가진 건 욕심일까? 난 나도 모르게 보혁이의 말에 대꾸하듯 말했다.

"그럼 교련이는? 앗……."

내 질문엔 아랑곳하지 않고 보혁이는 오히려 내게 다시 질문한다.

"이 시간에 왜 여기 나와 있지? 기숙사 사감한테 걸리면 범생이가 감당하긴 힘든 벌이 내려질 텐데?"

긴장은 되지만 조금씩 천천히 보혁이에게 말문을 열어가는 나.

"그, 그러는 너도 나와 있잖아."

"그렇군."

난 조심스럽게 다시 말을 이었다.

"방에 있으니까 조, 조금 갑갑해서……."

"갑갑이라… 후, 그럼 오토바이 타러 가자."

순간 놀란 눈으로 보혁이를 바라보았다. 나를 바라보던 보혁이와 눈이 마주치고 말았다. 화끈 달아오르는 얼굴에 다시 고개를 푹 숙이고 말았다.

"따라와."

보혁이가 먼저 일어선다. 하지만 따라가기도 그렇다. 무엇보다 보혁인 오토바이를 거칠게 몬다. ㅜㅜ 무섭단 말이다. 보혁이만으로도 무서운데 오토바이를 타자니……. 아무런 대꾸도 없고 움직임도 없는 나를 보자 보혁인 다시 나를 향해 말한다.

"하긴 내가 그렇게 말한다고 쫄레쫄레 쫓아올 애는 아니지."

그렇게 내뱉더니 내 손목을 잡는다. 난 거의 끌려가듯 보혁이와 함께 교문 쪽으로 갔다.

"저, 저, 저 잠깐만."

용기있게 난 보혁이를 불러 세웠다. 하지만 내 말은 듣는 척 마는 척 무작정 끌고 간다. 보혁이에게 잡혀 있는 손이 너무 따뜻하고 기분 좋게 느껴졌다. 하지만 이 시간에 교문이 열려 있을 리도 없고, 나가는 걸 들키는 날엔……

"교문이 잠겨서 담 넘을 거야. 저기 있는 저 돌을 밟고 담을 넘어. 내가 먼저 넘어서 뛰어내린 후 널 받아줄게."

—//— 또다시 새빨개진 얼굴을 감추기 위해 고개를 푹 숙였다. 보혁인 교문 옆쪽에 뾰족하게 튀어나온 돌을 밟고 반대편으로 건넌다. 나 같은 겁보가 무슨 용기였는지… 반대편에서 기다리고 있을 보혁이가 떠올라 난간에 올라섰다. 올라서니 생각보다 꽤 높았다. 바위를 밟고 올라갔던 학교 안쪽과는 달리 바깥쪽은 내리막길이라 높이가 굉장히 높았다. 막상 뛰어내리려니까 덜컥 겁이 났다. 그때 보혁이가 양팔을 벌린 채로 내게 조심스럽게 말했다.

"안심해. 무슨 일이 있어도 잡아줄 테니까 빨리 뛰어."

그 말에 눈을 질끈 감고 뛰어내렸다. 무슨 정신으로 뛰었는지 정말 아찔한 순간이다.

휙~ 턱—!!

아무 생각도 나지 않는다. 어느 순간 아주 따뜻함이 느껴졌다. 보혁이 품에 안겨진 순간이었을 것이다. 무안한 나머지 재빨리 보혁이에게서 떨어지자 짓궂게 보혁이는 이렇게 말한다.

"씨~익. 용감한대? 근데 보기보다 무겁다, 너?"

—//— 새빨개진 얼굴을 보혁이도 보았을까? 어느새 보혁인 저만

치 오토바이를 향해 가고 있었다. 천천히 보혁이의 뒤를 쫓아 오토바이가 있는 곳에 도착했다. 보혁인 오토바이 뒤에 걸어둔 헬멧을 내게 건네주며,

"이거 써."

막상 오토바이를 보니 또 무섭게 달리던 때가 생각나 겁이 났다.

"저, 저기… 나 무, 무서워."

보혁인 그 말을 듣자마자 헬멧을 내게 씌워 버린다. 그리고는…

"니가 탈래, 내가 강제로 태울까?"

"—//— 뭐, 뭐?"

"갑갑할 땐 말이야, 실컷 달리는 거야. 그러면 속이 좀 풀려."

어째서… 나한테 이렇게 자상하게 대해주는 걸까? 왜 자꾸 나 혼자 착각에 빠지게 대하는 걸까? 난 보혁이의 눈치를 보면서 조심스레 오토바이에 올라타곤 허리를 살짝 감싸 안았다. 여전히 가늘고 단단한 허리. 이렇게 내가 보혁이의 허리를 감싸 안고 있다니 꿈만 같다.

오토바이가 출발했다. 나를 염려해서인지 무서운 속도로 질주하는 건 아니었다. 바람에 의해 보혁이의 은색 머리칼이 멋지게 휘날렸다. 난 나도 모르게 보혁이의 허리를 좀 더 꽈악 안아보았다. 보혁이도 내가 꼭 안고 있다는 걸 느꼈을까? 느꼈다면 창피한데. —//— 꽤 달린 것 같다. 빠르게 지나가는 주변 배경들을 보는 동안 갑갑한 마음은 어느 정도 풀리고 있었다. 보혁이가 곁에 있다는 것만으로도 이렇게 기분이 좋으니까 말이다.

한참을 달려 오토바이를 세운 곳은 호숫가였다. 강인지 호수인지
는 몰라도 커다란 나무가 주변에 심어져 있고 벤치가 많은 곳이었다.
헬멧을 벗고 가만히 벤치에 앉았다. 보혁인 오토바이에 비스듬히 기
대어 있었다. 곧 내게 말을 건넸다.

"기분은 좀 어때?"

날 배려해 주고 있는 것만 같은 보혁이의 말에 금세 마음이 따뜻해
지고 얼굴이 달아올랐다.

"넌 내가 무슨 말만 하면 빨개지냐?"

그 말에 한층 더 빨개지는 내 얼굴이 너무나 창피하다. 역시 아무
말이 없는 나를 바라보며 보혁인 다시 말했다.

"내가 그렇게… 무섭냐?"

솔직히 안 무섭다고 하면 거짓말이겠지만 또 무섭다고 말하기도
좀 그렇고…… ㅜㅜ 잘 생각해 보면 보혁이가 무서운 것도 무서운
거지만 보혁이를 향한 내 마음 때문에 창피해서 더 말을 할 수 없는
것이다.

탁! 탁!

보혁이는 가만히 자신의 오토바이를 발로 건드려 본다. 그리곤 중
얼거리듯 말했다.

"이 녀석, 내 보물 1호야. 내 기분을 맞춰줄 줄 알거든. 내가 우울
할 땐 기분 풀리도록 실컷 달려주고, 내가 기분이 좋을 땐 상쾌하게
기분을 업시켜 주도록 달려주지. 그린데 안타깝게 아직 이 녀석은 이
름이 없어. 마땅한 이름을 찾지 못했거든."

발로 툭툭 오토바이를 건드리는가 싶더니 이내 애완동물 다루듯 오토바이를 어루만지는 보혁이가 왠지 쓸쓸해 보였다. 그 모습이 안타까웠는지 나도 모르게 주제 넘는 말을 내뱉고 말았다.

"내가 지어줄까?"

순간 보혁이의 시선이 나에게 옮겨졌다. 눈이 마주치는 순간 나는 재빨리 고개를 숙였다. 이내 보혁이의 낮은 음성이 들려왔다.

"그럴래?"

헉! 너무 심장이 떨리고 얼굴이 달아올라서 진정이 되지 않는다. 이어지는 보혁이의 음성.

"말해 봐. 어떤 게 좋을 거 같아?"

기왕 내뱉은 말이니 어떻게든 해야 할 것 같아 문득 떠오른 것은…

"혁! 너 이름을 따서. 너 자신처럼 소중히 아끼는 오토바이잖아. 그러니까 너라고 생각하고… 혁이 어때? 시, 싫으면……."

내 말이 끝나기도 전에 보혁이의 음성이 들려온다.

"씨~익. 좋은데?"

이쯤에서 내 특기 사항을 알 수 있을 것이다. 바로 얼굴 빨개지기. 보혁이의 말 한마디 한마디에 자꾸만 달아오르는 얼굴을 주체할 수가 없다. 그때다! 갑자기 보혁이가 가슴을 움켜쥐더니…

"으……."

"보, 보혁아, 왜, 왜 그래? 어디 아파? 응?"

아픈 듯 얼굴에 인상을 잔뜩 쓰고 가슴을 꼭 움켜쥔 채로 식은땀을 흘리는 보혁이의 모습을 보자 순간 덜컥 겁이 났다. 재빨리 보혁이

곁으로 다가가 팔을 살짝 잡았다.

"어디가 아픈 거야? 괜찮아? 응?"

미친 듯이 걱정이 됐다. 무슨 병이라도 있는 걸까? 이대로 쓰러지면 어떻게 행동해야 하는 걸까? 난 조심스럽게 보혁이를 부축해서 벤치에 앉게 했다. 그리곤 주머니에서 손수건을 꺼내 보혁이의 식은 땀을 닦아주기 시작했다. 보혁이는 한동안 가슴을 꽉 움켜쥔 채로 거칠게 숨을 내쉬더니 조금 후엔 괜찮아진 듯 등받이에 편히 기대앉는다.

"괘, 괜찮아?"

"응. 미안."

그렇게 말하며 따스한 눈빛으로 나를 바라보는데 그만 얼굴을 숙일 틈도 없이 내 빨개진 얼굴을 보혁이에게 보이고 말았다. 그런 날 보며 보혁인…

"너."

"으응?"

"아무것도 아니야. 그만 돌아가자."

"아, 응."

무슨 말을 하려던 걸까? 하려던 말을 멈추고 보혁인 오토바이에 올라탄다. 그러면서 오토바이에 대고 보혁이가 중얼거린 말이 오늘 밤 잠도 제대로 못 이룰 정도로 두근거리게 했다.

"혁이, 겁보가 이름 지어줬으니까 종종 태워주자. 알았지? 씨익~"

두근—!!

보혁이의 미소만 봐도 미칠 거 같은데 날 위해 저런 말까지 하니까 정말 이 좋은 기분이 주체가 되질 않았다. 근데 겁보라는 말이 좀······. ──+ 흠흠!

이내 보혁이가 건넨 헬멧을 쓰고 보혁이의 허리를 용기있게 꽉 안은 채로 기숙사로 무사히 돌아왔다. 오늘밤 보혁이와 있었던 이 순간은 아마 평생 잊지 못할 것만 같다.

보혁이와 내가 기숙사 방으로 들어오자 신규와 천우는 뒤척이더니 이내 잠에서 깨어난다.

"음냐~ 뭐냐? 어? 보혁이랑 암소 아니야?"

"음냐~ 뭐야, 너희 둘? 이 야밤에 둘이서 어딜 다녀오냐?"

얼굴이 화끈 달아올랐다. 물론 보혁이와 그런 관계는 아니지만 왠지 능글맞은 두 사람의 질문에 당황스러웠다. 이내 기숙사 방 불을 켜더니 녀석들의 짓궂은 질문이 계속되었다.

"어라? 암소~ 너 얼굴이 빨개. 너희 둘 데이트라도 하고 온 거 아냐?"

"맞아. 기숙사 통금 시간이 지난 게 언젠데 이제 들어와? 몰래 빠져나갔다가 몰래 들어온 거 아냐?"

보혁이가 아니라고 부인할 줄 알았는데 아무 말 없이 자신의 침대에 눕는다. 그런 행동을 보더니 콤비 녀석들 더욱 짓궂게 군다.

"이야~ 보혁아, 진짜냐?? 아무 말도 없는 걸 보니 진짜구나?"

"그래~ 너희 야밤에 어디 가서 뭐 했냐? 둘이 사귀는 거야? 어?"

난 그런 게 아니라고 말하려 했지만 선뜻 나서서 말할 용기도 없고, 사실 보혁이의 반응도 궁금했기에 그냥 입을 꾹 다물고 있었다.

"암소도 아무 말 안 하고, 보혁이 너도 아무 말 안 하는 걸 보면… 이야~ 너희 둘 진짜 그렇고 그런 사이구나?"

"이거 우리 둘이 같은 방에 있는 게 미안한데? ㅋㅋ"

"보혁아, 진짜 사귀는 거 맞아? 너 여지껏 여자라고는 도희밖에 몰랐잖아?"

도희?? 처음 듣는 이름이다. 그 이름을 듣자마자 심장이 쿵하고 내려앉는 기분은 왜일까? 보혁이가 따로 좋아하는 여자가 있었던 걸까? 지금까지 좋았던 기분이 다시 불안감으로 바뀌고 있는 시점에 보혁이가 신규와 천우를 향해 입을 열었다.

"시끄러워. 불 꺼."

보혁이의 말에도 아랑곳하지 않고 콤비 녀석들의 질문은 계속되었다.

"야야~ 보혁아, 그러지 말고 우리한테는 진실을 밝혀~ 이제 도희랑은 완전히 끝나고 암소랑 사귀는 거냐? 어?"

"절대 헤어지지 않을 커플일 거 같더니만… 암소가 그렇게 좋냐? 쉽게 사귀네."

순간 보혁이의 얼굴은 무섭도록 굳는다. 이어 차갑게 말을 내뱉었다.

"한마디만 더 지껄이면 너희 둘 다 죽이겠다."

신규와 천우는 서로를 마주 보며 침을 꿀꺽 삼키고는 이내 조용히 불을 끈다. 불을 끄는 것까진 좋은데… 이놈들아~ 내가 2층 침대로 올라가고 나면 꺼야지. 무슨 재주로 안 보이는 사다리를 밟고 올라가니? ㅠㅠ 미쳐. 주머니 속 휴대폰을 열어 그 빛에 의존하여 겨우겨우 2층 침대로 올라왔다. 아까까지 정말 날아갈 듯 기분 좋았는데… 그 도희라는 낯선 여자애 이름 때문에 좋았던 기분은 하나도 남지 않았다.

다음날. 교실로 향하는 나의 발걸음은 무거웠다. 아침에 일어나면 어디론가 사라져 보이지 않는 웬수 콤비와 보혁이. 어제부터 도희라는 여자애 이름이 머리에서 떠나지 않아 잠도 제대로 이루지 못했다.

교실에 들어서자 모두들 나를 째려보는 듯한 느낌을 받았다. 하지만 그런 시선조차 신경 쓸 틈이 없을 만큼 머리 속엔 도희라는 이름으로 가득했다. 주변에서 술렁거리는 소리가 들려오지만 한 귀로 듣고 한 귀로 흘렸다. 교련이가 나를 보며 반갑게 손을 흔든다.

"아랑아, 이제 왔어? 빅 뉴스야, 빅 뉴스~"

뭐가 그렇게 기분이 좋은지 오늘도 방글방글 교련이다. 사실 도희라는 여자가 신경 쓰여 그 여자에 대한 거 외엔 아무것도 궁금한 게 없지만 교련이가 저렇게 떠들어대는데 나 몰라라 할 수는 없는 일이다.

"빅뉴스?? 무슨……."

"글쎄, 나 어제……."

말꼬리를 흐리던 교련이는 이내 주변 눈치를 보며 내 귀를 잡아당기곤 귓속말로 조용히 속삭인다.

"나 어제 보혁이랑 키스했어."

또 한 번 심장이 쿵하고 내려앉았다. 알고 있다, 보았으니까. 하지만 또다시 교련이의 자랑 같은 말을 들으려니까 마음이 뭉클해져 왔다. 가뜩이나 도희라는 애 때문에 은근히 기분이 나쁜데 교련이까지……. ㅜㅜ 서글퍼진다. 하지만 키스하는 걸 봤다고 말하기도 그렇고 해서 나도 신기한 듯 적당히 교련이의 비위를 맞춰주었다.

"그, 그래? 대단하네."

"두고 봐~ 조만간 우리 사귀게 될 거야."

"그, 그래."

저런 자신감은 도대체 어디서 나오는 걸까? 하긴 누가 봐도 예쁜 교련이. 내가 남자여도 나 따위보단 교련이를 택할 거야. 교련이와 이런저런 수다를 떠는 사이 미주가 우리 쪽으로 다가온다.

"야, 너희 둘! 경고하겠는데 보혁이 근처에 얼씬거리지 마."

순간 굳어진 나와는 달리 교련이는 당당했다. 미주의 눈을 똑바로 응시하며 교련이는 입을 열었다.

"왜?? 보혁이가 니 남자 친구라도 되니? 아니면 보혁이가 너 좋아한대? 그런 거 아니잖아~ 사람 좋아하는 건 자기도 어쩔 수 없는 거야. 게다가 보혁이가 너 안 좋아하는 것도 어쩔 수 없는 거 아니겠어? 그러니까 잘난 듯 약한 애들 괴롭히는 거 그만뒀음 좋겠네."

교련이의 말에 당장 일어나서 박수라도 치고 싶지만 그럴 용기가 나한테 있을 리가 없지. ──; 교련이의 그런 말을 듣고도 가만히 있을 미주가 아니다. 앙칼진 목소리가 이어진다.

"이게 진짜 보자 보자 하니까! 그러는 넌 뭐가 그렇게 잘나서 착한 척이야? 일진들이 그렇게 우습게 보여? 아무래도 너희 둘은 진짜 쓴 맛을 봐야겠어! 오늘 방과후에 둘 다 옥상으로 올라와! 알았어'? 노상 가면 무서워서 그런 거라 생각하고 마음껏 비웃어줄게. 알겠어?"

그런 미주의 말에 잔뜩 겁먹은 나. ㅜㅜ 하지만 나와는 절대적으로 반대인 교련이는 비웃듯 미주의 말에 답한다.

"그래? 도망갈 이유가 없지. 할 말이 있다면 여기서 해도 되는데 옥상까지 부르는 거 보니 기대가 되는걸? 좋아~ 그때 보자구."

기가 막힌 듯 미주는 교련이를 양껏 노려보고는 자리로 돌아간다. 난 조용히 교련이에게 속삭였다.

"교련아, 미주 우리 학교 여자 일진이래. 선배 언니들도 미주 편을 들고 나서면 우리 정말 무서운 일 당할 거야."

겁에 질린 내 말에도 교련이의 표정에는 변함이 없다.

"쫄 거 없어. ^-^ 사람이 사람을 무서워하면 되겠어? 어차피 눈 두 개! 코 하나! 입 하나! 있는 사람들인데. 자기들이랑 우리랑 다를 게 뭐가 있어~ 겁먹을 거 하나두 없다구."

그래, 강철심장인 넌 좋겠다. 그렇지만 난 일진이니 뭐니 그런 거랑은 거리가 멀단 말이야. 그저 단짝 친구 몇 명 만들어 매점 가서 과자도 사먹고, 시험 기간이면 같이 모여 공부도 하고, 짝사랑하는 남자 얘기 하면서 수다도 떨고, 그런 평범한 생활을 원하는 지극히 정상적인 모범생이라구. 근데 내가 뭐 때문에 이런 시련을 겪어야 하는 거야. ㅜㅜ 불안한 마음을 추스르지 못하는 사이 보혁이가 교실로 오는 게 보였다. 기숙사에서는 항상 나보다 먼저 나가는데 어째서 교실에는 나보다 늦게 도착하는 걸까? 보혁이가 등장하자 모두들 잠시 조용해진다. 그리고 보혁이가 자리에 앉는 걸 본 순간 다시 조금씩 웅성거리기 시작하는 반 아이들. 보혁이 자리는 알다시피 내 옆 자리다. 보혁이가 옆으로 다가와 앉자 옆은 담배 냄새가 났다. 담배 피우고 온 걸까? 보혁이를 본 순간 교련이와 키스했던 모습, 어젯밤에 학교를 나가 오토바이 탄 일, 그리고 도희라는 여자. 그 세 가지 생각이 뒤엉켜 떠올랐다. 내 뒤에 앉은 교련이도 보혁이의 담배 냄새를 맡았는지 살짝 인상을 찌푸리며 입을 연다.

"보혁이 너 담배 피웠지?"

보혁인 뒤를 돌아보지도 않고 대꾸조차 하지 않는다.

"내가 담배 피우지 말랬잖아~"

보혁인 여전히 아무런 미동이 없다. 그래도 꿋꿋이 이어지는 교련이의 설교.

"담배는 몸에 해롭다구! 담배를 한 모금 빨아들이는 순간 니코틴이 혈관을 타고 심장을 거쳐 폐로 들어가고, 혈관 속에 나쁜 물질이 조금씩 조금씩 쌓이면서 나중엔 큰 병으로 발전되구, 폐암으로까지 간단 말이야!"

교련이가 보혁이를 걱정하는 말에는 동감하는 바지만, 난 저렇게 드러내 놓고 걱정해 주지 못하는 게 너무 안타깝고 분한 현실이었다. 계속해서 말하는 교련.

"폐암까지 간 다음에는 나중에 늙어서 목에 구멍 뚫어서 숨 쉬는 사람들 봤지? 그런 사람처럼 되는데, 그렇게 되면 늙어서 누가 고생하는지 알아? 주변 사람들도 고생이지만 너 자신이 고생이라구. 알기나 해? 그리구 담배는 말이야……."

쾅—!!

교련이의 말이 끝나기 전에 교련의 책상을 힘껏 내려친 보혁. 책상이 아직까지 멀쩡한 게 신기할 정도다. 모두들 그 소리에 놀라 시선이 집중됐다. 교련이는 잠시 놀란 듯 동공이 커졌지만 이내 생글 웃어 보인다.

"내 말 다 듣고 있었네. 알았지? 담배는 절~대 피우면 안 돼."

교련이의 웃음에 어이가 없었는지 보혁인 코웃음을 지어 보인다. 그리곤 낮은 음성으로 말을 내뱉는다.

"이봐, 너 나 좋아하냐?"

그 말을 듣는데 왜 내 얼굴이 빨개지는지 모르겠다. 순간 나만이 아니라 다른 모든 여자들의 얼굴이 달아오르고 있음을 알 수 있었다. 그런데 교련이는 여전히 해맑게 웃으며 당당하게 대답했다.

"응. 알면서 왜 물어?"

허걱! 정말 놀랍다. 어떻게 저렇게 당당할 수 있을까? 저렇게 당당하고 이쁜 애가 고백하면 누가 안 받아줄 수 있으리. ㅜㅜ 남자들의 부러운 시선이 보혁이에게로 쏠려 있었다. 아무런 표정 변화 없이 다시금 교련이에게 말하는 보혁.

"그런데 이걸 어쩌지? 난 너처럼 땍땍거리는 애는 질색이거든."

헉! 내 마음이 더 아파온다. 내가 만약 교련이라면 얼마나 상처가 되고 마음이 아플까? 미주가 숨죽여 비웃고 있는 게 보였다. 어떻게 보면 미주나 교련이나 나나 같은 입장일지도 모르는데…… . 수많은 여자들이 보혁이를 좋아하겠지만 그래도 막상 친구가 저런 아픔을 겪는 걸 보니 마음이 저려왔다. 하지만 이기적인 난 왠지 모르게 조금 다행이란 생각을 하고 있었다. 내가 나쁜 걸까? 살짝 교련의 눈치를 실폈나. 그런데 이게 웬일? 교련이의 방긋 웃는 표정에도 전혀 변화가 없었다. 아무렇지 않은 듯 교련이는 보혁이를 똑바로 응시하며 말했다.

"그래? 괜찮아. 앞으로 좋아하면 되지. 꼭 그렇게 될 거야."

엄청난 자신감과 당당함. 예쁘고 고운 얼굴에서 어떻게 저런 당찬 힘이 생기는 걸까? 그러고 보면 보혁이도 참 특이하다. 교련이처럼 예쁘고 당차고 똑똑한 애가 자신을 좋아한다는데 기뻐하기는커녕 오히려 관심도 없다니. 역시… 어젯밤에 웬수 콤비한테 들은 도희라는 여자 때문일까? 만약에 그렇다면 도희라는 여자는 과연 어떤 여자일까? 주제 넘는 생각일지 몰라도… 그 여자 한 번 보고 싶다.

어이가 없는 듯 보혁이는 자신의 책상에 엎드려 잠을 청한다. 하루 종일 도희라는 여자에 대해 혼자 상상하느라 수업이 어떻게 끝났는지 기억조차 희미하다.

종례가 끝나자 보혁이는 어디론가 사라져 버리고 미주가 다시 교련이와 내 곁으로 다가왔다.

"아까 한 말 잊지 않았겠지? 빨리 와라."

앙칼지게 말하고는 교실 밖으로 유유히 사라지는 미주 패거리. 교련이는 그 말에 그냥 방긋 웃어 보이더니 책가방을 멘다.

"가자, 우리 기다린다잖아~"

"하, 하지만 난……."

"걱정 마. 설마 죽이기야 하겠어?"

"교련아, 정말 일진들은 니가 생각하는 것처럼 만만한 집단이 아니야."

"글쎄, 난 시골에 있는 학교에서 전학 와서 그런지 일진인지 뭔지에 대해 잘 몰라. 하지만 이래저래 얘기 들으니까 그냥 또라이 집단이던데? 약한 애들 괴롭힐 줄이나 아는 멍청이들. 그런 애들치고 공부 잘하고 미래에 잘사는 애들 한 명도 못 봤다! 쫄 거 없어~ 지들이 뭔데 우리한테 이래라저래라야?"

"하, 하지만 난……."

"걱정할 거 없대두. 한대 맞으면 우리도 한 대 때리고, 두 대 맞으면 우리도 두 대, 아니, 세 대, 네 대 때리자. ^^ 그러면 되잖아."

ㅜㅜ 그럴 용기가 있었으면 처음부터 내가 이런 꼴을 당하고 살진 않지. 억지로 끌려가다시피 옥상으로 간 교련이와 나. 미주와 여러 패거리들은 옥상 구석에서 거만하게 앉아 담배를 피우며 우릴 기다리고 있다가 교련이와 나를 보더니 피우고 있던 담배를 비벼 끄고 천천히 다가온다. 아까 교실을 나갔던 패거리보다 숫자가 훨씬 많아졌다. 명찰 색깔을 보니 2, 3학년 언니들도 보였다. 심장이 밖으로 튀어나올 만큼 뛰기 시작했다. 겁이 나고 무서웠다. 교련이는 그런 일진들을 천천히 둘러보더니,

"단체로 우릴 어쩌겠다는 거야?"

아까보다 한결 더 목에 힘이 들어간 목소리로 미주가 교련이의 물음에 답했다.

"말했잖아, 손 좀 봐줘야겠다고. 너희 둘은 좀 맞아야 정신을 차릴 거 같아."

2학년으로 보이는 한 언니가 미주의 말에 장단 맞추듯 끼어든다.

"저렇게 잘난 척 떠들어대면서 은근히 이쁘게 생긴 애들 보면 짜증나. 재수없다고!"

자기들끼리 웃으며 장단을 맞춰대더니 이내 한 언니가 다가와 교련이의 어깨를 밀친다.

탁!

"무슨 짓이죠?"

교련이의 당당함에 언니들은 살짝 놀란 듯했다. 하지만 이내 코웃음 치며,

"하~ 기막혀. 이년 좀 보게. 어디서 눈을 똑바로 뜨고 대들어!"

짝! 퍽퍽!!

숫자가 많은 일진들이 모여 교련이를 구타하기 시작했다. 교련이는 막을 틈도 없이 잔뜩 움츠린 채로 구타당하고 있었다. 너무 무서웠다. 그냥 이대로 도망치고 싶었지만 도망가다 잡히면 더 맞을까 봐 도망가지도 못하는 내 한심한 모습. 교련이는 독하게 비명 한 번 지르지 않는다. 한참 교련이를 구타하는 동안 미주가 내게로 다가온다. 나를 중심으로 빙빙 돌던 미주가 내 뒤에서 딱 멈추더니 내 머리를

힘껏 잡아당긴다.

휙!

"아!"

나의 짧은 외마디 비명에 미주는 비웃는다. 그리곤 무섭고 앙칼지게 말한다.

"니가 뭔데 보혁이 옆에 앉아? 너 때문에 우리 보혁이 몸에 세균 옮으면 어떡해!"

팍—!

그러면서 내 머리채를 힘껏 잡아 휘두른다.

퍽! 퍽!

연신 구타를 당했다. 교련이와 나는 바닥에 넘어져 실컷 밟혔다. 그러는 도중 교련이가 내게 말했다. 나에게만 들리도록.

"어서 가서 선생님을 불러오든지 누구한테 도움을 청해. 어서."

"어, 어떻게 도망가? 게다가 넌 어떻게 하구……."

"이대로 둘 다 계속 맞고만 있을 순 없어. 어, 어서 가."

그렇게 말하더니 교련이가 자신을 때리던 한 명을 잡아 밀친다. 그 모습에 일진들이 잠시 놀란 틈을 타서 옥상 문을 열고 나는 탈출했다. 탈출하자마자 뒤쪽에서…

"저년 잡아!"

"뭐야, 저거!"

이런 소리들이 앙칼지게 들려왔다. 교련이가 맞는 소리 역시 끊이지 않았다.

한참을 달렸다. 선생님들은 언제 퇴근하셨는지 좀처럼 보이지 않았다. 누구한테든 도움을 청하고 싶은데 막상 도와달라고 할 사람이 없다. 입가에서 흐르는 피와 온몸에 든 멍을 감출 틈도 없이 달렸다. 나도 모르게 보혁이가 담배를 피우던 그 정원으로 달리고 있었다.

"헉! 헉!!"

숨을 거칠게 쉬며 달려간 그곳에, 어제와 같은 그 자리에 보혁이가 보였다. 내 거친 숨소리를 들었는지 돌아보는 보혁. 그리곤 동공이 커진다.

"너 뭐야? 왜 이래?"

도와달라고 말을 해야 하는데, 교련이가 위험하다고 좀 도와달라고 말을 해야 하는데, 왜 입이 떨어지질 않는지. 입가에 피비린내가 진하게 퍼졌다. 그리고 눈에 눈물이 맺혔다. 그 모습을 보더니 보혁이는 자리를 털고 일어나 내게 다가온다.

"너 왜 그래? 무슨 일이야?"

용기를 내야 한다. 아랑아, 말해. 보혁이한테 말해. 도와달라고 말해. 침을 한 번 꿀꺽 삼켰다. 입을 천천히 벌리고…

"저, 저……."

보혁이는 답답한 듯한 표정으로 하지만 가만히 내가 말하기를 기다렸다.

"저… 아, 아무것도 아니야!"

보혁이를 뒤로하고 다시 힘껏 달렸다. 황당해하는 보혁이 표정이 언뜻 스쳤지만 도저히 보혁이 앞에서 말이 나오지 않았다. 이것저것

가릴 때가 아니라는 거 알지만, 도저히 보혁이 앞에서는 말할 수 없었다. 보혁이만 봐도 자꾸 도희라는 여자를 상상하게 되는걸…….

흐르는 눈물이 채 마를 틈도 없이 기숙사로 달려갔다. 그리고 내 방의 문을 열어젖혔다.

확—!!

엉망이 된 모습으로 방문을 열자 웬수 콤비가 황당한 듯 나를 쳐다봤다.

"어? 암소, 너 왜 그래? 누구랑 싸웠냐?"

"야야~ 암소가 싸웠겠냐? 일방적으로 맞았으면 모를까."

이 녀석들한테 도와달라고 할 수밖에 없어. 차라리 보혁이보다 이 녀석들한테 도와달라고 하는 게 더 쉬울 것 같아. 용기를 내어 말하려고 하는데,

"이봐, 암소, 무슨 일이야? 피에 멍투성이잖아. 누가 그랬어? 어? 누가 그랬냐고!"

"저… 저……."

"아, 답답해! 그냥 말을 해! 무슨 일이야!"

눈물이 뚝뚝 떨어졌다. 용기를 내어 입을 열었다.

"도와줘. 좀 도와줬으면 좋겠어. 교련이가 옥상에서 맞고 있어. 일진들한테 집단 구타당하고 있어. 난 겨우 탈출했는데… 그랬는데… ㅜㅜ 흑!"

눈물을 흘리며 녀석들에게 얘기를 하자마자,

"뭐라고? 옥상? 알았어! 넌 방에서 쉬어. 피도 좀 닦고! 소독하고

있으라고! 감히 이것들이 우리 룸메이트를 건드려? 가만 안 둬!"

"야, 성천우. 진정해, 임마~ 여자애들 문제 같은데 뭘 그렇게 날 뛰냐?"

"시끄러, 임마! 그래도 우리 룸메이트잖아. 괴롭힘당하고 도움 청하러 왔는데 가만히 있을 수 있나? 갔다 올게!"

"그럼 같이 가, 임마. 자식, 과민 반응은."

그렇게 웬수 콤비는 서둘러 방을 나갔다. 무서워서 다시 옥상으로 가볼 용기는 없다. 그냥 가만히 침대 위에 앉아 울고 있었다. 맞은 구석구석이 쑤시고 아파왔다. 평범하디평범한 내가 TV에서만 보던 집단 구타를 당하니 너무 놀랐고 무서웠다. 몸에 난 상처보다 마음에 남은 아픔이 훨씬 컸다. 차츰 보혁이를 좋아하기 때문에 생긴 일이라고 생각되기 시작했다.

조금은 보혁이가 원망스럽기도 했고, 무엇보다 내 자신이 너무 비참하고 한심했다. 이런저런 공포 속에서 한참을 울었다.

얼마나 지났을까? 누군가 다가오는 발소리가 들렸다. 그 발소리에도 깜짝깜짝 놀라는 내 모습이 얼마나 싫던지. 이내 우리방 문이 열렸다.

달칵!

"이봐, 암소, 괜찮냐?"

천우였다. 약간 한심한 듯 침대 위에 있는 나를 올려다보며 말한다.

"아, 응."

내 대답을 듣고서 날 이리저리 살펴보더니,

"걱정 마라. 니 친구는 신규 놈이 맘에 들었는지 데려다 준다며 기숙사로 돌아갔어. 그리고 너희들 때렸던 애들, 우리 학교 여자 일진들인데 어떻게 된 거냐? 그런 애들한테 찍히고."

아무 말도 할 수가 없었다. 사실 나도 왜 그 애들한테 찍혀야 했는지 모른다. 그게 오직 보혁이 때문인 건지……. 생각할수록 내 자신이 비참해져 갔다. 천우는 한숨을 짧게 내쉬더니,

"후… 내려와."

"어??"

"상처 소독해야 할 거 아냐! 그대로 둘 거야? 덧나면 어떡할래!"

약간 신경질적이어서 무서운 맘에 조심스럽게 침대에서 내려왔다. 천우가 자신의 가방을 뒤져 소독약과 연고 등 이것저것을 꺼낸다. 저런 걸 가방에 넣고 다니다니… 어지간히 싸움을 즐기는가 보다. ——;;

"이리 와 앉아!"

"아… 저, 저기 난 괜찮아. 그냥 내가 알아서 할게."

용기있게 꺼낸 말인데도 불구하고 처참히 먹혀 버렸다. 내게로 다가오더니 강제로 손목을 잡고 침대에 앉혔다. 상처난 곳곳에 소독약과 연고를 발라준다. 이 자식이 미쳤나? 왜 갑자기 나한테 잘해주지? 궁금하지만 물어볼 수도 없고. 그리고 보니 몰랐는데 이놈도 상당히 잘생긴 얼굴이다. 여자한테 인기가 많겠군. ——^ 하나같이 잘생긴 것들은 싸가지가 없당게. 근데 어째서 이놈이 갑자기 벼락이라도 맞았나?? 쩝! 이곳저곳 꼼꼼하게 약을 발라주더니,

"됐어. 덧나진 않을 거야. 하여간 답답하게 사는 인간이야, 너는."

"저어… 약 발라줘서 고, 고, 고마워."

"쫄지 좀 마! 잡아먹냐? 내가 너 잡아먹어?"

순간 또 움찔하고 몸이 수그러들었다.

"아휴… 진짜. 어떻게 넌 도희랑 완전히 반대냐?"

도희라는 이름에 귀가 번뜩였다. 계속해서 이어지는 천우의 말.

"너 보혁이 좋아하지?"

순간 얼굴이 화끈거렸다. 아니라고 거짓 대답을 하려 했지만 천우
는 이미 모든 걸 꿰뚫고 있는 듯한 눈을 하고 있었다.

"보혁이가 어디가 좋냐? 잘생겨서? 하긴 여자들은 잘생긴 남자를
좋아하지. 남자가 예쁜 여자를 좋아하듯이 말이야. 하지만 난 좀 달
라. 예쁜 여잔 금방 질리거든."

ㅜㅜ 그래, 난 질릴 여자는 아니겠구나. 도희에 대한 얘기… 물어
볼까? 나는 조심스럽게 입을 열었다.

"저… 그 도희라는 여자… 보혁이 여자 친구야?"

내 질문에 천우는 피식 웃더니 대답을 한다.

"뭐, 그렇다고 할 수 있지. 도희가 지금 병원에 있거든. 아마 곧 퇴
원할 거야."

그 말을 듣는 순간 또 한 번 심장이 내려앉았다. 그 여자가 돌아오
면 보혁이를 보며 혼자 좋아했던 마음도 버려야겠지? 순간 나도 모
르게 우울한 표정이 되있는지 천우가 조심스럽게 말을 건넸다.

"보혁이 놈이 어지간히 좋은가 보구만. 넌 보혁이에 대해 잘 알지

도 못하면서 그렇게 빠져 있냐? 사실대로 말하자면 보혁이가 도희를 많이 좋아했지. 근데 도희는 그런 보혁이를 피하려고만 했어."

그런 천우의 말에 의아한 듯 고개를 갸우뚱거리자 천우가 다시 말했다.

"도희는 밝고 명랑한 애였어. 물론 절세미녀였지. ㅎㅎ 항상 어둡고 그늘진 보혁이를 웃게 만드는 여자였으니까. 실로 엄청 대단한 여자지. 너랑은 반대야, 반대. 알겠냐? 도희도 보혁이를 참 많이 좋아했지만 보혁이의 마음을 항상 피하기만 했어. 내 생각이지만 도희가 많이 아프기 때문인가 봐. 치료를 꾸준히 받고 수술도 했지만 뭔가 큰 병이라서 재발할까 봐 보혁이의 맘을 제대로 받아주지 않은 거 같아."

또 어느새 눈물이 맺혀지고 말았다.

"나참! 야, 너 또 우냐? 이 울보야."

천우의 놀림에 눈물을 얼른 닦았다. 그러자 천우는 내 머리를 부비적 흩어놓는다.

"울지 마, 이 바보야. 뭐가 그렇게 서럽냐? 사람 마음이란 게 그런 거야. 가질 수 없는 게 바로 옆에 있을 때 더 마음이 아픈 법이지. 내가 그 맘을 잘 알아."

천우가 무슨 말을 하는 건지 잘 모르겠지만 조금 위로가 된다. 이 녀석 오늘따라 나한테 왜 이렇게 자상하게 대해주는 걸까? ㅜㅜ 이 녀석이 이러면 이럴수록 눈물은 더 더욱 흘러내렸다.

"도희 얘기 그만 할까?"

난 울면서도 고개를 저었다. 마음은 아팠지만 더 자세히 알고 싶었기 때문이다.

"참내, 얘기 들으면서 울고는 그래도 얘기해 달라니… 어이가 없네. 알았어. 얘기해 줄 테니까 울지 좀 마!"

난 애써 눈물을 감추려 노력했다. 그리고 천우에게 빨리 얘기하라는 듯 살짝 미소 지어 보였다.

"어휴… 여자들이란. 아무튼 도희도 치료를 잘 받고 있고 수술도 잘되어서 다시 학교로 돌아올 거야. 물론 우리 학교고. 너희 반일걸? 2반이라고 들었어."

그 말에 모든 걸 포기해야겠다는 확고한 결심을 하게 되었다. 보혁이가 진짜로 좋아하는 여자가 온다는데 나 같은 게 상대가 될 리 없다. 마음이 아파왔다. 애써 참은 눈물이 또 쏟아져 나올 것만 같아서 정말 미칠 것 같았다.

"근데 보혁이도 참 특이한 게… 도희를 그렇게 좋아하면서도 자기 오토바이는 한 번도 태워주지 않았어. 그 녀석은 도희보다 오토바이를 더 좋아한 걸까? 그 점은 나도 아직 의문이야."

그 말에 잠시 희망을 가지게 된다면 욕심일까? 난… 보혁이 오토바이에 이름도 지어주고… 또 두 번이나 오토바이를 탔었는데……. 대체 나더러 어쩌라는 걸까? ㅜㅜ 포기하려 하면 은근히 희망을 주고, 또 포기하려 하면 또 무언가가 나를 붙잡고……. 정말 미칠 것 같다.

"오늘 아침에 보혁이가 기숙사 나가면서 오토바이에 이름을 지어

줬다고 하더라? 그 무뚝뚝한 놈이 오토바이에 이름까지 지어줄 줄이야. 얼마나 어이가 없던지. 뭐라더라? 혁이래. 지 이름을 땄대. ㅋㅋ 웃기지 않냐, 그 자식한테 그런 면이 있었다는 게? 이거 비밀이다~ 내가 얘기했다 그러면 그 무서운 놈, 또 난리칠 것이 뻔하다구."

그 이름… 내가 지어준 건데……. 천우는 그런 보혁이의 모습이 떠올랐는지 연신 낄낄대고 있었다. 난 조심스럽게 천우에게 말했다.

"저… 나 그만 쉴래. 내 침대로 올라가 볼게. 약… 발라줘서 정말 고마워. 그, 그리고 도와준 것두……."

"피~식. 그래그래. 울지 좀 마라. 남자들이 제일 난감할 때가 여자가 울 때야. 아냐? 쯧쯧."

그 말을 듣는 순간 또 한 번 얼굴이 화끈거렸다. 침대에서 일어나 내 침대로 올라가려는 순간, 너무 심하게 맞은 탓인지 욱신거려서 그만 다리에 힘이 풀려 버렸다.

"아!"

탁—!

넘어지려는 나의 허리를 천우가 재빨리 감싸 안았다.

"어?"

"괘, 괜찮냐?"

나를 감싸 안고 있는 천우의 손이 의외로 따뜻했다. 그때다.

달칵—

문이 열리고 문 앞에는 보혁이가 우리 둘을 뚫어지게 쳐다보고 있었다. 멍하게 우리를 바라보는 보혁이를 보고 당황해서 재빨리 천우의 손을 뿌리치고 내 침대로 올라갔다. 갑자기 힘을 준 탓인지 상처 부위가 아팠다. 나도 모르게 짧은 신음을 내버리고 말았다.

"아!"

"너 괜찮냐?"

보혁이는 한참 그 자리에 서 있더니 이내 기숙사를 나간다. 혹시나 천우와 내 사이를 오해한 건 아닌지 걱정이 되기 시작했다. 어차피 보혁이와 내가 그런 사이도 아닌데 오해할까 봐 걱정하는 게 우습기도 했다. 천우는 말없이 자신의 침대로 가서 만화책을 읽는다. 오늘은 그렇게도 밉던 놈이 너무나 고마웠다.

1시간쯤 멍하게 시간을 보냈다. 신규 놈이 들어왔다.

"야야~ 나 쫄딱 젖은 거 좀 봐~ 아까 교련이 데려다 주고 놀다가 오는데 갑자기 비가 엄청 쏟아지더라~"

그 말이 끝남과 동시에,

쾅─!! 우르르쾅(표현력 유치합니다. 네~ ──;)!!

번개치는 소리가 들려왔다. 안 그래도 겁 많은데 이런 기분에 엄청 난 비라니. 이불을 꼭 쥐었다.

"근데 이렇게 비도 오는데 보혁이는 아직도 안 들어왔냐?"

천우는 말없이 신규에게 만화책 하나를 던진다.

휙─ 탁!!

신규는 천우가 던진 만화책을 가볍게 받는다.

"그거나 봐. 비 오는 날엔 이불 뒤집어쓰고 엎드려서 만화책 보는 게 짱이지, 임마."

"하하. 자식~ 니가 뭘 좀 아네. 그런데 이렇게 비가 추적추적 올 때는 부침개가 맛있는데."

그러면서 왜 나를 쳐다보는 것일까? 그리고 이 정도 내리는 비는 추적추적이 아니고 마구마구 쏟아지는 건데. 학교 안에 부침개 해먹을 재료가 있을 리 없다. 애써 녀석의 시선을 피해봤지만 나를 향해 말하는 신규.

"야, 암소~ 저번에 보혁이랑 기숙사 몰래 잘도 빠져나갔었지? 근데 지금은 아직 통금 시간도 안 됐으니까 나가서 부침개 재료 사 와서 우리 부침개 좀 해주라. 무지하게 먹고 싶거등~"

안 그래도 온 삭신이 쑤시고 이렇게 우르르 쾅쾅 비까지 쏟아지는데 부침개 재료를 사 오라니. ㅜㅜ 정말 해도해도 너무한다.

"뭐 하고 있어~ 안 사올 거냐, 어? 우리가 너랑 교련이 구해줬잖아~"

신규 놈, 너무너무 밉다.

"안 그러냐, 천우야? 너도 부침개 먹고 싶지? 응?"

"시끄러, 임마. 만화책이나 봐."

"왜 그래, 임마~ 먹으면서 보면 더 좋잖아. 뭐 해, 암소! 빨리 사 오지 않고."

나는 조심스럽게 2층 침대에서 내려왔다. 그리곤 아픈 것을 겨우겨우 참아내며 우산을 들고 기숙사를 나왔다. 학교를 빠져나와 절뚝거리며 천천히 가게로 향했다. 그런데 이게 웬일? 학교 근처에 있는 가게가 문을 닫은 것이 아닌가.

우르르— 쾅쾅(아까부터 유치한 표현력)—!!

천둥이 무섭게 치고 비도 하염없이 쏟아져서 우산을 쓰고 있는데
도 옷이 몽땅 젖고 있었다. 할 수 없이 조금 멀지만 편의점이 있는 곳
까지 가야겠구나. 비가 와서 그런지 상처가 더 쑤시고 아팠다.

쫄딱 젖어서 편의점에 도착해 부침개 재료 이것저것을 사고 학교
로 향하는 길. 꽤 멀리 왔는지 어둠 속을 한참 걸어가고 있었다. 학교
근처에 도착할 무렵, 누군가 오토바이에 기대어 비를 흠뻑 맞고 있었
다. 그냥 지나칠까 하다가 그 모습이 왠지 낯설지 않아서 자세히 보
았다. 다름 아닌 보혁이었다. 모른 척 지나갈 수도 없고, 용기를 내어
우산을 씌워줄 자신도 없었다. 그냥 그 자리에 우뚝 서서 보혁이를
바라보고 있었다. 저대로 두면 감기 걸릴 텐데. 보혁이는 교복 재킷
을 오토바이에 덮어놓은 상태였다. 오토바이를 얼마나 아끼면 자신
은 저렇게 비 맞으면서……. 하얀 와이셔츠가 모두 젖어 몸에 붙어버
렸고, 은색 머리칼도 비에 젖어 제 색이 나지 않았다. 용기를 내어 천
천히 보혁이 옆으로 다가갔다. 그리고는 우산을 씌웠다. 순간 나를
보는 보혁이. 심장이 또다시 두근대기 시작했다. 무슨 말이라도 해야
한다. 하지만 머리 속이 온통 하얗게 질려 무슨 말을 해야 할지 모르
겠다. 나도 모르게 내뱉은 말은,

"혁이 비 맞을까 봐… 재킷 덮어준 거야?"

그 말에 자신이 오토바이에 덮어놓은 재킷을 한 번 쳐다보는 보혁.
내 말을 무시한 채 입을 열어 내게 던진 말은,

"비 오는데 어딜 갔다 오는 거야?"

"아… 애, 애들이 부침개가 먹고 싶다고 해서…….'

"……."

보혁이의 침묵에 왠지 들고 있던 부침개 재료가 창피하게 느껴졌다. 이내 보혁이는 다시 입을 열었다.

"가봐. 부침개 해줘야지."

그 말은 자신은 안 가겠다는 말? 이대로 보혁이를 두고 갈 수는 없다. 그래, 알았어~ 나 갈게~ 하고 가는 여자가 이상한 여자 아니겠는가? 물론 그렇게 말할 여자가 있긴 하다. ——;; 누구라곤 말 안 해도 아는 사람은 알겠지(M.S.Y. 그 여자의 이니셜). 자신의 말에도 아무 미동이 없는 날 보더니…

"우산은 제대로 쓰고 다니는 거냐? 다 젖었잖아."

날 걱정해 주는 건가? 너무너무 기뻐 마음이 들뜬다. 하지만 이내 도희라는 여자의 이름이 떠오르고 말았다. 마음을 차분히 하고 용기를 내서 자연스레 보혁이에게 말했다.

"너 감기 걸리겠다. 들어가자."

"괜찮아."

"안 괜찮아(헉! 내가 미쳤나 보다. ㅜㅜ)!! 아… 저기… 그, 그러니까 그게… 그, 그래! 혁이가… 오토바이 혁이가 젖잖아."

순간 보혁이가 씨익 웃어 보인다. 얼마나 멋있던지. 수많은 여자들을 울릴 만도 하다.

"혁이는 비 맞는 거 벼, 별로 안 좋아할 것 같아. 그, 그러니까…….'

"씨~익. 그래, 혁이는 비가 싫을 것 같다. 돌아가자."

비를 맞지 않는 곳에 오토바이 혁이를 세워두고 보혁이와 나는 나란히 걷기 시작했다. 보혁이의 키가 큰 탓에 우산을 씌워주기가 그다지 쉽지 않았다. 게다가 엄청 맞았으니 얼마나 힘겨웠으랴~ 부들부들 떨며 우산을 쥐고 있는 날 보더니 보혁인 살며시 우산을 잡는다. 그리곤 최대한 내 쪽으로 기울여 씌워준다. 이 따뜻한 배려. 그냥 볼 땐 너무 차가워 보이지만 어쩌면 누구보다 따뜻한 마음을 지녔는지도 몰라.

혼자 보혁이에 대한 이모저모를 상상하는 동안 기숙사까지 거의 다 왔다. 빗소리와 천둥 번개 소리만이 침묵을 깨고 있었다. 보혁이가 먼저 입을 열었다.

"아까 낮에 왜 그랬어?"

"어? 뭐, 뭐가?"

"다친 거 같길래."

"아… 그, 그냥 좀……."

안 그래도 다리가 후들거렸다. 약을 발랐지만 상처가 하루 만에 아물 리 없다. 갑자기 보혁이가 걸음을 멈췄다. 놀라서 나도 따라 걸음을 멈췄다. 보혁이가 조심스럽게 얘기했다.

"…술 마실래?"

"뭐, 뭐??"

"아, 미인. 들어가사."

대체 보혁이가 왜 그러는 걸까? 아까 천우와 내 사이를 오해해서 이러는 걸까? 괜히 기대를 해보게 된다. 물론 내 착각이란 걸 알지만……

어느새 기숙사 안까지 들어왔다. 보혁이와 내가 같이 들어오는 걸 보더니 신규 녀석 또 놀려대기 시작한다.

"어라?? 부침개 재료 사 오랬더니 나가서 보혁이랑 데이트를 하고 와? 암소~ 은근히 교묘한데? ㅋㅋ 안 그러냐, 천우야?"

"시끄러. 알 게 뭐야."

"——? 뭐 기분 안 좋은 일 있냐?"

천우의 대답을 듣지 못한 신규가 무안했는지 애써 나한테 화풀이를 해댄다.

"야, 암소!! 뭐 해! 사 왔으면 어서 만들어와~ 보혁이도 왔으니까 좀 맛있게 해와라~ 알겠냐?"

나는 말없이 재료를 들고 식당으로 향했다. 나름대로 요리는 잘한다고 자부하고 있다. 돌아가신 엄마가 좋아하던 부침개. 자주 해드렸기 때문에 이 요리만큼은 더 자신이 있다. 외국에서 힘들게 돈을 벌고 계시는 우리 아빠. 딸을 기숙사 있는 학교에 보내시려고 얼마나 애를 썼던가. 부침개를 하다 보니 가족 생각이 나서 어느새 또 서글 퍼졌다. 부침개를 뒤적이고 있는 내 손에 멍을 보자 왈칵 눈물이 쏟아졌다. 내가… 내가 이러고 학교를 다니는 걸 아빠가 아시면 얼마나… 얼마나 마음이 아프실까? ㅜㅜ 그러니까 소아랑! 제발 좀 기운 차리고 당당해지라구—!! 제발……. 이 바보 멍청이.

"부침개 양념에 눈물도 있나 보군."

낯익은 음성에 놀라 얼른 눈물을 닦고 뒤를 돌아보았다. 역시… 역시 내가 너무나 좋아하는 보혁이가 나를 보고 있었다. 놀라서 다시 고개를 숙이자 보혁이가 다가왔다.

"말은 없으면서 눈물은 많네."

그 말에 창피해서 얼굴이 또 달아오르기 시작했다. 이미 여러 장 완성해 놓은 부침개를 보더니,

"맛있겠네. 그거 하나만 하고 들어가자."

왠지 자상하게 느껴진다. 그렇게 무뚝뚝하고 무섭던 보혁이지만 알면 알수록 점점 자상하다는 걸 느낄 수 있었다. 보혁이의 말에 조심스럽게 고개를 끄덕였다.

식당을 대충 정리한 후 완성된 부침개를 들고 방으로 돌아왔다. 신규 녀석, 맛있게도 먹는다. 천우도 조금씩 먹어 보더니 이내 표정이 밝아진다.

"ㅎㅎ 맛있네~"

"쩝! 그러게. 암소한테 이런 재주가? ㅎㅎ"

다행이다. 맛없다고 하면 어쩌나 걱정이었는데.

"보혁아, 너도 먹어~"

보혁이도 조금 먹어 보더니,

"맛있어."

그 말에 놀라 얼굴이 또 빨개지려 했다. 그런데 그 말을 듣고는 나보다 더 기뻐하는 두 웬수 콤비. ——;;

"오옷! 보혁이가 맛있다는 말까지 하다니~ 암소 좋겠네?"

"보혁이 입맛 까다로운데. ㅋㅋㅋ"

이런 사소한 거 하나에도 보혁이가 연관된 거라면 너무나 기쁘다. 아무래도 내가 보혁이에게 단단히 빠졌나 보다. 녀석들은 허겁지겁 부침개를 먹더니 만화책을 보며 연신 깔깔대고 논다. 보혁인 놈들과 달리 배가 불렀는지 침대에 누워 이어폰을 끼고 조용히 음악 감상을 했다. 난 녀석들이 먹은 걸 치우고 조심스럽게 내 침대로 올라가기 위해 사다리를 잡았다.

"아!"

너무 아프다. 순간 발목에 힘이 들어갔는지 너무 고통스러웠다. 보혁이가 그런 날 보더니 이어폰을 스윽 빼고는,

"심하게 다친 거 같은데."

그 말을 듣고 또 심하게 두근거리는 나다. 그냥 동정일 뿐인데 바보같이 자꾸만 착각하려 한다. 신규 녀석, 또 끼어든다.

"심하게 다칠 만도 하지. 일진 패거리들이 단체로 때렸는데 안 아플 리가 있냐?"

순간 너무 창피했다. 한없이 나약하고 한심한 내 존재를 보혁이한테 또 한 번 들킨 것 같아서 창피했다. 이어지는 보혁이의 낮은 음성.

"일진? 단체로 때려?"

"그래~ 아까 암소가 피투성이로 와서는 교련이라는 예쁜 친구랑 같이 구타당한다고 도와달라 하더라고. 그래서 달려가 봤더니 저 지경이었어. 쩝! 그 뭐더라? 이번 1학년 여자 일진 중에 미주라는 애가 주도한 것 같던데?"

"신규 말이 맞아. 아까 암소가 좀 심하게 다쳐서 내가 치료해 줬었거든. 보혁이 너 아까 방에 잠깐 들어왔을 때."

순간 오해가 풀려질 것 같아서 기쁜 마음이 들었다. 보혁이는 가만히 녀석들의 말을 듣더니 침대에서 일어난다. 그리곤 내 쪽으로 다가오더니,

"내 침대에서 자라. 내가 올라가서 잘 테니. 그 다리로 오르락내리락하기 힘들어."

신규 녀석도 천우 녀석도 모두 놀라 보혁이와 나를 번갈아 쳐다본다.

"아… 괜, 괜찮아."

내 말이 맛있나 보다. 모든 사람들이 내 말을 쉽게 먹는다. ㅜㅜ 보혁이도 내 말을 씹고 바로 내 침대로 올라가 버린다. 난 조심스럽게 보혁이 침대에 누웠다. 상처가 욱신거렸다. 보혁이 침대에 누워 있으니 왠지 보혁이의 향기가 나는 것 같아 그 향에 도취되어 기분이 좋아졌다. 고통도 말끔히 잊혀지는 것 같았다.

다음날, 어제 내리던 비가 아직도 그치지 않고 있다. 일어나 보니 역시 녀석들은 방에 없었다. 서둘러 학교 갈 준비를 하고 방을 나섰다.

교실로 들어서니 예쁜 얼굴에 이곳저곳 멍이 들어 반창고를 붙이고 있는 교련이가 보였다. 난 다가가 내 자리에 앉았다.

"교련아, 괜찮아?"

교련이는 씽긋 웃으며 대답했다.

"응. ^^ 넌 좀 어때? 신규랑 천우라는 애가 달려와서 도와줬어. 그리고……."

그러더니 내 귀에 작은 목소리로 속삭인다.

"천우랑 신규가 미주한테 따끔하게 말해 줘서 얼마간 우리 못 건드릴 거야. ㅋㅋ"

그 말에 나 역시 안도의 숨을 쉴 수가 있었다. 보혁이는 역시 아직 안 왔구나. 또 담배 피우러 간 걸까? 비가 와서 그 정원에서는 담배 피울 수 없을 텐데. 하지만 보혁이는 1교시가 지나고, 2교시가 지나고, 3교시가 될 때까지 오지 않았다. 살짝 걱정이 되기 시작했다. 교련이도 걱정이 되는지 수업에 좀처럼 집중을 못하는 것 같았다. 뒤에서 계속 볼펜을 똑딱이는 소리가 들렸기 때문에 알 수 있었다.

3교시는 담임 선생님의 시간이다. 담임 선생님은 한눈에도 너무 아파 보이는 한 여자 아이와 함께 교실로 들어오셨다. 너무나 안타까울 정도로 마르고 핼쑥한 여자 아이. 그 아이를 보는 순간 가슴이 철렁하고 내려앉았다. 저 아이가 도희라는 걸 직감적으로 알 수 있었기 때문이다. 교련이가 키가 크고, 몸매가 좋고, 모델처럼 예쁜 스타일이라면, 저기 있는 저 아이는 너무나 가냘파서 보호해 주고 싶은 스타일이다. 새하얀 피부에 윤기나는 검은 생머리. 그리고 커다랗고 예쁜 눈. 하지만 그 눈은 어딘가 지쳐 보였다. 남자들한테 물어보면 바로 저 아이 같은 스타일을 제일 좋아한다는 통계가 나올 정도로 예쁜 아이였다. 선생님은 조심스럽게 그 아이를 반 아이들에게 소개했다.

"자자, 다들 주목! 여기 이 아이는 아파서 병원에 있다가 온 애야. 전학생은 아니고. 하지만 이제 너희들과 처음 만났으니까 모르는 거 있으면 가르쳐 주고 각별히 신경 써서 잘해주도록 해. 도희야, 자기 소개해 보렴."

선생님이 도희야 하고 부른 순간 알고는 있었지만 엄청난 충격을 받았다. 그 아이는 조심스럽게 입을 열었다. 하얀 피부에 유독 빨갛게 튀는 예쁜 입술. 그 입술을 살짝 열더니 말하는데 어찌나 인형같이 예쁘던지 내 모습이 너무 초라하게 느껴졌다.

"안녕? ^-^ 내 이름은 진도희야. 이제 아픈 거 다 나았으니까 너무 조심하려 하지 말구 누구든지 나와 재밌게 지내주었으면 좋겠어. 잘 부탁해."

그 가녀린 모습에도 도희는 밝게 웃어 보이며 인사를 했다. 남자애들의 침을 닦아주고 싶은 마음은 굴뚝같았다. 왠지 도희를 보고 있자니 가슴이 심하게 쿵쾅거렸다.

익숙해진 오해

제2장 익숙해진 오해

 담임 선생님께서는 도희에게 교련이 옆 자리를 가리키며 앉으라고
하셨다. 아무것도 모르는 교련이는 쌩긋 웃으며 도희를 맞이하고 있
었다. 도희가 교련이의 옆 자리에 앉자 교련이는 뭐가 그렇게 좋은지
싱글벙글이다. 미쳐. 한편 미주의 표정이 심상치 않음을 느꼈다. 미
주가 작게 중얼거리는 걸 나만 들었다.

 "진도희… 돌아왔구나."

 나도 모르게 침을 꿀꺽 삼켰다. 내 뒤에서는 교련이와 도희의 대화
가 오가고 있었다.

 "빈가워. ^^ 난 이교련이야. 짝지가 생겨서 기쁘다."

 "응. 난 도희, 진도희야. 너 모델같이 생겼다~ 와, 이뻐."

"아니야~ 너야말로 너무너무 이쁘다. 꼭 인형 같아. 정말 너처럼 이쁜 애 처음 봤어."

"아니야, 교련아. 니가 더 이쁜걸?"

"아니야~ 너랑은 비교가 안 된대두~"

——;; 그래그래, 이쁜 것들끼리 잘해보아라. 못난이에다 왕소심 겁쟁이 울보는 그냥 가만히 있을란다. 그런데 교련이가 나를 툭툭 건드린다.

"아랑아~ 도희 진짜 이쁘다, 그치?"

"어? 아… 응."

도희는 나를 향해 해맑게 웃어 보인다. 그 눈이 마치 유리구슬같이 맑고 아름다워서 빨려 들어갈 것만 같았다.

"니가 소아랑이야? 만나서 반가워."

"나, 나를 알아?"

교련인 신기한 듯 나와 도희를 번갈아 쳐다본다.

"응~ 천우가 그러는데 순진한 룸메이트 여자애가 있대. 그 이름이 소아랑이라고……."

"아… 그, 그래?"

내가 무슨 기대를 한 걸까? 보혁이가 도희에게 나에 대한 얘기를 했을까 하는 기대를 한 걸까? 정말 한심하고 바보 같다. 그건 그렇고 천우가 어째서 도희한테 그런 얘길? 도희가 조심스럽게 나에게 말한다.

"천우가 아랑이 너한테 관심이 많은가 보던데? ^^"

순간 얼굴이 화악 달아올랐다.

"그, 그럴 리가……."

천우에 대해 생각할 틈도 없이 도희의 말은 이어졌다.

"그나저나 보혁이는? 같은 반이라고 들었는데 없네."

그때다 싶었는지 교련이도 한마디 한다.

"그러게 말이야. 오늘 왜 안 왔지? 걱정이야. 휴……."

순간 교련이를 쳐다보는 도희의 동공이 커진다.

"교련아… 보혁이 좋아해?"

교련이가 도희에게 되묻는다.

"아참! 근데 도희 니가 보혁이를 어떻게 알아? 넌 방금 왔잖아. 너도 보혁이 좋아해?"

헐! 보혁이는 오나가나 인기가 좋구나. 정말 이 세상 모든 여자들이 보혁이를 좋아하는 것 같아. 도희는 태연하게 웃으며 교련이에게 말한다.

"잘 알지. 보혁이는 나한테 이 세상에서 가장 귀한 사람이거든."

"그 정도야? 이야~ 라이벌 되겠는데? 후후."

도희에 대해 아무것도 모르는 교련이. 차라리 모르는 게 도희와의 어색함을 없애는 방법이겠지. 그나저나 천우가 약간 신경 쓰이기 시작했다. 그래, 말도 안 돼! 도희가 괜히 엉뚱한 짐작을 한 것뿐이야. 맞아. 얼마나 나를 괴롭혔는데, 내가 보혁이를 좋아하는 것도 뻔히 알고, 또 보잘것없는 나한테 관심있을 리가 없다구. 헐! 잠깐, 내가 보혁이를 좋아하는 걸 도희한테 말했으면 어쩌지? 하긴 말했으면 나한테 천우 얘기를 먼저 했을 리가 없지. 혼자 이런저런 생각을 정리하는 동안 도희가 입을 열었다.

"그나저나 걱정이야. 어제부터 계속 비가 내렸잖아. 보혁이가 흠뻑 젖어서 내 병실에 왔는데 무슨 말을 하려다 말고 계속 미안하단 말만 하더니 오늘은 학교에 나오지 않았구나. 어딜 갔지? 걱정이 돼서 미치겠어."

도희의 맑은 두 눈에 걱정이 가득 차 있었다. 도희 못지않게 보혁이가 걱정되는 나다. 바보같이 도희와 상대도 안 된다는 걸 알면서도 보혁이가 걱정된다. 어제 그렇게 비를 맞고 오토바이에 기대어 있었던 건 도희의 병실을 다녀오던 길이었던 거야. 아직도 비가 억수같이 쏟아지는데 어디 있는 거니, 보혁아. 지금 어디 있는 거야.

도희와 교련이는 꽤 가까워졌다. 나 역시 친한 듯 몇 마디 주고받았지만 보혁이 때문인지 도희와는 계속 거리감이 느껴졌다. 교련이도 같이 보혁이를 좋아하는 입장이었지만 내가 보혁이를 좋아하는 걸 교련이가 모르기 때문인지 편했는데… 도희와 보혁이의 관계를 대충 아는 이상 도희와는 쉽게 친해지긴 어려웠다.

그러는 사이 4교시가 지나고 점심 시간이 되었다. 교련이와 도희와 난 여러 아이들의 눈치를 받았지만 아랑곳하지 않고 식당으로 가서 밥을 먹었다. 교련이와 도희가 너무 예쁜 탓에 선배들도 모두 처다본다. 미인 사이에 낀 나는 너구리 신세다.

밥을 맛있게 먹고 교실로 돌아와 자리에 앉아서 수다를 떨고 있는데 보혁이가 교실로 들어오는 게 보였다. 대부분 식당에 있었기 때문에 교실엔 도희와 교련이, 그리고 나와 미주 패거리 몇 명만 있었다.
비에 흠뻑 젖어 교실로 들어온 보혁이. 도희가 살짝 자리에서 일어났
다. 그리고 맑은 눈으로 예쁘게 웃으며 보혁이에게 말했다.

"보혁아, 이제 왔니?"

심장이 멎을 것같이 예쁜 도희. 내 심장이 다 두근거릴 정도다. 내
가 봐도 저렇게 예쁜데 남자들은 오죽할까. 그 당당한 교련이도 도희
의 예쁜 모습을 멍하게 지켜보고 있을 뿐이다. 교실로 들어오다가 도
희를 본 보혁이가 가만히 입을 열었다.

"어, 왔어?"

온몸이 젖은 보혁이를 보기가 너무 안타까웠다. 내 손이 주머니 속
에서 가만히 손수건을 꼼지락거리고 있는 사이,

"보혁아, 많이 젖었구나~ 감기 걸리겠다~"

도희는 보혁이에게로 총총 달려가 손수건으로 얼굴부터 천천히 닦
아준다. —//— 저 모습에 내 가슴이 두근거려 미칠 것만 같았다. 보
혁이는 말없이 가만히 있더니,

"괜찮아. 됐어."

"안 돼! 너 이대로 있으면 감기 걸린단 말이야. 아직 점심 시간이
니까 어서 기숙사에 가서 체육복으로 갈아입고 와. 얼른!"

다부진 도희의 말에 보혁이는 말없이 돌아서서 기숙사로 향한다.
그래, 도희는 보혁이에게 이 정도야. 도희의 말이라면 뭐든지 할 그
런 사이라고. 내가 끼어들 자리는 소금도 없는 거야. 처음부터 주제
넘은 짝사랑이었잖아? 마음 아프게 지켜보는 거 말고는 아무것도 할

수가 없다구. 도희가 오고 난 후로는 미주와 패거리들이 이상하리만치 잠잠했다. 저 애들도 도희와 보혁이의 사이를 아는 것이 틀림없다. 저 애들의 마음도 나처럼 아플까? 교련이도 얼굴이 굳어 있다.

체육복으로 갈아입으러 간 줄 알았던 보혁이는 수업이 다 끝나도록 돌아오지 않았다. 방과후 기숙사로 돌아가려는데 도희가 내 팔을 붙잡았다.

"아랑아, 너 천우랑 같은 방이면 보혁이랑도 같은 방이란 소린데, 맞지?"

나를 똑바로 쳐다보며 말하는 도희, 너무 예쁘다. 질투나 시샘 따위는 할 수도 없을 만큼 예쁘다.

"아, 응."

"그럼 나랑 같이 가자. 보혁이한테 가봐야겠어."

"아, 그래."

도희가 다정하게 내 팔짱을 낀 사이 교련이가 다가와 기숙사로 향하려는 걸음을 막는다.

"저기 도희야, 너 보혁이랑 무슨 사이야?"

아무렇지 않은 듯 미소 지으며 도희에게 물어 보는 교련이. 하지만 어딘지 모르게 몹시 불안해 보인다. 그런 교련이에게 도희는 귀여운 미소를 지어 보이더니,

"음, 뭐랄까? 한마디로 표현할 수 없는 사이. ^^"

눈빛이 살짝 흐려지는 교련이.

"그럼 역시… 사귀는 사이였던 거야?"

"글쎄? 사귀는 것보다 더 가까운 사이라고 생각하면 될 거야. 사귀다가 깨지고 그런 사이보다는 서로 영원히 아끼기로 한 사이거든. 그런 사이를 어떻게 표현해야 할지 모르겠네."

도희의 말을 들은 교련이와 내 심정은 같을 것이다. 금방이라도 눈물이 날 것 같지만 도희나 교련이가 보혁이를 향한 내 마음을 모르기에 내색할 수 없다. 교련이는 잠시 할 말을 잃은 듯하다가 다시 활짝 웃어 보인다.

"아~ 내 신조가 남의 것은 탐내지 않는다거든? 임자 있는 애였다니… 난 여기서 포기할란다. ^_^"

아… 항상 교련이의 반만이라도 닮았으면 좋겠다고 생각했는데 이번에도 마찬가지다. 저런 교련이의 마음을 반만, 아니, 아주 조금만이라도 닮았다면 도희를 보고 당장 보혁이를 포기했을 텐데 내 마음은 보혁이를 놓아주지 않는다. 어차피 짝사랑인 거, 처음부터 짝사랑이었던 거, 먼발치에서 마음 아파하며 지켜보느니 놔주는 게 나을 텐데……. 그러나 보혁이를 마음에서 놓기란 너무 힘들다.

우울한 생각을 하는 동안 도희와 나는 내 방 앞에 도착했다.

똑똑똑!

가늘고 하얗고 고운 손으로 도희는 문을 두드렸다. 안에서 대답이 들리기도 전에,

"들어간다~ ^-^"

찰카!

젖은 교복 그대로 침대에 앉아 있는 보혁이. 그 모습을 보는 순간

마음이 저려왔다. 도희는 내가 있다는 걸 잠시 잊은 건지, 아니면 남들은 신경 안 쓸 만큼 보혁이와 가까운 건지 한걸음에 달려가 보혁이의 얼굴을 쓰다듬는다.

"옷 갈아입으랬잖아. 왜 이러고 있어? 감기 걸려, 응?"

보혁이를 바라보는 걱정스런 도희의 눈. 커다랗고 맑은 저 눈망울에 나 따위가… 상대가 될 리가 없지. 조용히 그 자리를 피하려는데 보혁이의 낮은 음성이 귓가로 흘러 들어왔다.

"됐어. 이러지 마. 왜 안 하던 짓 하고 그래? 어느 순간부터 거리감 두더니… 갑자기 왜 이래?"

"보혁아, 그건……."

"옷 갈아입어야겠어. 나가줘."

차가운 보혁이의 말에 도희는 잠시 상처를 받은 듯하더니 아랫입술을 꽉 깨물고 무슨 말을 하려다 만다.

와락—

보혁이의 목을 끌어안는 도희.

"보혁아, 미안해. 이러지 마. 난… 난 니가……."

순간 내 얼굴은 확 달아올랐다. 너무 놀라 기숙사를 뛰쳐나왔다. 내 심장이 왜 이렇게 쿵쾅거리지? 얼굴도 달아올라 좀처럼 가라앉지 않는다. 무작정 밖으로 뛰어나오는 바람에 우산을 가져오지 않았다. 아니, 우산이 있다 해도 쓸 기분이 아니다. 그냥 미친 척 억수같이 쏟아지는 비를 맞으며 교문을 나와 버렸다. 얼굴에 계속 흘러내리는 이물들이 비에 섞여 눈물인지 빗물인지 구분하기 힘들다. 우산을 쓰고 지나가는 사람들의 따가운 시선이 느껴진다. 그리고 그 따가운 시선 속에서도 도희가 보혁이를 끌어안던 모습이 떠올랐다. 짝사랑은… 이렇게 힘든 거구나. 누군가 짝사랑이 이렇게까지 비참하고 힘들다는 걸 말해 줬다면 절대 시작도 안 했을 것이다. 언제부터 보혁이에게 빠져 내 자신을 추스르지 못할 정도가 되어버린 건지.

한참 빗속에서 걸었다. 그냥 정신없이 무작정 오다 보니 비를 맞지 않도록 천막을 쳐놓은 주차장에 도착했다. 혁이가 보였다. 보혁이의 오토바이인 혁이 말이다. 혁이를 쓰다듬으며 보혁이와 오토바이를 탔던 추억이 떠올랐다. 많은 오토바이를 비로부터 보호해 주는 천막에 구멍이 나서 혁이에게 한 방울 한 방울 비가 떨어지는 게 보였다. 보혁이의 오토바이인데 비를 맞게 할 순 없어. 난 재킷을 벗어 혁이가 비를 맞는 곳에 덮어주었다. 그러면서 나도 모르게 왜 미소가 지어졌을까? 뭐가 다행이라고… 뭐가 기쁘다고 웃는 거냐구…….

비를 너무 많이 맞은 탓일까? 너무너무 추웠다. 온몸으로 추위가 느껴질 때, 정신이 아늑하고 흐릿해져 왔다. 오토바이 뒤쪽에 쓰러진 탓에 어두워진 거리에서 사람들에게 발견되기란 쉬운 일이 아니었다. 1시간이나 지났는데도 쓰러진 나는 누구에게도 발견되지 못했다. 그때 누군가 오토바이가 세워진 쪽으로 다가온다. 누군가 내가 쓰러진 쪽으로 다가오더니 오토바이 혁이가 있는 곳에서 멈춰 섰다. 보혁이었다. 자신의 오토바이에 걸쳐져 있는 내 재킷을 보더니 그 재킷 위로 한두 방울 뚝뚝 떨어지는 빗방울을 바라본다. 가만히 생각에 잠긴 듯하다가 뭔가 생각난 듯 주변을 둘러본다. 이리저리 고개를 저으며 무엇인가 열심히 찾는 보혁. 그리고는 자신의 오토바이 뒤쪽에 쓰러져 있는 나를 발견했다.

"이, 이봐!"

희미하게 보혁이의 낮은 음성이 들렸지만 마냥 꿈인 줄만 알았다.

"야, 정신 차려. 너 왜 여기 있는 거야! 괜찮아? 야!! 정신 차려봐!! 이런."

자신의 재킷을 벗어 나에게 덮더니 나를 안아 올린다. 그리고는 기숙사로 달려가는 보혁.

정신을 차렸을 때는 보혁이의 침대였다. 내 이마엔 예쁜 손수건이 놓여 있었다. 젖은 교복을 입고 있어야 할 나는 어느새 편한 차림의 옷으로 갈아입혀져 있었다. 어떻게 된 것인지 하나도 기억나지 않아 혼란스러워하고 있을 때 누군가 방으로 들어온다.

달칵!

문을 열고 들어온 사람은 천우였다.

"어? 암소, 깼냐?"

"아… 응. 저기… 나 어떻게 된 거야?"

"너 어젯밤에 쓰러져 가지고 보혁이가 안고 왔더라."

"뭐, 뭐?? 보, 보혁이가??"

얼굴 빨개지기는 이제 내 특기가 되어버렸다. 천우는 그런 내 모습을 보며 한마디 덧붙였다.

"아차, 그리고 오해하지 마라~ 니 옷은 도희가 와서 갈아입혔으니까."

다행이란 생각이 들었다. 그리고 동시에 내 이마에 있던 예쁜 손수건은 도희 거라는 것도 알게 되었다. 보혁이에게, 또 도희에게 고맙다고 해야 할 텐데. 지끈거리는 머리는 움직이기 너무 힘들었다. 일어서려다 지끈거리는 머리 때문에 다시 움츠리던 나를 보더니 천우는 한숨을 팍팍 쉰다.

"에효… 너 어쩌다가 그랬냐? 우산도 안 가져갔었더만. 갑자기 비가 맞고 싶든? 내참."

"난… 그, 그냥……."

어색해지려 하던 참에 누군가 또 방으로 들어왔다. 도희와 보혁이었다. 깨어난 나를 보더니 도희는 해맑게 웃으며 다가온다.

"아랑아, 괜찮아? 정신이 들어?"

"아, 응. 얘기 들었어. 고마워."

"친구가 쓰러졌다는데 당연히 이 정도는 해야지~"

뒤에서 가만히 쳐다보는 보혁이에게도 고맙다는 말을 해야 하는데 떨려서 말하기가 쉽지 않다.

"그, 그리구… 보혁이도… 고마워. —//—"

목소리가 가늘게 떨렸던 걸 눈치 챈 건 천우밖에 없기를. 보혁이가 내 목소리를 듣고 나를 뚫어지게 바라본다. 얼굴이 너무 달아올라서 어쩔 줄 몰라 하고 있는데 누군가 급하게 방문을 열고 뛰어들어 온다.

쾅 !!

방 안에 있던 도희, 천우, 보혁, 그리고 나까지 모두 방문을 연 사람을 향해 시선을 모았다. 신규였다. 무언가 급한 일인 듯 숨을 헐떡이며 들어오더니 입을 연다.

"야! 신보혁. 너, 너……."

모두들 신규의 다음 대사에 귀를 기울였다.

"보혁이 너 이 학교 들어와서 일진 가입 안 했어?"

그 말을 듣자마자 신규에게 꽂았던 시선을 보혁에게 옮겼다.

"어. 그게 왜?"

급하게 말하는 신규와는 달리 아무렇지도 않게 대답하는 보혁. 황당한 듯 신규는 다시 말을 내뱉는다.

"뭐? 야, 임마! 니가 일진에 가입 안 하면 어떡해? 3학년 선배들이 너 가입 안 한 거 알고 좀 보자더라!"

그때까지 잠자코 있던 천우가 입을 열었다.

"뭐?? 3학년 형들이? 보혁아, 왜 일진 가입 안 했냐? 당연히 가입한 줄 알았는데."

답답해하는 신규, 천우 두 사람과는 달리 별로 신경 안 쓴다는 듯 가만히 말을 내뱉는 보혁.

"내 맘이야."

——;; 뭔가 거창한 대답을 할 리 없다는 건 알고 있었지만 역시 단답형인 보혁.

"야, 신보혁! 그런 말 할 때가 아니야. 3학년 일진 선배들이 지금 당장 옥상으로 널 데려오랬어!"

그 말을 듣고 당황하는 건 보혁이가 아니라 도희와 천우였다.

"뭐? 지금 옥상에서 3학년 선배들이 보혁이를 보자고 했단 말이야?"

"그럼 보혁아, 일단 선배들이 부르니까 같이 가보자."

"아니야! 보혁이 혼자 오랬어."

"뭐?? 혼자??"

그들의 대화에 나는 끼어들 수 없었지만 보혁이가 걱정되기 시작했다. 독하기로 소문난 우리 학교 일진들. 보혁이가 일진에 가입하지 않겠다는 말을 내뱉기라도 하면 보혁이는 무서운 일을 당할지도 모른다. 우리들의 걱정과는 달리 보혁이는 여전히 낮은 목소리로 태연하게 말했다.

"날 보고 싶거든 그쪽에서 찾아오라고 해."

모두들 놀란 토끼 눈이 되어 보혁이를 쳐다본다.

"하, 하지만 보혁아, 만약 지금 가지 않으면 선배들이 무슨 짓을 할지……."

"시끄러워. 알 게 뭐야?"

"보혁아, 그래도 가보긴 해야 하지 않을까? 3학년 일진 선배들이 부르는 건데."

"그래, 보혁아. 위험하겠지만 우선 선배들을 만나보는 것이……."

"전부 다 시끄러. 나한테 이래라저래라 하지 마. 싫은 건 싫은 거야."

보혁이의 말에 모두 침묵해 보지만 여전히 당황스러워한다. 보혁이가 가만히 나를 쳐다본다. —//— 심장이 또다시 곤두박질치기 시작한다.

"울보, 넌 괜찮냐? 좀 어때?"

나를 걱정해 주는 걸까? 날아갈 듯 기쁘다. 최대한 당황하지 말고 상냥하게 대답하자, 상냥하게.

"아, 난 괘, 괜찮아."

"아, 그리고 혁이 덮어줬던 니 재킷 세탁소에 맡겼다."

"아… 괘, 괜찮은데 그냥 말리면……."

"혁이 덮어줘서 고맙다. 씨~익."

—//— 모두 앞에서 나를 향해 웃어주었다. 아~ 머리가 지끈거리긴 하지만 너무 기뻐서 아픈 것쯤은 다 잊을 수 있을 것 같다. 순간 나를 살짝 노려보는 도희의 시선을 느낄 수 있었다. 기분 탓이었던 걸까?

"이제 곧 통행 금지 시간이야. 도희 넌 니 방으로 돌아가."

"알았어."

뭔가 뾰로통해져 도희는 자신의 방으로 돌아갔다. 내가 아파서 잘 못 움직이는 걸 알고는 보혁이가 따뜻한 배려로 2층 내 침대로 올라간다. 그런 보혁이를 걱정스럽게 바라보는 신규와 천우, 이내 보혁이에게 말을 건넨다.

"보혁아, 진짜 3학년 형들한테 안 갈 거야? 지금 옥상에서 기다리고 있는데."

"그래, 보혁아. 지금 안 가면 나중에 무슨 일을 당할지 모르잖아. 일단 만나보는……."

"시끄럽다고 했잖아."

차가운 그 한마디에 천우와 신규는 한숨을 한 번 푹 쉬더니 이내 각자 자신의 침대로 돌아가 눕는다.

맑게 개인 다음날. 눈을 떴을 때 보혁이가 시야에 들어왔다. 천우와 신규는 나가고 없었고 보혁이는 가만히 창밖을 바라보고 있었다. 내가 움직이는 소리에 나를 쳐다보는 보혁.

"깼냐?"

—//— 자고 일어나서 부시시한데… 이런 모습 보이기 싫은뎅.

"아, 응."

고개를 휙 저으며 대답을 하자 보혁이가 다시 말한다.

"니 재킷은 오후나 되어야 찾을 수 있을 거야. 우선 아무거나 걸쳐 입고 가라."

"아, 응."

"오늘은 아프거나 쓰러지지 마라."

"어?"

다시 묻는 내 말에는 대답하지 않는 보혁. 어쩐지 평소보다 낮은 음성에 나는 잔뜩 긴장했다. 화장실에서 옷을 갈아입은 후 기숙사를 등지고 교실로 향했다.

교실로 들어서자 교련이가 해맑은 미소로 나를 맞이했다.

"아랑아~ ⋀⋀^"

어느새 많이 친해진 교련이에게 나도 대답 대신 미소를 보내주었다.

"아랑아, 오늘은 신나는 토요일이야~ ㅎㅎㅎ 토요일은 오전 수업에 외출도 허가잖아. 어디 갈 거야?"

그렇다. 우리 학교 규칙상 토요일만 외박 허가다. 하지만 엄마가 돌아가시고 아빠마저 외국에 계시기에 갈 곳이 없다. 그래도 오전 수업이란 생각에 잠시 들뜬 나다.

"그, 글쎄? 교련이 넌 어디 가?"

마치 내 질문을 기다린 듯 바로 대답하는 교련.

"응. ^O^ 중학교 때 친구들 만나러 고향에 갈 거야."

"그렇구나. 재밌겠다."

그때다. 도희가 매끈한 머리칼을 쓸어 넘기며 우리 쪽으로 다가온다.

"어? 도희야, 좋은 아침. ^-^"

해맑게 웃으며 도희를 반기는 교련이. 그런 교련이의 미소에 질세라 우아한 자태를 뽐내며 미소 짓는 도희.

"응. ^^ 좋은 아침."

그래, 둘의 미소는 살인 미소, 나의 미소는 살인 충동 미소다.

보혁이가 오지 않은 상태에서 1교시 수업은 시작되었다. 아까까지만 해도 기숙사에 있었는데 어딜 간 걸까? 혹시 어제 3학년 선배들이 부른 곳에 안 가서 끌려간 것은 아닐까? 기분 나쁜 생각을 버리려 애를 썼는데 등줄기에서는 식은땀이 흘러내렸다. 왠지 불안한 예감이 적중할 것만 같다. 자꾸만 보혁이가 기숙사에서 나오기 직전에 하던 말이 걸린다.

"오늘은 아프거나 쓰러지지 마라."

날 걱정해 준 건가? 동정이라 해도 보혁이의 동정이라면 값비싼 동정인 것을……

토요일이라 수업이 일찍 끝났지만 오지 않은 보혁이의 빈자리를 보면서 내내 긴장을 늦추지 못했다. 교련이는 고향에 갈 거라며 들떠서 서둘러 교실을 나갔다. 도희도 어디 갔는지 보이질 않았다. 어느새 교실엔 나 혼자 남겨졌다. 모두들 토요일이라 외출을 준비하느라고 바빴다. 모두들 학교를 빠져나가 학교 전체가 침묵에 잠긴 시간에도 나는 혼자 보혁이 옆 자리에 앉아 교실을 지키고 있었다. 보혁이가 혹시 3학년 선배들한테 끌려가지는 않았을까 걱정이 됐다. 혼자 교실에 앉아 있는 동안 가만히 엄마 얼굴을 떠올려 보려 애를 썼다. 벌써 엄마 얼굴을 잊은 거야, 소아랑? 그런 거야? 왜… 왜 엄마 얼굴이 전처럼 쉽게 떠오르지 않지? 답답한 마음에 책상에 엎드려 다시 엄마 얼굴을 떠올리려 애를 썼다. 끝내 떠오르지 않는 엄마 얼굴… 어느새 잠이 들고 말았다.

그러고 보니 이 학교, 참 웃기는 학교다. 경비도 없나? ——; 어쨌거나 내가 잠에서 깨어났을 때 시간은 밤 9시를 살짝 넘기고 있었다. 어두워진 교실은 공포 영화 촬영지로 딱이었다. 소름이 쫙악 끼치고 무서운 생각이 들이 후딕딕 교실을 뛰쳐나왔다.

한참을 달려 멈춘 곳은 보혁이가 담배를 즐겨 피우던 그 정원. 하지만 그 정원에 보혁이는… 없다. 섭섭한 마음을 추슬러 보려고 보혁이가 앉았던 자리에 다시 앉아본다. 바닥을 훑어보아도 보혁이가 버린 담배꽁초는 보이지 않았다.

"간접 키스인가?"

그렇게 말하며 살짝 웃던 보혁이의 얼굴이 쉽게 떠올랐다. 보혁이의 얼굴은 이토록 쉽게 떠오르는데 어째서 엄마 얼굴은 쉽게 떠오르지 않는 거지? 내가 숨 쉬는 소리 외엔 아무것도 들리지 않을 만큼 조용한 학교 정원. 토요일이라서 모두들 자기 고향이나 친구 집으로 놀러갔겠지? 그런데 난 뭐야? 갈 곳도 없고……. 괜스레 처량한 내 신세에 눈물이 나려 했다. 보혁이도 고향에 간 걸까? 오늘은 수업도 안 들어오고. 보혁아… 보고 싶다.

"고향 안 갔냐?"

낯익은 낮은 음성. 돌아보니 보혁이가 서 있었다. —//— 보, 보혁아…….

"뭐 하냐, 여기서? 고향 안 가?"

나를 똑바로 바라보며 말하는 보혁이. 그 눈에 빨려 들어갈 것만 같아 온몸이 굳었다. 몇 초 되지도 않아 빨개진 얼굴을 감추기 위해 보혁이와 마주친 눈을 밑으로 내리려는 순간, 보혁이 입가에 흐르는 저 피. 달빛이 흐릿하지만 피라는 걸 알 수 있었다.

"보혁아… 피… 피가 나……."

보혁이는 오른손을 들어 올려 입가에 묻은 피를 살짝 닦아냈다. 그 모습에 걱정이 되어서 나도 모르게 보혁이에게 가까이 다가갔다.

"괜찮아? 어떻게 된 거야? 싸웠어? 응?"

걱정돼서 미칠 것 같다는 표정으로 보혁이를 쳐다보다가 나를 뚫어져라 바라보는 보혁이의 눈빛에 이성을 찾은 나.

"아……."

고개를 푹 숙이고 떨리는 마음을 추스리고 있는데 보혁이의 음성이 들려온다.

"너 나 좋아하냐?"

그 한마디에 숨이 확 막혀왔다. 심장이 두근거리다 못해 순간 멈춰버린 느낌이다. 새빨개진 얼굴을 감추려고 고개 숙인 나를 쳐다보는 보혁이의 시선이 따가웠다. 이어지는 보혁이의 말.

"하긴 넌 모든 남자들한테 그렇게 빨개지니까."

아니야. 아니야, 보혁아. 다른 사람 앞에서 빨개지는 건 내가 바보, 멍청이, 소심쟁이라서 그런 거야. 니 앞에서 빨개지는 건… 니가… 니가 좋기 때문이라구—!! >//<

말하고 싶다. 하지만 자신감 따위 나한테 존재하지 않는 단어다. 나에 대해 마음대로 단정 짓는 보혁이를 보면서도 아무런 말도 할 수가 없다. 무엇보다 보혁이가 나한테 잘해줄 때마다 도희 얼굴이 떠오른다. 나한텐 동정이고 도희한테는 사랑이란 걸 알지만… 그렇지만… 바보같이 소금이라도 보혁이가 나에게 관심을 보이면 착각하고 싶어진다.

이런저런 복잡한 생각을 하는 동안 보혁이는 가만히 나무에 기대어 앉는다. 그리고는,

"앉지 그래?"

미치도록 두근거리게 하는 저 음성. 나는 여전히 말없이 가만히 보혁이 옆에 거리를 두고 앉았다. 보혁이랑 친해지고 싶다. 동정이라 해도 편한 친구가 되고 싶다. 지나친 욕심일까? 그렇지만 편하게 옆에 있고 싶은걸? 그러려면 친구라도 되어야 하는데. 그래야 하는데……. 미치도록 따뜻하게 보혁이의 이름을 당당히 불러보고 싶은 마음에 혼자 답답해하는데 보혁이의 낮은 음성이 내 귓가에 울렸다.

"너 누군가를 미치도록 사랑해 본 적 있냐?"

보혁이는 갑작스런 질문에 당황해하는 날 보더니 이내 피식 웃고 말을 이어간다.

"난 말이야, 누군가를 정말 미치도록 사랑한다고 믿었어. 그 여자 아니면 안 되는 거였지."

보혁이의 그 말에 온 마음이 저려왔다. 마음이 갈기갈기 찢어진다는 느낌이 이런 느낌일 것이다. 게다가 공허한 듯 허공을 바라보는 보혁이의 저 슬픈 눈빛 때문에 더 더욱 아픈 마음이 조여왔다. 보혁이는 몇 마디 했더니 찢어진 입술이 따가운지 엄지손가락으로 찢어진 입술을 한 번 만진다. 아무리 나에게 상처가 되더라도… 이렇게 보혁이를 쳐다보고 있는 것만으로도 좋다. 미치도록 두근거리는 심장이 원망스러우면서도 한편으론 이 떨림이 오래도록 간직되었으면 좋겠다고 빌게 되는걸. 찢어진 입술을 살짝 만지작대더니 계속 말을

이어가는 보혁.

"내가 그 여자를 사랑하는 만큼 그 여자도 날… 사랑한다고 생각했어."

도희 얘긴가? 보혁이의 쓸쓸한 눈과 그 예쁜 도희의 얼굴이 겹쳐졌다.

"서로 아끼자는 말만 한 채 편한 친구처럼 지내왔어. 그러다가… 그러다가 이젠 한 발 더 다가서 볼까 하고 그녀에게 고백을 했지. 이제… 이제 나만의 여자가 되어줄 수 있겠냐고……."

두근―!!

나한테 하는 말도 아닌데 심장이 미친 듯이 두근거렸다. 온 마음이 갈기갈기 찢겨 나가면서도 도희한테는 상대가 안 된다는 걸 잘 알기에 그저 가만히 보혁이 말에 귀를 기울일 뿐이었다.

"그런데 여자들은 참 알 수가 없더군. 그냥 적당히 아끼는 친구가 좋다는 거야. 나 혼자 착각한 거지. 그 애도 날 좋아하는 거라 생각했는데 말이야."

내 앞에서 다른 여자를 그렇게 애타게 생각하지 마. 마음이 아프단 말이야. 마음이 아파. 그런 내 마음과는 전혀 상관없는 말을 보혁이에게 내뱉고 말았다.

"도희는… 널 많이 좋아해."

놀란 듯 나를 바라보는 보혁. 도희 얘긴 걸 어떻게 알았냐는 듯한 표정이다. 그런 보혁이의 표정에 아랑곳하지 않고 용기를 내어 살짝 미소 지으며 말했다.

"난 잘 모르지만… 도희가 아프다며? 여자들이란 한없이 약한 존재 같아 보이지만 막상 좋아하는 남자가 자신 때문에 마음 아파하는 모습은 못 봐. 그렇기 때문에 자신의 마음을 감추는 힘든 노동을 하면서까지 자기가 사랑하는 사람은 지켜주고 싶어해. 도희는 널 좋아하면서도 아픈 자신을 보며 마음 아파할 널 보는 게 힘들었던 거야. 그래서 그냥 친구가 편하다고 한 거겠지. 도희도 널 아주 많이 좋아해. 같은 여자라 알 수 있어."

눈물이 살짝 맺힌 걸 들키지 않아 다행이다. 심각하게 내뱉은 내 말에 예상과는 달리 보혁이의 반응은 신선했다.

"씨~익. 울보, 처음으로 그렇게 말 많이 한 거 아냐?"

두근―!!

바보같이 왜 또 두근거리는 거야? 다른 여자의 얘기를 꺼내는 애한테 또 마음이 흔들려. 보혁이가 그런 나를 한참 바라보더니 다시 입을 열었다.

"울보 설교치곤 대단했어. 그런데 내가 진짜 답답하고 궁금한 건 그런 게 아니야."

알 수 없는 그 말에 보혁이를 살짝 바라보았다. 내 시선을 의식했는지 보혁이는 다시 말을 이어갔다.

"그 애가 없으면 안 될 것만 같던 날들이 길었어. 웃음도, 말도 없던 나한테 웃음을 선물한 아이였거든. 도희는 그런 애였어. 그래서 나도 모르게 생긴 감정들이 쌓이고 쌓여서… 사랑으로 발전한 거라 깨달았지. 그런데 요즘은… 이상해. 내가 이상해. 그 애를 봐도 전처럼 기쁘지 않아."

그 말에 잠시나마 희망을 가진 건 내 욕심일까? 그래 봤자 도희에게 나 따윈 상대도 되지 않는걸? 지극히 평범한 내가 보혁이의 마음을 기대한다는 건 정말 과대망상인 거야. 씁쓸한 표정으로 가만히 보혁이의 말에 귀를 기울였다.

"어느 날부턴가… 말도 없고, 한심하고, 겁도 많고, 바보 같은… 어떤 여자애가 자꾸 거슬려."

두근—!!

아까보다 훨씬 심장이 빨리 뛰는 걸 느낄 수 있었다. 설마… 이 얘기는… 나, 날 말하는 건 아니겠지? 아닐 거야. 지나친 착각은 병이라는데. 그런 건 절대 아닐 거야. 나일 리가 없잖아? 미쳤어, 소아랑. 감히 무슨 생각을 하는 거야? 바보. 바보. 아니야. 날 말하는 게 아닐 거야. 그치만… 그치만 보혁이가 방금 말한 여자는 지금의 내 모습인걸? 아니야, 나 말고 다른 애가 있는 걸 거야. 그래그래, 아니라구.

혼자 고개를 절레절레 젓는 동안 보혁이가 나를 쳐다보는 시선을 느꼈다. 곧 입을 여는 보혁.

"자꾸… 니가… 신경 쓰여."

"뭐, 뭐??"

빨개진 내 얼굴이 달빛에 비쳐서 어떻게 보여졌을지 걱정이다. 이게 꿈인지 생시인지 구분하기 힘들다. 미치도록 뛰는 심장 소리만이 이 상황에 긴장감을 더해주고 있었다. 달아오른 얼굴을 주체하지 못하고 고개만 푹 숙인 채 떨리는 심장을 추스리지 못하고 있었다.

그러는 사이 보혁이는 가만히 내 턱을 올린다. 살짝 잡아당기더니 가까이 다가온다. 서, 설마… 나, 나에게… 키, 키스하려는 건… 아니겠지……. 잘생긴 얼굴이 점점 다가오면 올수록 심장 박동수는 더 더욱 빨라졌다. 그리곤 이어지는 부드러운 키스.

띠리리링~ 띠리리링~

전화 벨소리가 울린다. 내 휴대폰 소리인가? 정신이 번쩍 들었다. 그렇다. 방금까지의 그 화려한 상황은 책상에 엎드려 자던 내가 꿈을 꾼 것이다. ㅜ.ㅜ 그러면 그렇지, 보혁이가 나한테… 하지만 그런 꿈을 꾼 것만으로도 행복해지는 느낌. 애써 비참한 마음을 삼키려 애쓰며 꿈속의 달콤한 키스를 떠올렸다. 그러는 동안에도 애타게 울어대는 내 휴대폰.

띠리리링~ 띠리리링~

"여보세요?"

뚝!!

——;; 아주 싱겁게 끊겨 버린 전화. 보혁이와 나만의 달콤한 꿈을 깨버린 휴대폰. 휙 던져서 발로 밟아 아작 내고 싶다면 내 성격상 안 어울리려나? 하지만 너무너무 아쉬웠다. 다시 꿈을 회상하며 행복해하는 나다.

주변을 둘러보니 꿈에서처럼 깜깜해질 대로 깜깜해진 교실이 무서웠다. 꿈속과 똑같이 정원으로 뛰쳐나갔다. 혹시나 보혁이가 있을까 정원으로 달려가 보았지만 있을 리가 없다. 기대했던 마음이 실망감으로 바뀌면서 숨을 크게 내쉬었다. 피를 흘리던 보혁이가 떠올랐다.

혹시 진짜로 보혁이에게 무슨 일이 있는 건 아닐까? 걱정된다. 걱정
돼 미칠 것만 같다. 안절부절못하고 정원을 빙빙 맴도는 사이 달빛
아래로 어둑운 그림자가 드리워졌다.

"여기서 뭐 해?"

이 낮고 깊은 음성. 보지 않아도 알 수 있다. 이건 보혁이다. >//<
고개를 들어 보혁이를 바라보았다. 꿈속에서처럼 입가엔 핏자국과
목에 멍자국이 달빛에 비쳐졌다.

"보, 보혁아… 다친 거니?"

보혁인 가만히 자신의 입가에 흐르는 피를 닦아낸다. 그리곤 다시
나를 똑바로 응시하며 입을 연다.

"외출 안 했나 보군."

"아, 으응. 아빠가 외국에 계셔서 토요일 날 외출이 돼도 그냥 학
교에 있어야 해."

"그렇군."

짧게 대답을 마친 보혁이는 살짝 배를 움켜잡더니 인상을 쓴다.

"으!"

"보, 보혁아, 괜찮아? 많이 다친 거야? 응?"

난 조심스럽게 보혁이에게 다가갔다. 어두워서 잘 몰랐는데 가까
이에서 보니 보혁이의 왼쪽 눈이 심하게 찢어져 피가 나고 있었다.

"보, 보혁아!! 너 빨리 병원 가자! 많이 찢어진 것 같아. 응?"

피 흘리는 보혁이의 모습을 보고 놀란 것도 놀란 거지만 마음이 너
무 아파 떨리는 목소리를 주체하지 못했다. 보혁이의 팔을 잡아당기

는 나를 가만히 쳐다보는 보혁.

"괜찮아. 기숙사로 가자."

"그치만 너무 많이 찢어졌어. 피도 많이 나는걸? 그러지 말구 병원 가자, 응?"

애원하듯 애처롭게 보혁이를 바라보다 마주친 눈빛에 순간 정신이 번쩍 들었다. 얼굴이 새빨개진 채 고개를 휙 돌렸다. 귓가에 보혁이가 피식~ 웃는 소리가 들렸다.

"피식~ 그렇게 말 빨리 잘하는 거 처음 보는데?"

두근─!!

그러고 보니 보혁이가 다친 거에 마음 아파서 그만 흥분했었나 보다.

"벼, 병원 가자니까."

"따라와."

탁!!

내 손목을 잡더니 어디론가 빠르게 걷는 보혁. 그 긴 다리로 성큼 성큼 걸으면 키가 작은 나는 뛰어야 하는 거니? ㅜㅜ 천천히 좀 가려무나. 보혁이의 걸음이 멈춤과 동시에 내 걸음도 멈춰졌다. 양호실 앞이었다.

"병원엔 안 갈 거야?"

"가봤자 약밖에 더 바르겠어? 대충 때우면 돼."

"하지만……."

니가 아픈 거 싫은데. 아직도 니 왼쪽 눈에 피가 너무 많이 나서 무섭단 말이야.

똑똑똑!

가만히 양호실 문을 두드려 보았으나 아무런 소리도 들리지 않는다. 다시 한 번 두드려 보지만 마찬가지다. 문고리를 당겨보았다.

찰칵찰칵!

잠겨 있었다.

"거, 거 봐. 잠겨 있잖아. 오늘 토요일이구 이미 밤인데 양호 선생님이 계실 리가 없다구."

"그래서 온 거야."

"어?? 그, 그게 무슨……."

"없는 거 확인했으니 됐어. 기다려."

그렇게 말을 내뱉고는 보혁인 옆쪽 창문을 연다. 다행인지 몰라도 창문은 열려 있었다. 조심스럽게 창문을 열고 안으로 들어가는 보혁. 창문을 넘기 위해 힘을 준 탓인지 표정이 고통스러워 보였다. 이내 양호실 안에서 문을 열어주는 보혁. 가만히 양호실로 들어갔다. 그러고 보니 어두운 학교 안에 보혁이와 나, 단둘이 있는 것 같아서 가슴이 떨려왔다. 양호실 불을 켜고 침대에 안더니 입을 여는 보혁.

"미안한데 나 좀 치료해 줘."

두근─!!

침대에 앉아 고개를 삐딱하게 하고 있는 보혁이의 눈을 살짝 가리고 있던 은빛 머리칼이 오늘따라 유난히 더 눈부셨다. 섹시해… 보인다고 해야 하나? 눈에서는 저렇게 피를 철철 흘리고 있는데 아주아주 섹쉬하구나. 구급 상자를 뒤져 소독약과 연고, 반창고 등을 챙겨 보혁이 곁으로 다가갔다. 깨끗한 수건을 적셔 보혁이의 피를 닦아내고 떨리는 손을 진정시키며 소독약을 발랐다.

움찔!

소독약 때문에 상처 부위가 따끔했는지 보혁인 살짝 움츠리며 인상을 찌푸렸다. 그 모습에 조금 미안한 마음이 들었다. 하지만 상처 부위에 소독약 발라서 안 따가운 사람 없다 모. ㅜㅜ 소독약을 바르고 그 위에 연고도 바르고 반창고를 붙이고… 보혁이를 짝사랑하는 나로선 내가 보혁이를 치료하고 있다는 것 자체만으로도 꿈만 같았다.

"다 됐어. 피를 많이 흘렸는데 정말 병원 안 가도 될지 모르겠어."

"괜찮아. 고맙다."

궁금하다. 미치도록 궁금해졌다. 도대체 왜 보혁이가 이렇게 다친 건지. 역시… 역시 그 3학년 선배들 때문일까? 물어볼까? 왜 다쳤냐고. 하지만 내게 그런 용기는… 없는데……. 그런 생각을 하는 동안 보혁이가 먼저 말을 건넸다.

"내일 놀러갈까?"

"어, 어??"

지금 보혁이가 나한테 뭐라고 그런 거야? 잘못 들은 거 아니지??

"아버지가 외국에 계신다며? 일요일인데 계속 기숙사에 처박혀 있을래?"

"아, 아니. 저… 또 오, 오토바이 타게?"

"씨~익. 혁이랑 데이트하고 싶어?"

"아, 아니. 난 그, 그냥……."

"너 같은 바보는 처음이야."

두근—!!

"어??"

"오토바이가 비 맞는다고 재킷을 벗어주는 사람이 어딨냐?"

"아… 그, 그건… 그, 그러니까… 그게……. 아, 그게(ㅜㅜ 뭐라고 하징? 내가 왜 그랬더라?)… 혁이가… 혁이가 추울까 봐… 비 맞으면 추울까 봐 그랬지."

"피~식. 그렇군. 덕분에 혁이는 따뜻했을 거다."

아, 너무너무 가슴이 떨려온다. 다리가 후들거리고 숨 쉬는 것조차 힘들어진다. 이렇게 이야기할 수 있는 것만으로도 얼마나 기쁜지. 이 기분 좋은 떨림이 나 혼자만의 것이라 해도 좋아. 그저 보혁이를 보기만 해도 너무나 기분이 좋아지는걸? 설마… 설마 이것도 꿈은 아니겠지? 보혁이가 눈치 채지 않도록 가만히 손등을 꼬집어보았다. 아얏! 아푸다. 이건 꿈이 아니다! 정말 너무너무 행복해진다. 이렇게 기쁠 수가. 보혁이는 가만히 자신의 은빛 머리칼을 쓸어 올리며 나를 바라본다. 저 모습을 보면 황홀하다.

"내일 혁이 타고 놀이 동산 가자. 뭐, 그런 거 별로 안 좋아하지만 여자들은 좋아하는 것 같더라."

두근두근—!!

심장 소리가 보혁이에게 들릴 것같이 커진다. 대체 나한테 왜 이렇게 잘해주는 걸까? 자꾸 착각하고 기대하게 왜 이렇게 잘해주는 걸까? 용기를 가지고 물어봐야 해. 물어봐, 소아랑! 날 왜 그렇게 따뜻하게 대해주니? 하고 물어보란 말이야!!

"저……."

용기 내어 입을 열었다. 기어들어 가는 목소리라 보혁이가 듣지 못했는지 침대에서 일어서더니,

"기숙사로 돌아가자."

"아, 응."

우씨, 물어보기는커녕 말이 고대로 먹혀 버렸어. 어떡해!! 우잉~ ㅜㅜ

보혁이 뒤를 쫓아 총총걸음으로 기숙사에 도착했다. 다시 한 번 느꼈지만 보혁아, 니 다리 참 길구나. ——;; 신규랑 천우 녀석들도 오늘은 모두 고향에 갔겠지? 보혁이가 방문을 열자 지독한 알콜 냄새가 풍겨져 나왔다. 만취된 신규와 천우가 빨개진 눈으로 우리를 쳐다보더니 입을 연다.

"어? 너희들 고향 안 갔냐? ㅎㅔㅎㅔ."

"그러게. 간 줄 알았는데."

——;; 혀가 꼬였구나. 얼마나 마셨길래. 보혁이는 조용히 녀석들을 노려보더니,

"좀 치워."

술 먹으면 용감해진다고들 하지 않는가. 신규는 여전히 혀 꼬인 목소리로 보혁이에게 말한다.

"보혁아, 너도 한잔해. 히히. 이거 죽인당꼐~"

보혁인 만취된 신규와 천우를 보더니 길게 한숨을 내쉰다. 그리곤 둘을 무시하고 자신의 침대에 눕는다.

"에이~ 보혁아, 그냥 자려고? 천우랑 나는 지금 나이트 갈 건데 같이 안 갈래?"

"그래. 보혁아, 같이 가자. 암소도 같이 가던지."

"아, 아니야. 난 됐어."

대답없이 가만히 누워 있는 보혁이. 상처가 많이 아플 테니 오늘은 푹 쉬는 게 좋을 거야, 보혁아.

"보혁아~ 같이 가자니까~"

"그래, 보혁아. 나가자."

"시끄러워. 둘 다 빨리 나가."

보혁이의 말에 바보 콤비는 씁쓸한 표정을 지으며 옷을 주섬주섬 챙겨 입더니 나간다. 나가면서 방 좀 치우라는 어명도 빼놓지 않았다. 그래, 난 청소부다!! ㅜ.ㅜ 녀석들, 많이도 퍼마셨네~ 이게 도대체 몇 병이야?? 코를 틀어막고 병을 밖으로 옮겼다. 냄새가 빠지도록 환풍기도 돌리고, 쓸고, 닦고, 깔끔하게 정리를 하고 난 후 살짝 보혁이를 쳐다봤다.

허걱—!!

새근새근 잠든 보혁이의 얼굴. 다가가 만져 보고 싶다. 조금만⋯ 조금만 만져 보고 싶다. 침이 꿀꺽 삼켜졌다. 천천히 조심스럽게 다가가 고개 숙여 보혁이를 바라봤다. 역시⋯ 어쩜 이렇게 잘생길 수가 있을까. >//< 너무너무 멋있다. 눈을 살짝 덮은 은색 머리칼, 한 번쯤 만져 보고 싶었다. 천천히, 아주 천천히, 그리고 조심스럽게 오른손을 보혁이 얼굴에 가져다 댔다.

스윽—

두근—!!

보혁이 볼을 쓰다듬는 순간, 얼굴에 불이 났다. 혼자 깜짝 놀라 화들짝 손을 다시 떼어냈다. 그리곤 다시 한 번 침을 꼴깍 삼키고 눈을 덮은 보혁이의 은빛 머리칼을 옆으로 쓸어 넘겼다. 부드럽다. 가까이서 보니까 더 더욱 잘생겼다. 나도 모르게 가만히 멍하게 보혁이의 자는 얼굴을 바라보며 그 은빛 머리칼을 쓸어 넘기고 있었다. 돌아가신 우리 엄마도 이렇게 내 머리를 자주 쓰다듬어 주시곤 했는데…….
보혁아… 난 니 어미다. 윽! 혼자 피식 웃어대고 있는데… ——;;

스륵—

"아!!"

혁—!!

갑자기 보혁이가 눈을 떠 나를 바라본다. 너무 당황스러워서 손가락 하나 움직이지 못하고 보혁이의 머리칼을 쓸어 넘기던 그 자세 그대로 굳어버렸다. 뭐라 말을 해야 하는데 입술만 떨릴 뿐 얼굴이 하얗게 질려오고 아무 생각도 떠오르지 않았다. 너무 민망하고 당황스러워서… 너무 창피하고 부끄러워서.

"아… 저… 저… 저, 저기… 나, 난……."

"피식~ 내 눈가에 상처 보려고 그런 거라면 이제 됐어. 안 아파."

두근─!!

보, 보혁아… 그, 그게 아닌데… 나도 모르게 널……. 내가 미쳤지. 제대로 말할 용기도 없으면서 자는 보혁이를 쓰다듬다니. ㅜㅜ 미쳤어. 미쳤어.

"괘, 괜찮다니 다행이야. 호, 혹시 상처가 덧나지는 않을끼 하고."

빨개진 얼굴 그대로 어색하게 웃어 보이자 보혁이는 가만히 나를 바라본다.

"웃는 거 처음 본다. 씨~익."

내가 그랬나? 전혀 웃지 않았었나? 그렇구나. 그랬었구나. 그러고 보니 웃음을 잃은 것 같아. 그치만 보혁이 네 생각을 하고 있으면 어느새 난 행복한 미소를 띠고 있는걸? 그나저나 나를 향해 미소 짓는 보혁이를 보니 빨개진 얼굴이 더 이상 빨개질 수 없을 만큼 달아올랐다.

"아, 저, 저기… 그럼 난 이만 내 침대로 오, 올라가서 잘게."

"그래. 푹 자둬, 내일 신나게 놀려면."

두근─!!

미치겠다. 멋있어 미치겠다!! 인간이 저렇게 멋있어도 되는 거야? 저렇게 잘나도 되는 거냔 말이야. 자꾸만… 빠져들잖아. 다음날이 기대돼서 잠이 오지 않았다. 가만히 1층 침대에 잠든 보혁이의 숨소리를 듣고 있었다.

잠깐 잠든 것 같은데 어느새 날이 밝았나 보다. 밝은 햇빛에 눈을 떠서 아래층 보혁이 침대를 쓸쩍 들여다보니 보혁이가 없었다. 꿈만 같은 보혁이와의 데이트.

화끈—

데이트라는 단어를 떠올리자 얼굴이 빨개져 버리고 말았다. 너무 너무 설레고 기분 좋은 이 느낌. 벌써부터 가슴이 쿵쾅쿵쾅 뛴다. 재빨리 화장실로 들어가 씻고 꽃단장(?)을 시작했다. 꾸며봐야 평범한 그 얼굴이 도희나 교련이처럼 이뻐지는 건 아니지만 그래도 내 생애 첫 데이트이자 보혁이와의 만남인데 조금이나마 예뻐 보이고 싶은 이 작은 욕심. 평소에는 하지도 않던 귀고리, 그리고 엄마가 주신 소중한 별 핀을 예쁘게 꽂았다. 목걸이나 반지 같은 건 없지만 그럭저럭 만족했다. 평소엔 거들떠보지도 않던 파우더에 손이 갔다. 어색하게 파우더 가루를 얼굴에 두드리고 한층 하얗게 보이는 내 얼굴에 조금은 놀라면서도 만족감을 느꼈다. 옷장을 뒤적거려 그나마 아끼던 옷을 챙겨 입고 기분 좋은 느낌에 창문을 열었다. 아주 맑은 날씨이면 좋으련만 약간 흐린 날씨다. 구름도 많이 끼어 있다. 하지만 내 마음만은 아주 맑고 환하다~ ^0^ 침대 옆 작은 테이블을 보니 쪽지가 남겨져 있었다. 보혁이가 남겨놓은 메모. 어떡해! 어떡해! 넘흐 좋아—!!

교문 앞으로 오후 2시까지 나와라, 울보.

아주 간단한 메모지만 깔끔하고 정갈한 보혁이의 글씨체. 이 쪽지는 내 보물이 될 것이다. 기분 좋게 쪽지를 얼굴에 비비고 핸드백 속에 고이 접어 넣었다. 시계를 들여다보니 조금 이른 시각. 기숙사에서 학교 교문까지 걸어서 15분. 아직 1시니까 천천히 가도 되지만 혹시나 보혁이를 기다리게 할까 봐 서둘러 교문으로 향했다.

모두들 고향에 가고 없는지 기숙사는 텅텅 비어서 내 구두 소리만 쩌렁쩌렁 울리고 있었다. 아무도 없는 기숙사. 아무도 없는 학교(경비원은 있겠지. ——;), 그리고 아무도 없는 운동장을 가로질러 교문 앞에 도달했다. 가만히 교문 벽에 기대 시계를 보며 보혁이를 기다리고 있었다. 보혁이가 그 멋진 은빛 머리칼을 휘날리며 자신의 오토바이 혁이를 타고 내 앞으로 다가올 모습을 상상해 봤다.

그런 상상을 몇 번이나 했을까? 2시가 다 되어가자 심장이 콩닥콩닥 뛰기 시작했다. 어떤 표정으로 보혁이를 맞이하지? 어떤 말부터 할까? 아침부터 어디 갔었냐고 물어볼까? 처음으로 꾸민 내 모습을 보고 어색해하진 않을까? 이런저런 생각을 하는 동안 시간은 말없이 흘러갔다. 시계 바늘은 2시를 지나 2시 30분에 도달하고 있었다. 보혁이가 늦는구나. 뭔가 일이 있어서 늦는 거겠지.

하지만 3시가 넘어도 보혁이의 모습이 보이지 않는다. 점점 불안감이 밀려오고 혹시 사고가 난 건 아닌지 걱정이 되기 시작했다. 애꿎은 휴대폰의 안테나만 물어뜯고 있었다. 그러고 보니 서로의 휴대폰 번호조차 모른다. 아… 걱정이 된다. 보혁이가 늦는다고 화가 나기는커녕 걱정만 앞서는 내 모습. 대체 난 보혁이를 얼마만큼 좋아하는 걸까? 영화나 드라마에서처럼 목숨을 걸 만큼 좋아하고 있는 걸까? 하지만 보혁이의 마음도 모르는데 혼자서 이렇게 바보처럼 좋아해도 될까? 동동 구르는 내 발소리는 커져만 갔다.

시계 바늘은 째깍째깍 잘 움직인다. 보혁이를 걱정하며 기다리는 시간이 짧게 느껴졌지만 어느새 시계 바늘은 5시를 가리키고 있었다. 보혁이를 애타게 기다리는 마음에는 변함이 없는데 걱정돼서 미칠 것만 같은 표정은 점점 굳어져 갔다. 동동 구르던 발소리도 이제는 멈췄다. 가만히 핸드백을 열어 보혁이가 쓴 쪽지를 꺼내본다. 그걸 보면서 입가에 미소를 짓는 내 한심한 모습. 바보같이… 약간은 지친 듯, 하지만 마음만은 아직도 처음 나온 그 느낌 그대로 보혁이를 기다리고 있다.

톡! 토독—

머리 위로 차가운 느낌이 닿았다. 비가… 비가 오잖아. 어떡하지?

"왜 이렇게 비가 내리는 거야? 나보고 빗속에 숨어서 울어버리라고? 또 그렇게 비참해지라고? 싫어. 울기 싫어. 그러니까 하늘아! 너도 울지 마! 흐… 흐윽! 이 바보. 또 운다, 소아랑! 또 운다. 싫어. 정말 싫어. ㅜㅜ 흐윽!!"

한두 방울씩 떨어지던 빗물은 이제 줄기가 되어 세차게 내린다. 그 빗줄기를 따라 눈물도 하염없이 흘렀다. 보혁이에게 사고가 난 건 아닐까 걱정이 되면서도 한편으로는 원망스럽고… 항상 바보같이 지켜보고 기다리며 가슴 졸이기만 하는 내 모습이 너무 바보 같아서, 너무 한심해서… 그러면서도 발길을 기숙사로 돌리지 않고 있다. 혹시 내가 기숙사로 가버린 후에 보혁이가 오면 어떡하나. 그런 생각 때문에 그 자리에서 비를 맞는 그대로 보혁이를 생각하고 있었다.

어느새 시계 바늘이 8시를 가리키고 있다. 다시 한 번 보혁이가 적어준 쪽지를 꺼내본다. 쪽지를 보면 여전히 두근거리고 기분이 좋은데…… 쪽지가 점점 비에 젖는 걸 보고는 화들짝 놀라 얼른 핸드백 속에 넣는다. 정말… 정말 바보같이……. 고향 갔다가 돌아오는 아이들이 보였다. 모두들 나를 이상한 시선으로 쳐다보고는 기숙사로 향한다. 저마다 색색의 우산을 쓰고 기숙사로 향하는 아이들. 주르륵 흘러내린 비와 눈물 때문에 흐려서 잘 보이지는 않지만 수많은 아이들의 따가운 시선은 느낄 수 있다.

시계 바늘이 10시를 가리킬 때는 고향에서 학교로 돌아오는 아이들의 모습도 보이지 않았다. 점점 몸이 싸늘해지고 조금씩 현기증도 난다. 하지만 정신력으로 버텨야 한다. 아직… 아직 보혁이가 오지 않았으니까…….

띠리리링~ 띠리리링~

내 휴대폰 소리에 놀라 흐릿했던 정신이 번쩍 들었다. 그 와중에도 혹시 보혁이가 아닐까 기대하며 목소리를 가다듬은 후에야 폴더를 연다.

"여, 여보세요?"

[어이, 암소~ 너 어디냐?]

나한테 암소라고 하는 사람은 천우랑 신규뿐인데 신규보다 밝은 톤인 걸로 보아 천우인가 보다.

"어? 나… 나 지금… 나 지금……. ㅜㅜ"

괜히 서러워 또 눈물이 난다. 세차게 내리는 빗소리가 천우 귀에도 들리나 보다. 그래, 빗소리만 듣고 내가 울고 있는 소리는 들리지 않기를…….

[야, 암소!! 너 밖이야? 빗소리가 들리잖아!! 너 밖이냐고!!]

"으… 으응. 바, 밖이야."

서러움에 복받쳐 자꾸만 눈물이 쏟아진다. 지금 이 순간은 천우에게라도 기대고 싶어진다. 숨죽여 눈물을 삼키는 내 모습이 한없이 작아진다.

[야, 밖에 비도 이렇게 오는데 왜 밖에 있어!! 기숙사 안 들어가? 너 지금 어디야!!]

천우는 무엇 때문에 이렇게 화가 났을까? 다그치는 목소리로 나에게 화를 내는 천우. 도희의 말이 사실일까? 설마 천우가 날… 아니야. 나같이 평범하디평범한, 아니, 너무 평범하다 못해 한심한 인간을 누가 좋아하겠어? 누가 생각이나 하겠냐구. 아무런 대꾸도 못하고 바보 같은 생각만 하는 내게 핸드폰은 천우의 목소리를 다시 한번 들려준다.

[야, 암소!! 지금 어디냐고 묻고 있잖아!]

"흐흑! 교, 교문."

[알았어!!]

뚝!!

휴대폰은 통화가 종료되었다는 메시지를 깜빡이고 있었다. 비에 젖어 휴대폰이 고장날지 어쩔지 그런 생각은 할 틈도 없이 서러웠다.

도대체 왜 보혁이는 오지 않은 걸까?

10분도 채 되지 않아 택시 한 대가 내 앞에 섰다. 택시에서 내리자마자 비에 젖는 천우. 깔끔한 정장 차림이다. 역시 저 녀석도 잘생겼다. 유난히 까만 천우의 머리가 비에 젖어 있는 그 모습이 섹시해 보인다고 하면 내가 나쁜 걸까? 천우는 나를 보자마자 버럭 소리를 질리댄다.

"너 바보냐? 왜 이러고 있어! 우산 없으면 기숙사로 뛰어들어 가야할 거 아냐!!"

"흐윽!"

"아, 정말 울지 좀 마! 왜 그렇게 바보같이 울기만 하냐!! 뭐야! 이번엔 또 무슨 일인데! 뭐 때문에 이러고 있어!"

아무 대답도 할 수가 없다. 눈물과 빗줄기가 볼을 타고 흘러내려 눈앞이 흐릴 뿐이다. 그런 내 모습이 안타까웠는지 천우는 말은 그렇게 하면서도 입고 있던 재킷을 벗어 내게 덮어준다.

"기숙사로 들어가자. 나도 우산 없단 말이야."

한층 톤이 낮아진 목소리. 비에 젖은 내 머리를 헝클어뜨린다. 이 녀석, 원래 이렇게 멋있었나? 그렇지만…

"보, 보혁이가 아직 안 왔단 말이야."

내 머리를 헝클고 있던 천우의 손이 순간 멈춰졌다.

"보혁이… 기다리고 있는 거였어?"

알 수 없는 미안한 마음이 들었다. 지금 뭐 내분에 천우한테 미안한 마음이 드는지는 모르겠다. 하지만 그게 사실이고 보혁이가 걱정돼서 이대로는 기숙사로 들어갈 수가 없다.

"말해 봐. 지금 너 보혁이를 기다리는 거야?"

끄덕—

난 살며시 고개를 끄덕였다.

"하……."

길게 한숨을 내쉬더니 천우는 자신의 젖은 머리를 쓸어 올리며 아랫입술을 살짝 깨문다.

"야, 약속했거든. 오늘… 오늘 2시에 만나기로……. ㅜㅜ"

순간 나를 확 째려보는 천우의 시선을 느낌과 동시에,

턱—!!

내 양 어깨를 잡고 흔들며 버럭 소리 지르는 천우.

"아, 아파."

"너 바보야? 뭐? 2시? 오후 2시라고? 지금이 몇 시인 줄 아니? 알아? 알고서 그런 소리 하냐구!! 너 진짜 생각할 줄 아는 동물이야? 이렇게 비가 억수같이 쏟아지는데 감기라도 걸리면 어쩌려고 이러고 있어! 또 저번처럼 쓰러지면! 그러면 또 보혁이가 짠 하고 나타나서 널 안고 기숙사로 돌아오길 바라고 있는 거야, 뭐야!!"

천우에게 꽉 잡힌 어깨가 아파왔다. 어깨를 흔들어대는 바람에 내 어깨에 걸쳐진 천우의 재킷도 바닥으로 떨어졌다. 어쩌지? 비에 젖을 텐데…….

"너 진짜 미련하다! 2시부터면 지금 10시가 넘었는데 8시간 넘게 이 빗속에서 그 자식을 기다리고 있었단 말을 자랑이라고 하는 거야,

뭐야! 그 자식이 그렇게 좋아? 그 자식 때문에 쓰러져도 좋냐고!! 너처럼 미련하고 한심한 여자앤 정말 처음이야!"

"왜… 왜… 왜 그렇게 화를 내는 건데? 니가 뭐 때문에 나한테 이렇게 화를 내는데? 흐윽!"

"너 지금… 그걸 몰라서 묻는 거야? 아니면 알면서도 비참하게 내 입으로 듣고 싶은 거야?"

두근—!!

보혁이를 기다리고 있을 때만큼의 떨림이 지금 이 순간 느껴지는 건 왜일까? 어쩌면 정말로 천우가 날? 빗소리에 묻혔지만 작은 천우의 음성이 귓가에 울렸다.

"바보 같은 니가 좋아."

쿵—!!

가슴이 내려앉는 느낌이다. 내가… 내가 왜 좋은 걸까? 이렇게 바보 같고 한심한 여자애를 왜 좋아하는 걸까? 거짓말. 믿겨지지 않아. 천우가 날?

와락—!!

살며시 흔들던 어깨에서 손을 내려 부드럽게 날 감싸 안는 천우.

두근두근—

나 어떻게 된 거야? 지금 천우 품에 있는 거야? 지금 이 순간이 너무나 떨리고 믿어지지 않아서 그저 멍하게 천우 품에 안겨 있었다. 그러는 동안 오토바이 소리기 깃가에 가싸워졌다. 천우의 어깨 너머로 그렇게 애타게 기다리고 기다리던… 보혁이의 은빛 머리칼이 보였다. 그 순간 내 두 눈은 동그랗게 토끼 눈이 되고 천우에게 안겨 굳어 있던 몸은 더욱더 뻣뻣하게 굳어버렸다. 빗속에서 보혁이의 그 조용하고 낮은 음성이 차갑게 들려왔다.

"뭐 하는 거야?"

그 목소리를 듣고서야 보혁이가 왔다는 사실을 알았는지 천우는 나를 살짝 놓아주고는 천천히 보혁이를 향해 돌아선다.

"신보혁, 너 이 자식! 여자를 이 빗속에 8시간이나 기다리게 해? 니가 남자야? 어?"

흥분한 천우는 보혁이에게 다가가 멱살을 잡는다.

덥석!!

"처, 천우야."

당황한 나는 어쩔 줄 몰라 하고, 보혁이는 천우를 노려보고만 있다.

"야, 임마!! 신보혁, 너 암소 성격 몰라서 그랬냐? 너 안 오면 걱정돼서 8시간이든 10시간이든 미련하게 기다릴 애라구! 그런데 이제야 느긋하게 나타나? 니가 인간이야? 어?"

"느긋하게 온 거 아니다."

"암소 꼴 좀 봐!! 이 빗속에서 8시간이나 널 기다리느라고 온몸이 차갑게 식었어! 저러다 병이라도 나면 어떡하려구 그래!! 암소도 도희처럼 만들고 싶은 거야? 그런 거야?! 신보혁!!"

탁―!!

천우의 손을 거세게 뿌리치더니 천우를 죽일 듯 노려보며 차갑게 말을 뱉는 보혁.

"그 따위 말 다시 한 번만 했단 봐라."

순간 등골이 오싹해져 왔다. 소름 끼치도록 무서운 보혁이의 눈빛과 차가운 말투. 분명 무슨 사정이 있어서 늦었을 거야. 하지만 천우는 그런 보혁이의 기세에도 전혀 위축되지 않아 보인다.

"그래, 너 잘났다. 임마!! 너란 자식은 항상 그랬어!! 내가 좋아하는 여자란 여자는 다 니 편이었고!! 다들 약해 빠졌어!! 도희도 그렇게 아픈데 너만 보면 웃잖아."

"그럼 도희 너 가져."

보혁이의 그 말에 조금 들뜬 기분은 뭘까? 내가 나쁜 걸까? 나 지금 무슨 생각을 하는 거야? 그냥 내뱉은 말일 텐데 바보같이 혼자 기대하구. 당황한 건 천우도 마찬가지인 모양이다. 천우는 놀란 눈으로 보혁이에게 되묻는다.

"너 지금 뭐라고 했냐?"

"같은 말 반복하는 거 싫어하는 거 알 텐데?"

"야! 신보혁, 너 미쳤어? 너한테 도희는……."

"필요없으니까 너 가져. 사실 나보다 도희를 더 좋아했던 건 너 아니었냐?"

"언젯적 얘기를 들먹이는 거야!! 너 때문에 도희에 대한 마음 접은 지 오래야. 도희가 많이 아파서 약해 보이니까 자신없어져서 버리겠다는 거야? 그런 거냐?"

"니 마음대로 생각해."

퍽—!!

헐. 순식간에 땅바닥에 쓰러진 보혁. +ㅁ+ 천우야, 너 싸움 잘하는구나. ——;; 앗! 이럴 때가 아니지. 보, 보혁아… 엉덩이 차갑겠, 아니아니, 괜찮니? 보혁이 천천히 일어나더니 역시 천우에게 강편치를…

퍼억—!!

"ㄲㅑㅇㅏ—!!"

남자들이 치고 박고 싸우는 걸 처음 보는 거라 너무너무 놀랐다. 나도 모르게 비명이 꽥(?) 나왔다. 그렇게 주먹을 한 대씩 교환하더니 마침내 천우랑 보혁 사이에 불꽃 튀는 접전이 벌어졌다. 도대체 저 둘은 왜 싸우는 걸까? 비 오는 운동장에서 구르고, 뒹굴고… 보혁이의 은빛 머리칼에도 진흙이 묻고, 천우의 멋진 정장도 진흙투성이다.

퍽! 퍼억— 퍽!!

둘이 열심히 싸우는 동안 바닥에 떨어진 천우의 정장 재킷 안에서 전화 벨소리가 울린다. 두 사람은 싸움에 몰입한 탓에 벨소리를 듣지 못했다. 대신 받아서 도움을 청해야겠다는 생각에 얼른 천우의 폰을 받았다.

"여, 여보세요?"

[너 누구야? 그거 천우 폰 아니야?]

"마, 맞는데요. 지금 사정이 생겨서…….."

[어? 어째 목소리가… 너 암소냐??]

"아(——;; 그렇다면 네놈은 신규겠구나)… 시, 신규니?"

[어, 나 신규야. 근데 왜 니가 천우 전화를 받냐??]

"그, 그게 지금 보혁이랑 천우랑……."

[뭐? 보혁이도 같이 있어? 그럼 잘됐네. 보혁이도 전화 안 되더니.]

"어(얘야, 내 말 아직 안 끝났단다. ㅡ_ㅡ^)… 그, 그래?"

[지금 두희가 쓰러져서 병원에 있으니까 둘 다 빨리 도희 입원한 병원으로 오라고 해. 알았지?]

"아니, 저기 있잖아. 지금 둘이……."

[그럼 빨리 오라고 해! 끊는다.]

"자, 잠깐만(이보게, 젊은이!! ㅜ.ㅜ 아직 내 말 안 끝났어)……."

뚝!!

무심하게 끊어진 전화. ㅡㅡ;; 둘이 저렇게 치고 박고 싸우고 있는데 끼어들어서 말하라니… 보는 것만도 무서워 죽겠다구!! 안 그래도 비를 오래 맞아서 현기증에 몸도 안 좋은데……. 내가 병원에 실려갈 판이라구!! 우이씨! 그, 그래도 도희가 쓰러졌다는데 어서 알려줘야 할 텐데…….

"이 나쁜 자식!!"

퍽ㅡ!!

"저… 저, 저기……."

퍼억ㅡ!! 퍼벅ㅡ!!

"저, 저기 있잖아……."

퍽! 퍼억ㅡ

하, 할 수 없지. 지금은 긴급 상황이니까 용기를 내자, 소아랑!!

"야—!!!"

정말 있는 힘을 다해 지른 내 소리에 순식간에 두 사람의 행동이 멈춰진다. 황당한 듯 나를 쳐다보는 두 사람.

"도, 도, 도희가 쓰러졌대."

"뭐? 도희가 또 쓰러져??"

"방금 신규한테 전화 온 걸 내가 받았거든. 근데 도희가……."

내 말이 다 끝나기도 전에 이미 보혁이는 오토바이에 올라타 있었다.

부릉부릉부릉!! 웨엥(표현력 부족. ——;)~

어느새 사라져 버린 보혁. 그렇게도 도희가 걱정된 것일까?

"나 가지라더니 지가 제일 먼저 달려가네."

"……."

아무리 생각해도 보혁이 마음에 내가 들어갈 자리는 없는 것 같다. 도희에 대한 사랑으로 가득 차 있음을 지금 이 순간에도 확실히 알았으니 말이다. 천우도 잠시 내 눈치를 살피더니,

"도희 병원에 가봐야 할 것 같아. 같이 갈래?"

"아, 아니. 난 됐어. 그냥 몸도 안 좋고, 신규도 있고, 보혁이도 갔고, 너도 곧 병원 갈 거잖아. 그럼 됐지 뭐. 난 그냥 기숙사로 돌아갈게."

"그럴래?"

"그, 그럼 잘 갔다 와."

그렇게 말하고 혼자 기숙사로 돌아오는 그 길이 얼마나 서럽고 비

참했는지… 이루 말할 수 없다. 사실 도희 병원에 가자고 했을 때 진짜 거절했던 이유는 한걸음에 도희를 향해 달려가는 보혁이를 보고 질투가 나서 도희 얼굴을 보기 싫었던 것이다. 어차피 상대도 안 되는데 자꾸만 도희를 미워하는 내 자신이 한심하고 비참해 견딜 수가 없다. 눈물은 흘리면 흘릴수록 더 많아진다는데……. 대체 오늘 얼마나 많은 눈물을 흘린 걸까? 혹시 이렇게 흘러내리는 이 비가 모두 내 눈물은 아닐까? 아직 추운 초봄 날씨에 8시간 동안 차가운 비에 흠뻑 젖은 탓인지 정신이 혼미해져 온다. 엄마가 돌아가신 후로 유독 말이 없었던 나. 중학교 때까지만 해도 누구보다 밝고 명랑한 아이였는데 점점 말을 잃어가더니 이제는 이렇게 소심하고 바보같이 한심해졌구나.

한참 엄마를 찾으며 울었던 것 같다. 눈을 떠보니 기숙사 방이긴 한데 내 방이 아닌 것 같다.

"아랑아, 괜찮아?"

걱정스러운 눈으로 나를 지그시 바라보는 교련이가 눈에 들어왔다.

"나… 어떻게 된 거야?"

"기숙사 앞에 쓰러진 거 보고 깜짝 놀라서 내 방으로 데려왔지 뭐. 괜찮아?"

"아, 고마워."

"엄마한테 안 갔다 왔어? 너 자꾸 엄마 찾는 것 같던데……."

"아… 못 갔어."

힘없이 대답하는 나를 보며 교련이는 무언가 눈치 챈 듯하다.

"아… 그, 그래? 따뜻한 코코아 한 잔 줄게. 잠시만."

달그락달그락 코코아 타는 소리가 요란하지만 크지 않게 들린다. 잠시 후 교련이는 따끈한 코코아를 가져다 주었다.

후루룩─

"앗, 뜨거!!"

"어머, 괜찮아? 천천히 마셔. 안 뺏어 먹는다구."

"아, 응. 그나저나 교련이 너 다른 룸메이트들은??"

"아, 나 전학 왔잖아. 그래서 아직 룸메이트 없는 빈방에 들어왔어."

"어머, 정말?? 좋겠다. 편하겠네."

"아니야. 난 니가 부러워. 보혁이랑 같은 방이라며? 그럼 신규랑 천우도 같은 방이니까 재밌을 거 아냐."

"전혀 그렇지 않아. 불편하구."

"불편하면 내 방에 자주 놀러와. 언제든지 환영이니까."

"고마워."

역시 교련이는 밝고 예뻐서 같이 있으면 기분이 좋아진다. 그나저나 도희는 어떻게 됐을까? 또 도희한테 달려간 보혁이랑 천우는 화해했을까? 한참 멍하게 앉아 있으니 교련이가 내 눈앞에 손을 올려 휙휙 저어본다.

"아, 하하!! ^^;"

"무슨 생각을 그렇게 해?"

"아, 아니야. 그러고 보니 옷도 갈아입혀 줬네. 고, 고마워."

"친구끼리 이 정도는 당연하지~ 그나저나 너 몸이 많이 약한가 보다. 비 조금 맞았다고 쓰러지는 거 보면."

"어? 아… 그, 그러게 말이야."

"아니면 오랫동안 비 맞은 거야?"

"어?? 아, 아니야, 그런 거. 조금 맞았는데 감기 기운이 있었는지 몸이 많이 안 좋아서."

"아, 그렇구나. 감기 조심해. 사람들이 흔한 병이라고 신경 안 쓰는데 감기 진짜 독하게 걸리면 얼마나 지독하게 아픈데~ 내가 고생을 좀 해봤지. ㅎㅔㅎㅔ."

"아, 벌써 시간이 이렇게 됐네. 나 내 방으로 돌아갈게. 고마웠어."

"어? 그래. 여기 있다가 사감한테 걸리면 혼나니까. 내일은 수업 듣지 말고 기숙사에서 푹~ 쉬어. 내가 선생님께 너 많이 아프다고 전해줄게."

"정말? 그, 그래줄 수 있겠어?"

"당연하지~ 몸도 안 좋은데 수업 듣는다고 앉아 있으면 공부가 되냐? 몸만 더 아프지."

"고마워."

난 교련이의 배웅을 받으며 방에서 나와 내 방으로 향했다. 지금쯤 돌아와 있을까? 그 두 사람 심하게 싸웠는데 몸은 괜찮은 거지……

조심스럽게 내 방 문고리를 당겼다.

찰칵!!

안은 조용했다. 아직 아무도 돌아오지 않은 모양이다. 가만히 내 침대 위로 올라가 이불을 머리끝까지 덮고 잠을 청했다. 천우가 날 좋아한다니…….

"바보 같은 니가 좋아."

순간 천우의 말이 떠올라 얼굴이 화끈 달아올랐다. 대체 나 같은 게 뭐가 좋다고……. 내일은 수업 안 들어가도 되니까 푹 쉬어야지. 그리고 보혁이에 대한 마음은… 이쯤에서 그만 접기로… 하자. 엄마… 나 왜 이럴까? 엄마가 보고 싶어. 엄마가 있었다면 나 안 그랬을 텐데. 그치? 엄마, 나 이렇게 소심하고 한심한 애 아니었잖아, 그치? 보고 싶어, 엄마.

우정은 가장한 사랑

제3장 우정을 가장한 사랑

  늘어지게 잠을 잤더니 머리가 띵하다. 지금쯤이면 내 방 룸메이트 녀석들도 다들 수업에 들어갔겠지? 머리가 띵해서 이마에 손을 얹어 가만히 문지르다 천천히 2층 침대에서 내려왔다. 창문을 활짝 열어 보니 언제 그렇게 비가 내렸냐는 듯 맑은 날씨다. 지금쯤 다른 학생들은 1교시 수업 중이겠지? 후… 아직 머리가 지끈거리긴 하지만 그래도 견딜 만하다. 수업 빼먹는 기분이 이런 거구나. ㅎㅎㅎ 땡땡이치는 아이들의 마음을 알겠어.

  달칵!!

  문 열리는 소리에 돌아보니 천우가 서 있었다.

  "어? 수, 수업 안 들어갔어?"

"너야말로. 난 지금 병원에서 오는 길이야. 근데 넌 왜 여기 있어, 수업 안 들어가고?"

"아… 그, 그게… 나도 그… 그 뭐시기냐, 그러니까… 그 땡땡이란 게 한 번 해보고 싶어가지구……."

"농담하지 말고. 어디 아픈 거야?"

"아, 아프긴 누가 아프다고 그래? 내가 그렇게 약골인 줄 알아?"

"그럼 아니냐?"

"치, 약해 보이면 부려먹지를 말던지."

"누가 부려먹었다고 그래?"

"호오~ 오리발을 내미시겠다? 신규랑 합세해서 첫날부터 너희들 잡일시킨 게 누구시더라?"

"그게 설마 나였냐?"

"설마가 아니라 역시 너야."

"그랬나? 기억이 가물가물해~"

"뻔뻔하긴. 며칠 전까지만 해도 비 오는 날은 부침개가 어쩌고 하며 해달랬으면서."

"그건 신규가 먼저 꺼낸 얘기야."

"너도 반대하진 않았다 모~"

"먹을 거 해준다는데 반대할 이유야 없지~ 근데 너 말 잘한다?"

"아. 어, 언제는 말할 줄 몰랐나?"

"ㅋㅋㅋㅋ 꿀 먹은 벙어리마냥 더듬기 바빴잖아."

"천천히 말한 거라고 해줘. ――;"

"ㅎㅎㅎ 어쨌든 보기 좋은데?"

두근—!!

그러고 보니 어젯밤 보혁이에 대한 마음을 정리하기로 결심한 이후로 뭔가 마음이 편해졌어. 혼자 좋아한 데다 기간도 그리 길진 않았으니까 잊기도 수월한 거야. 어쩌면 내 이상형이란 이유만으로 많이 끌렸는지 몰라. 나한테 조금도 관심없는 애 붙잡고 늘어져 봐야 울 엄마도 안 좋아하실 거야.

"어제 울 엄마 꿈을 꿨거든? 당당하고 밝게 자라줬음 좋겠다고 하시길래 변해보려구."

"오홋! 어제와 다른 오늘이라 이거군~"

"조금 어색하지만 천천히 변해볼래."

"잘 생각했어~ 솔직히 너 보고 있으면 무지하게 답답했거든."

"그, 그럼 넌 답답한 날 왜 조, 조, 조, 좋아하냐?"

"——;; 말 더듬는 건 바꾸기 힘들 것 같구나."

"-_-;; 대답이나 해."

"너의 매력이 뭐냐고 묻는 거야, 지금?"

"그, 그런 뜻이 아니라……."

"그런 뜻 맞지 뭐. 왜 좋아하냐? 이꼴 나의 어디에 반했냐~ 모, 그런 거 아니겠냐?"

"그, 그렇게 되니?"

"딱 까놓고 말해서 너 이쁜 구석이라곤 쥐뿔, 개뿔 눈 씻고 찾아봐도 없다!"

"——^ 아아~ 그러니?"

"근데 처음 본 순간… 뭐랄까? 그 바보 같고 어리버리한 눈망울이 쬐끔 귀여웠어."

"그렇구나. 아주 쬐끔 귀여운 거 가지고 나 좋아하려면 참 많이 힘들었을 텐데."

"ㅋㅋ 그건 그래. 어리버리하지, 답답하지, 바보 같지, 쑥맥이지. 얼마나 웃겼다구~ ㅋㅋㅋ"

"이해 안 되네. 좋아하는 거 맞아?"

"그런데… 그런데 말이야, 그 쬐끔, 아주 쬐끔 맑은 그 눈빛이 다른 여자들하고는 달라."

"뭐??"

"아, 젠장! 내가 무슨 헛소리를 하는 거야! 어, 어쨌든 너 오늘 수업 땡땡이라 이거지?"

"아, 응."

"좋았어~ 오늘 나랑 데이트하자!"

"뭐?? 데, 데, 데이트?"

"——;; 데이트란 말에 뭘 그렇게 떨고 그러냐? 데이트가 별거냐? 남녀가 만나서 먹고 웃고 떠들고 돌아다니면서 노는 게 그냥 데이트야~ 심각하게 생각할 거 없다구!"

"그, 그런가?"

"에휴~ 너 같은 범생이 길들이려면 진짜 100년은 걸리겠다~"

"난 너처럼 되고 싶은 마음 없어~"

"내가 어떤데??"

"왕날라리. ——;;"

"뭐.라.고?"

"아, 아니야~ ^-^ 호호~ 농담이야, 농담~ 왜 그렇게 정색을 하고 그러니? 사실 아닌 게 아니라 틀린 말은 아니잖니?"

"——^ 뭐, 좋아. 조금은 인정한다. 일진이니까. 하지만 다른 양아치랑은 질이 다르다구."

"날라리가 다 같은 날라리지 뭐~"

"아니야, 달라! 나랑 신규, 보혁이 같은 애들은 고급이란 말이야~"

보혁이란 이름에 순간 얼굴이 굳어진 나다. 어제 잊기로 했으면서 보혁이란 이름만 들어도 가슴이 뭉클해지는 이유가 뭘까? 바보같이. 그런 내 얼굴을 보더니 천우 표정도 금세 바뀌어 버린다.

"보혁이 그 자식, 아직 병원에 있다. 그런 표정 하지 마. 거슬려."

"아… 응, 미안. 데, 데, 데이뚜해야지, 데이뚜~ 자자~ 어디로 갈 건데?"

"이 오빠가 오늘 서울 구경 다~ 시켜줄게. 음무핫하하하하!!"

"——; 오.빠?"

"따지지 마~ 나도 오토바이 있다구~ 오토바이 태워줄게."

"너도 오토바이 타? 하여간 날라리들 필수품은 오토바이라니깐."

"-_-^ 그래, 그 필수품 나도 있거든? 구경 함 해보지 그러냐? 보혁이 그 자식 오토비이보다 못힐 거 없으니까."

"그, 그러냐?"

"아, 맞다!! 하나 꿀리는 거 있다! 보혁이 그 자식 자기 오토바이에 이름 있다고 자랑하더라. 제 이름 따서 혁이라더라. 너도 들었지? 내 오토바이는 아직 이름이 없거든~ 내 오토바이 이름은 니가 한번 지어봐라."

보혁이 오토바이 이름도… 내가 지은 건데…….. 천우 녀석 기대에 부푼 눈으로 나를 바라본다.

"음… 하늘비, 어때?"

"하.늘.비? 나쁘진 않네. 근데 왜 그렇게 생각했어?"

"너 이름이 하늘 천! 비 우! 아니야?? ――?"

"――;; 뭐라?"

"아, 아닌가?"

"너 지금 그걸 말이라고 하냐? 아무리 한자 공부를 못해도 그렇지, 내 이름이 그렇게 단순한 한자일 것 같냐?"

"그래, 실은 아는 한자가 그 정도 수준인 걸 어떡하냐!"

"뭐, 어쨌든… 하늘비라, 좋았어! 일단 맘에 들었으니 그걸로 하지."

녀석, 싱겁게 되게 좋아한다. 바보. 근데 하늘 천! 비 우! 가 아니라니 실망인데(실망할 것까진 없는데)? 마음을 열고 편하게 대하니까 자연스럽게 미소도 따르는구나. 그래, 언제까지 엄마 없다고 꽁하게 살 순 없잖아. 싱글거리던 천우 녀석, 자기 가방을 뒤적거리더니 오토바이 키를 꺼내 들고 나를 향해 흔들며 입을 연다.

"하늘비 열쇠에 열쇠 고리가 없구나. 쩝!"

"그런 눈으로 날 보면서 말하는 이유가 뭐야?"

"이유를 모르고 묻는 건 아닐 텐데."

"그래그래, 시간나면 사다줄게. 이 도둑 심보!"

"그래그래, 난 하늘 천! 비 우!라서 단순해~ 됐지? 하늘비 밖에 기다리고 있어. 나가자."

"그래그래~"

녀석을 따라 쫄랑쫄랑 기숙사를 내려갔다. 모두들 수업 시간이라서 그런지 아무도 없는 것처럼 조용하다. 교문 바깥에 세워둔 천우 녀석의 하늘비가 시야에 들어왔다.

"이야~ 생각보다 멋진 오토바이네."

"니 생각은 어땠는데?"

"그런 표정으로 볼 거 없잖아~ 헬멧이나 줘~"

"헬멧? 아~ 그거?"

"아~ 그거라니?"

"난 안 쓰고 타니까 아예 안 들고 다녀."

"사고나면 머리 다 깨져!!"

"미쳤냐, 사고나게? 난 천재라서 사고 같은 거 안 난다구!"

"왕잘난 척이셔, 진짜!!"

"ㅋㅋ 머리칼 휘날리며 타는 게 멋있잖아!"

"니 시꺼먼 머리에 젤 바른 게 날려봤자 얼마나 날린다구 그래?"

"토 달지 마라~ 어서 타기나 해~ 갑자기 말 많아지니까 이젠 정신이 없네~"

"시끄럿!"

녀석과 아옹다옹하며 오토바이에 올라탔다. 보혁이의 오토바이를 탈 때와는 사뭇 다른 느낌이다. 이 녀석 허리도 이렇게 가늘다니. 남자들이 허리가 이렇게 가늘어서야, 원!! 나보다 가는 건 아니겠지? ——;;

한참 뭐라고 알 수 없는 말을 궁시렁거리더니 하늘비를 출발시키려는 천우. 시동을 걸고 출발하려는 순간 낯익은 오토바이 한 대가 우리 옆을 스쳐 지나간다. 은빛 머리칼이 휘날리는 걸 보니… 보혁이와 혁이다. 순간이지만 보혁이와 눈이 마주쳐 버린 나다.

두근—!!

이제 두근거릴 이유가 없는데 뭐 때문에? 천우랑 이러고 있는 모습을 들켜서 거슬린다. 포기했는데… 이미 마음 접기로 했는데…….
그래!! 신경 쓸 이유 없다구. 어차피 나 같은 거 보혁이는 신경도 안쓸 텐데 뭐 어때? 천우도 보혁이를 봤는지 가만히 내 쪽으로 살짝 뒤돌아보더니,

"병원 갔다가 오는 길인가 보네."

"그렇겠지. 출발 안 해?"

"어? 아… 그래, 출발한다~ 꽉 잡아~"

"걱정 마~ 떨어져 죽지 않을 만큼은 잡고 있을 테니."

"사람이 갑자기 변하면 죽을 때가 된 거라던데, 너 진짜 이상하네~"

"시끄러워. 출발하라구~"

요란한 소리를 내며 질주한다.

"꺄아!!"

"시끄러워! 귀청 떨어지겠다!!"

"꺄아~ 꺄아~"

"——;; 미치겠군."

"엄마얏—!! >_< 속도 줄여—!! 속도 줄이라구—!!"

"뭐라구? 안 들려!!"

"속도 줄이란 말이야!! 꺄아~"

"뭐?? 더 빨리 달리라고?? 알았어!"

부릉부릉부릉~

"으악—!! @_@"

녀석의 등을 마구 두들겨 패서 세우고 싶었지만 너무 무서워서 그
럴 틈도 없다. 녀석의 등에 딱 붙어서 눈을 질끈 감고 소리만 꽥꽥 질
러댔다. 시끄러웠는지 한참 달리다가 어느 공원 한 켠에 오토바이를
세웠다.

"야! 좀 조용히 할 수 없냐? 운전에 집중을 할 수가 없잖아!"

"엄마아… 엉엉!"

"나 이거 참, 정말 못 봐주겠군. 우냐?"

"우엥~"

"——;; 바보. 그래, 알았다, 알았어. 천천히 달리면 될 거 아냐~
저기 벤치에 좀 앉아. 음료수 사다줄게."

"흐윽! 과자두."

"ㅡㅡ;; 그래, 그러마."

나와 하늘비를 두고 투덜거리며 사라지는 천우. 가만히 벤치에 기대앉았다. 저 자식, 꽤 좋은 놈인지도 몰라. 아픈 마음 떨쳐 버리라고 어쩌면 일부러 세게 달렸는지도 몰라. 멍하게 녀석 칭찬을 하는 동안 양반은 못 되는지 녀석이 까만 비닐 봉지를 하나 들고 어슬렁어슬렁 다가온다.

툭!!

"자! 먹어."

"어허! 음식을 곱게 줘야지, 던지면 어떡해?"

"던진다고 흘리는 음식도 아닌데 뭐 어때?"

"왕날라리."

"너 자꾸 날라리, 날라리 할래?"

"날라리라고 안 했어~ 왕날라리라고 했지."

"-_-+ 맞고 싶냐?"

"와~ 잘먹겠습니다~ ^0^ 냠냠냠~"

"ㅡㅡ;; 쩝!"

와구와구 과자를 먹는 나를 보더니 천우 녀석도 음료수 캔 하나를 따더니 마셔댄다. 어쩐지 이놈, 나보다 더 쓸쓸해 보인다. 이놈 내 기분 풀어주려고 애쓰는데, 나도 이놈 기분을 풀어줘야 예의 아니겠어? 좋아. 까짓 것 미친 짓 함 해보자. 나는 내가 마시던 음료수를 들고 하늘비 쪽으로 다가가 천천히 하늘비 앞부분에 부었다.

"야!! 너 지금 뭐 하는 거야!"

"응?? 하늘비도 달리느라 목마를 거 아냐."

"——; 뭐라??"

"넌 치사하게 주인이 되어가지구 너만 먹냐? 하늘비도 좀 줘~"

"——;; 마실 수 있었으면 벌써 줬지! 하늘비 고장나—! 그만 부어!"

"많이 먹어, 하늘비야~"

꽐꽐꽐꽐—

"야! 그만 못해??"

"뭐? 맛있어? 헤헤. 천우야, 니 껏도 좀 줘봐. 잘 먹네."

꽐꽐꽐—

"그게 잘 먹는 거냐! 바닥으로 다 흐르고 시트 다 젖잖아!!"

"아구아구, 우리 하늘비 다 먹었어? 누나가 입 닦아줄게! ^0^"

"누나? 야, 암소!! 너 오늘 뭐 잘못 먹었냐?"

나는 조심스럽게 핸드백에서 손수건을 꺼내 정성스럽게 하늘비를 닦아주었다. 그 모습을 보고는 어이가 없었는지 마침내 천우는 웃음을 터뜨린다.

"ㅋㅋㅋㅋ 암소, 너 바보냐? 너 진짜 웃기다~ 하는 짓이 유치원생이야, 완전히. 아하하하하하!!"

그래, 난 그 정도 수준이야. 쩝! 그 정도 수준 좋아하는 너도 참 웃기구나. 하늘비도 음료수 다 마셨겠다(?), 과자도 다 먹었고 조용히 벤치에 앉아서 우리를 이상하게 쳐다보며 지나가는 사람들을 구경하고 있었다.

"암소."

"왜?"

"보혁이… 많이 좋아하냐?"

"갑자기 그런 걸 왜 물어?"

"아직까지 미치도록 좋아하는 거 아니면… 나한테 와라."

"0//0 뭐??"

"적어도 난 그 자식처럼 기다리게 하지는 않을 거다. 내가 기다릴 수는 있어도 말이야."

이 자식, 진짜 멋진 놈이다. 나 같은 애한테 이런 애가 붙다니 정말 믿어지지 않는다. 하지만 보혁이에 대한 마음이 컸던 탓일까? 아직은 이 애를 받아들이기엔 마음이 허락하지 않는다.

"저기 있지, 천우야… 난…….."

"지금 대답하라는 거 아니야. 말했잖아. 난 기다릴 줄 안다고."

"……."

"너무 많이 기다리게는 하지 마라. 자존심도 없는 놈은 아니니까."

아무 말도 할 수가 없다. 보혁이를 만나지 않았더라면 난 아마 천우를 좋아했을지도 모른다. 이렇게 멋진 남자를 보고 안 좋아할 여자는 없을 거야. 하지만 아직은… 아직은 보혁이를 잊기 위해 노력할 때인걸? 미안해, 천우야. 이대론 어색한데… 무슨 말이든 해야 해, 무슨 말이든.

"헤헤. 기다리다~ 기다리다~ 안 오면 보란 듯이 잘난 여자 사귀어 버리구! 대신 내가 너에게 가면 하늘비 타고 하루에 한 번 드라이

브 시켜주기다~ ^0^ 어때?"

내 입에서 이런 용기있는 말이 나오다니……. 역시 사랑의 힘은 위대하다. 사람을 마음껏 변화시키니까 말이다. 크게 웃으며 말하는 나를 지그시 바라보는 천우. 오옷!! 잘생겼다. >//<

"바보~ 어떻게 웃는 것도 바보냐, 넌? ㅇ하하하하핫!!"

방금 잘생겼다는 말, 취소다!! 하나도, 티끌만큼도 안 잘생겼다. 이놈은 그냥 왕날라리다!! ——+

"넌 웃는 것도 왕날라리얏!"

"–_–^ 죽는다."

"하늘비야~ 까까 묵을래?"

애써 딴청 피우는 나를 보더니 천우 놈 또 으르릉거린다.

"너 자꾸 하늘비한테 이상한 짓 할래!"

"과자 먹이는 게 뭐가 나빠?"

"–_–^ 하늘비가 입이 어딨냐!!"

"그럼 옛날에 나는 인형 가지고 놀 때 인형니 진짜 먹을 줄 알아서 밥 먹이는 척했는 줄 알아?"

"하늘비는 인형이 아니야. 오토바이지!"

"그게 그거야!"

"뭐가 그게 그거냐?"

"니가 하늘비 소중하게 아끼는 것처럼 나도 그때 그 인형을 무지 아꼈었거는~ 먹을 거 먹이는 건 내 애정 표현이야~"

"너도 하늘비를 소중하게 생각해 줄 수 있냐?"

"뭐, 니가 아니니까 소중히 생각해 줄 수 있지. 헤헤!"

"——^ 어째 거슬린다?"

"계속 여기 앉아 있을 거야?"

"하늘비 타고 싶냐?"

"응!"

"무섭다고 소리 꽥꽥 지를 때는 언제고?"

"어머머, 내가 언제??"

"어째 애가 점점 뻔뻔해진다~"

"ㄲㅑㅇㅏ!! 하늘비야, 누나 탄다~ ^0^"

"——;; 적응 안 되는 여자애군."

녀석과 아옹다옹하며 다시 하늘비에 몸을 실었다. 녀석과 서울 시내 곳곳을 돌아다녔다. 빠르게 달리면 녀석의 등을 실컷 두들겨 패고, 천천히 달리면 이곳저곳 높은 빌딩을 가리키며 웃기도 했다. 데이트란 게 이런 거구나. 꽤… 재밌어.

한참을 달려 녀석이 하늘비를 세운 곳은 시내의 한 커피숍 앞이었다.

"뭐 마시고 가자."

"그래."

녀석과 하늘비를 적당한 곳에 세워두고 커피숍으로 들어갔다. 아르바이트생으로 보이는 아가씨가 우리가 앉은 테이블로 다가와 메뉴판을 건넨다. 천우가 씽긋 웃어 보이자 금세 볼이 빨개지는 알바생. 췌! 또 꼴에 잘생겼다고 째기는. 너 같은 놈이랑 사귀면 피곤하겠다.

바람기 때문에 엄청 시달릴 것 같다구!! >_<

"야, 암소~ 너 뭐 먹을래?"

"음… 쪼꼬파르페."

"ㅡㅡ;; 완전 애군."

"야, 초코파르페가 어때서? 얼마나 달달하고 맛있는데~"

메뉴판을 알바생에게 건네며 활짝 웃는 천우.

"여기 카푸치노 하나랑 초코파르페 하나 주세요."

"*^-^* 어머, 네."

기가 막혀. 이놈은 겉만 멋지다구!! 알고 나면 얼마나 피곤한 인간 인데. 녀석과 아옹다옹하는 사이 알바생이 주문한 것을 서둘러 가져 다 준다.

"고마워요."

"*^//^* 마, 맛있게 드세요~"

ㅡㅡ;; 참나!

"야! 암소, 너 표정이 왜 그러냐?"

"내 표정이 왜?"

"꼭 심술난 망아지 같아. 푸하하하핫!"

"-_-^ 심술난 망아지?"

"얼른 먹기나 해."

"ㅡㅡ;; 먹지 말래두 먹을 거야! 넌 안 줘!!"

"난 단 거 별로 안 좋아해."

"난 무지무지 좋아해!! 너랑 난 닮은 게 하나도 없구나!! 천만다행이야!"

"그 말은 나도 동감한다. 너랑 조금이라도 닮은 게 있었다면 자살했을 거다. 답답해서 못살지~ 암~ 암소고말고~"

"암~ 그렇고말고 아니냐? 암소고말고는 뭐야!"

"내가 그랬냐? ㅋㅋ"

"——^ 우이씨!"

투닥거리며 커피숍에서 나온 우리. 녀석과 보낸 시간이 빨리 지나가 버렸다. 해도 지고 어둠이 드리워지고 있었다.

"이제 어디로 갈까?"

"음… 글쎄? 난 시내 잘 몰라."

"알 거라고 생각 안 했다. ㅋㅋㅋㅋ"

——^ 아우~ 증말 해도 해도 넘하네. 그때다. 녀석과 으르릉대는 흐름을 끊는 벨소리.

따라라라랑~ 따라라라랑~

띠리리링~이 아닌 걸로 보아 내 벨소리는 아니다. 이내 주머니에서 휴대폰을 꺼내서 받는 천우 놈.

"여보세요? 어, 그래. 신규냐? 어어~ 그래, 알았다. 지금 갈게. 그래~ 어~ 끊어~"

요란하게 통화를 마치더니 약간 곤란한 눈빛으로 나를 쳐다본다.

"왜? 어디 가야 되는 거야?"

"어. 미안해서 어쩌지? 일진 모임이 있다네. 가봐야겠어."

"아~ 날라리 집단 회의라도 하나 보네."

"——;; 그래, 중요한 회의래. 교문 앞까지 바래다줄게. 타."

"그럼 날 이 바닥에 버리고 가려 그랬냐? 당연하지! 빨리 데려다 줘. 어차피 저녁 시간이야."

"버리고 갈 걸 그랬나?"

"하늘비야~ 누나가 타줄게~"

녀석과 또 투닥거리며 아주 빠른 속도로 질주했다.

"끄야아—!!"

적응이 됐을 법도 한데 여전히 무섭다. 교문 앞에 나를 떨궈(?)주 더니 씨익 사악하게 한 번 웃고는 다시 하늘비와 사라지는 천우 놈. 치, 무책임한 놈! 그래도 오늘은 즐거웠어. 덕분에 스트레스 쌓인 것 도 다 날아간 기분이고, 저놈도 꽤 좋은 놈이란 거 알았고… 천우 녀 석에 대해 진지하게 다시 생각해 봐야겠는걸? 쩝!

오늘 있었던 천우와의 데이트를 생각하며 기숙사로 향하는 발걸 음. 보혁이가 담배를 피우던 정원을 지나갈 때 나도 모르게 걸음이 빨라지고 있었다. 애써 잊으려 하는 내 모습이 바보같이 느껴진다. 막 그 정원을 벗어나려는데 낮은 음성이 귓가로 흘러 들어온다.

"이봐."

탁!!

순간 걸음이 멈춰졌다. 조심스럽게 뒤를 돌아 정원 쪽을 보았다. 보혁이다. 정원에 앉아 다리 한쪽은 쭉~ 펴고 또 다른 한쪽은 살짝 구부린 재, 그 구부러진 다리 위에 손을 얹고 비스듬히 나를 바라보 는 보혁. 그렇게 쳐다보지 말란 말이야.

"어제는 미안했다."

"아, 아니, 괘, 괜찮아."

"많이 기다렸다고?"

"아니, 벼, 별로. 그냥 걱정이 되어서……."

"천우랑 어디 갔다 오나 봐?"

"어?? 아… 으응……."

"그렇군."

잠시 동안 침묵이 흘렀다. 이 자리에 서 있는 것조차 힘들다. 보혁이를 보면 자꾸만 마음이 아파와서 어떻게든 이 자리를 뜨고 싶다.

"그, 그럼 나 먼저 들어갈게."

"그래."

그렇게 보혁이를 뒤로하고 떨리는 발걸음으로 기숙사를 향했다. 방으로 들어갈 때까지 빨개진 얼굴을 주체하지 못했다.

두근두근—

심장도 여전히 빨리 뛰고 있었다. 그날 밤 천우도, 신규도… 그리고 보혁이도 기숙사 방에 돌아오지 않았다.

다음날 아침. 오늘도 땡땡이를 칠 수는 없으니 학교 갈 준비를 마치고 교실로 향했다. 놀랍게도 교련이 옆 자리에 도희가 앉아 있었다. 많이 아픈 거 아니었나? 벌써 퇴원했구나. 도희는 나를 보더니 얼굴이 살짝 굳는다.

"아프단 얘기 들었는데 괜찮니?"

그런 표정을 기분 탓으로 돌리고 애써 도희의 안부를 물었다.

"아니, 안 괜찮아."

"0_0 어?? 마, 많이 아픈가 보구나."

"응, 아파. 아파 미치겠어!"

앙칼진 도희의 목소리에 나는 당황했다. 왜 나한테 그렇게 화를 내는 걸까?

"저기… 내가 뭐 잘못한 거 있니?"

"수업 마치고 나 좀 봐. 아니, 지금 좀 볼래?"

"어?? 하지만 곧 수업이 시작될……."

내 말이 끝나기도 전에 도희는 책상을 박차고 교실을 나간다. 대체 왜 그러는 걸까? 하는 수 없이 도희를 따라 나가기로 마음먹었다. 교련이는 걱정되는 눈빛으로 그런 나를 불러 세웠다.

"아랑아."

"뭐, 할 말이 있나 보지. 괜찮아."

"그, 그렇지만 도희 아침부터 널 기다리고 있는 것 같았어. 분위기도 이상하구. 같이 가줄까?"

"아니야~ 와서 내가 상황 보고해 줄게."

"그, 그래."

그런 교련이를 뒤로하고 조용히 도희를 따라나섰다.

교실을 나와 한적한 정원으로 들어섰을 무렵 수업을 알리는 종이 울렸다.

딩~동~댕~동(전국 노래자랑~ 빠빠빠빠빠빠빠빠~ ——;;)~

가만히 정원에 자리 잡은 도희. 눈은 매우 슬퍼 보이는데 독기가 가득하다. 대체 왜 그러는 걸까? 수업까지 빼먹으면서 날 보자고 한 이유가 뭐지? 궁금해 미칠 지경인데 이내 도희가 입을 연다.

"언제부터 그런 사이였어? 며칠 되지도 않았는데."

"뭐?? 그게 무슨……."

도희도 미주랑 같은 과인가? 앞뒤없이 말하네.

"보혁이 마음… 어떻게 너한테로 가게 했지?"

"뭐, 뭐?? 그… 그게 무슨 소리야?"

"시치미 떼지 마! 엊그제 비가 억수같이 쏟아지던 그날!! 집에 가기 위해서 학교를 나왔는데… 오토바이 정비 센터에서 오토바이를 손질하는 보혁이를 봤어! 반가운 마음에 보혁이에게로 달려갔는데… 그랬는데……."

*

비가 억수같이 쏟아지던 그날.

"택시~ 택시~"

빈 차라고 빨갛게 불을 켠 택시 한 대가 도희 앞에 선다. 조심스럽게 택시에 올라타는 도희.

"아저씨~ 청담동으로 가주세요."

"네~ 알겠습니다."

청담동을 향하여 넓은 도로를 달리는 택시. 창밖으로 오토바이 정비 센터에서 오토바이를 손질하는 보혁이가 도희 시야에 잡혔다.

'이른 아침부터 웬 오토바이 손질을 하고 있지? 어디 가려나?'

"아저씨~ 잠깐만요. 여기서 그냥 좀 세워주세요."

"아, 네."

"돈 여기 있어요~ 그럼 수고하세요~"

그렇게 노희는 택시에서 내려 보혁이에게로 달려간다.

"보혁아, 아침부터 여기서 뭐 해? 오토바이 수리하는 거야? 어디 고장났어?"

"아니, 그냥 손보는 거야."

"왜? 오토바이 타고 어디 멀리 가?"

"조금. 넌 집에 가는 길인가 보군."

"응. 집에 가려구 택시 탔는데 니가 보여서~ 니 은빛 머리는 눈에 띄잖아. 헤헤!"

가만히 옆에서 보혁이가 오토바이 손질하는 모습을 지켜보는 도희. 신경이 쓰였는지 보혁이가 도희에게 말을 건다.

"집에 안 가?"

"아, 그냥 너랑 같이 있고 싶어서. 집이야 좀 늦게 가면 어때? 그보다 보혁아, 아직 멀었어?"

"이제 다 됐어."

"보혁아, 그럼 나 오토바이 태워주라."

"안 돼."

"이힝~ 왜~ 왜 난 오토바이 안 태워줘? 위험해서 그래? 친구들 말로는 넌 아무도 오토바이 안 태운다던데?"

"혁이는 아무나 안 태울 거야."

"혁이?? 그게 오토바이 이름이야?"

"그래."

"근데 섭섭하다. 내가 아무나야? 아무나 안 태운다니? 나 너한테 소중한 사람 아니야?"

"……."

"왜 말이 없어? 아니야? 우리 약속했잖아, 서로한테 소중한 사람이 되자고."

"그건 날 가둬두기 위한 니 속셈 아니야?"

"뭐? 보, 보혁아. 무슨 말을 그렇게 해? 난… 난 정말 우리가 사귀면 헤어질까 봐 그게 걱정이 돼서……."

"핑계 대지 마. 너란 여자애 이젠 진절머리가 나. 아무 남자한테나 웃어대고 착한 척 미소 짓겠지. 그리고 널 좋아하는 남자들은 모두 장식용처럼 주위에 걸쳐 두고 싶겠지. 그런 게 너 아니야? 나도 그 중에 한 명일 뿐이고. 안 그래?"

"보, 보혁아. 아니야!! 그런 거 아니야!! 너만큼은 진짜 나한테……."

"됐어. 더 이상 너만 바라보는 내가 아니야. 그만 가라."

"보, 보혁아."

"그만 가라는 말 안 들려?"

"그럼… 지금 나보고… 헤어지자는 거야? 그런 거야? 대체 왜? 갑자기 왜 이래? 내가 어떤 말하든 날 언제나 소중하게 대해주었던 너잖아. 다른 사람한텐 다 무뚝뚝하게 대해도 나한테만큼은……."

"시끄러워. 그래서 날 우습게 봤던 거 아니야? 이제 됐어. 그만
해."

"…나보다 좋아하는 여자라도… 생긴 거니?"

"……."

"말을 해봐!! 그런 거야? 나보다 좋아하는 여자가 있는 거냐구!!"

"…그래."

"뭐? 그게 누구야? 나보다 예뻐? 나보다 널 잘 알아? 대체 어떤 기
집애야?"

"그런 건 중요하지 않아. 이제 난 더는 바보같이 너만 바라보는 멍
청한 짓 안 해."

"…신보혁, 내가… 내가 널 얼마나 사랑하는 줄도 모르면서. 어떻
게… 어떻게 그런 말을……. 흐흐윽!"

"이제 니가 울어도… 난 아무것도 해주지 않아."

와락—!!

보혁이에게 안기는 도희. 정말로 서글프게 울어댄다.

"싫어, 보혁아. 흑! 그런 말 하지 마. 진심 아니지? 그런 거 아니
지? 흐윽! 보혁아, 그러지 마. 난… 난 너 없인 안 돼."

"……."

"흐윽! 보혁아, 진심 아니지? 그렇지? 흐윽! 난 너밖에 없어. 너뿐
이라구. 흑!"

"이거 놔. 나 약속있어. 지금 가봐야 해. 늦었다구."

"…설마 너 진짜 좋아하는 여자가 있는 거야? 그래? 응? 지금 그 여자 만나러 가는 거야? 어?"

"그래."

"보, 보혁아, 저, 정말이니? 거짓말. 거짓말!! 싫어!! 못 가!! 안 돼!! 못 간다구!! 흐윽."

"이거 놔ㅡ!!"

탁!

안겨드는 도희를 살짝 밀쳐 내는 보혁. 힘없이 넘어지는 도희.

"아! 흑."

"이, 이봐, 괜찮아?"

쓰러져 꼼짝도 안 하는 도희.

"젠장, 할 수 없군."

도희를 안아 올리고는 택시를 잡아 청담동으로 향한다. 그리고 도희 집으로 바래다준다. 도희의 부모님과도 잘 아는 사이인 보혁이는 도희네 식구들에게 잡혀 할 수 없이 안으로 들어가게 되었다.

"아, 아닙니다. 저 그만 가봐야 하는데요."

"아니야~ 보혁 군이 직접 아픈 우리 도희를 보살펴 줬으니 와서 차라도 한 잔 해야지. 안 그런가?"

"아… 정말 괜찮은데."

"어서 들어오게~ 어서 들어와~"

도희 집 안으로 들어가 고급스런 소파에 앉아 차를 마시는 보혁. 애타게 시계를 쳐다보지만 어른들의 대화는 계속 이어진다. 도희는 방에 누워 있다. 간호를 하던 가정부 아줌마가 도희 방에서 뛰쳐나온다.

"저, 사모님. 아가씨께서 자꾸 보혁 군의 이름을 애타게 부르는데요."

"그래? 아이고, 보혁 군, 미안해서 어쩌나? 수고스럽지만 우리 애가 깨어날 때까지만 좀 봐주면 안 되겠나?"

"아, 저… 저는 약속이……."

"보혁아……. 보혁! 으음… 보혁아……."

"우리 딸 저러다 죽겠네. 보혁 군, 그러지 말고 조금만 돌봐주게. 응?"

떠밀리다시피 도희 방으로 들어온 보혁. 도희의 열은 점점 심해지고 상태는 악화되었다.

'이거 정말 난감하군. 그 애가 기다릴 텐데…….'

도희 방 창밖으로 빗방울이 거세게 쏟아지는 게 보인다.

'비도 오는데… 기다리다 지쳐서 들어갔겠지. 그래, 갔을 거야.'

저녁이 되어서야 점점 의식을 찾는 도희.

"보… 보혁아……."

"괜찮냐?"

"흑! 역시 우리 보혁이는… 아깐 거짓말이지? 나밖에 없잖아, 그치? 이렇게 나 간호해 주고 있었잖아."

"이제 좀 괜찮으면 나 가볼게."

"조금만 더 있다 가~ 응? 보혁아, 같이 있어줘. 제발……."

"안 돼. 나 약속있다고 했잖아."

"약속있다는 거 진짜였어? 몇 시 약속이었는데?"

"2시."

"뭐? 2시? 에이~ 보혁아, 지금 시간이 몇 시인데… 8시가 넘었잖아. 벌써 갔을 거야."

"……."

그때 마침 들어오는 가정부.

"저, 도희 아가씨, 보혁 도련님이랑 식사하시라는데요. 방으로 들일까요?"

"그래 주실래요?"

어느새 화려한 식사가 도희 방에 차려졌다.

"어서 먹어, 보혁아. 오늘 정말 고마웠어. 나 때문에 친구랑 한 약속도 어기고."

"……."

대충 음식을 먹는 보혁.

"비가 많이 오네. 이런 날 비 맞으면 감기 걸리기 딱이겠다. 보혁이, 넌 우산 있어?"

"지금 몇 시지?"

"어? 9시 30분 조금 넘었는데?"

"나 갈게!"

일어서서 급하게 옷을 챙겨 입는 보혁. 서둘러 인사를 마친 후 도희 집에서 나온다. 대문을 막 열려는 참인데 도희가 나와 보혁이를 불러 세운다.

"보혁아, 잠깐만. 한 가지만… 한 가지만 물어볼게. 너 아까 한 말… 진심 아니지? 그치?"

"……."

"보혁아."

"진심이야."

서둘러 오토바이를 둔 곳으로 달려가는 보혁.

✳

"…그렇게 서둘러 보혁이는 가버렸고… 난 그 충격으로 쓰러져서 병원 신세를 졌지. 병원에 온 보혁이를 붙잡고 물어봤더니 그 여자가… 그 여자가… 너라잖아!! 어떻게 된 거야!! 어떻게 보혁이의 마음을 뺏은 거야!! 어? 말해 봐!!"

도희의 말에… 입을 다물지 못했다. 그저 멍하게 심장을 쥐어짜는 듯한 떨림과 믿을 수 없음에 머리가 아파왔다. 보혁이가… 날… 좋아… 한다구? 그 은빛 머리칼의 보혁이가… 바보 같은… 나… 나를 좋아한단… 말이야? 도희에게 그날의 모든 얘기를 듣는 순간, 온몸이 뻣뻣하게 굳어 단 한 마디도 할 수 없었다. 반면에 도희의 말은 계속해서 이어져 갔다.

"나도 설마 했는데, 그게 너일 줄은 꿈에도 상상 못했어. 어느 날부턴가 보혁이는 내가 입원해 있던 병원에 와도 웃지도 않고, 자꾸 멍하기만 하고, 그러더니 갑자기 변해 버렸어!! 확 달라졌다구! 그게

다 너 때문이야! 너 때문이라구! 설마… 설마 너도 보혁이를 좋아한다는 어처구니없는 말은 하지 않겠지? 그렇지? 너… 보혁이 좋아하니? 그래?"

아무 대답도 할 수가 없다. 여지껏 보혁이를 혼자 좋아해 왔다고 생각했으니까. 내가 아무리 비참해지고 한심해져도 그저 보혁이를 보는 것만으로도 좋았으니까. 그런데… 그런데 지금 이 상황이 너무 놀랍고 당황스러워서 아무 말도 나오지 않는다.

"왜 대답 못해? 너도 보혁이를 좋아한다 이거야? 그런 거니? 말도 안 돼!! 말도 안 된다구!! 야, 소아랑! 너 보혁이에 대해 알면 얼마나 알아? 보혁이에 대해서 아무것도 모르잖아! 그런데 니가 보혁이에게 나보다 더 잘할 수 있을 거라 생각해? 절대 아니야!! 너도 인정하지? 그치? 응?"

자존심 상하지만 도희 말이 사실이다. 도희보다 잘난 건 쥐뿔도 없는데… 보혁이에 대해 아는 것도 하나 없는데……. 도희는 내가 아무 말도 할 수 없게 만들었다.

"소아랑! 넌 모를 거야, 보혁이가 나를 얼마나 사랑하는지를. 그러던 애가 하루아침에 달라진다는 게 말이나 되니? 안 그래? 보혁이는 우리 집에서도 좋아하는 애야. 크면 결혼할 거라구―!! 내가 보혁이랑 사귀지 않았던 건… 그건 말이지, 사귀면 깨질까 봐… 그래, 그래서 안 사귄 건데 보혁이가 뭔가 착각을 하고 잠깐 흔들리는 거야."

"그러니?"

"그래!! 물론 지금은 우리가 아직 나이도 젊고, 정식으로 사귀기엔 청춘이 짱짱한데, 어차피 결혼할 사이인데 벌써부터 사귈 이유 없잖아. 서로 이 사람, 저 사람 만나본 후에 서로에 대한 믿음을 심고 또⋯⋯."

이게 무슨 소린가? 그렇다면 도희가 하는 말은 보혁이를 소중한 사람이라고 말해서 붙잡아놓고 자기는 다른 남자들과 즐기겠다는 소리?? 그러다가 나이가 차면 보혁이랑 결혼하겠다고? 정말 해도해도 너무하네.

"도희야, 너 말이 좀 이상하다? 니 말 들어보니까 보혁이가 네 장식용인 것 같아."

"소, 소아랑!"

"뭐? 청춘이 짱짱하고, 결혼은 결혼이고, 뭐가 어째? 너무한 거 아니야? 니 말대로 보혁이가 너밖에 모르던 애였다고 치자! 그럼 너도 보혁이를 좋아한다면 당연히 보혁이만 바라봐야 하는 거 아니야? 니가 무슨 공주마마라도 되니? 소중한 사람이라고 잡아두고는 넌 하고 싶은 일 다 하고 괜찮은 남자들은 한 번씩 다 사귀어보겠다 이거 아니야?!"

"아니, 난 단지 우린 아직 너무 젊으니까 결혼이란 건 나중에 큰 후에⋯⋯."

"그럼 여지껏 아프다는 핑계로 보혁이를 잡아왔던 거네. 너 정말 나쁜 애구나? 넌 니 얼굴, 예쁜 그 눈을 보고 상대도 안 된다고 생각했어! 그래! 나 혼자 짝사랑했으니까. 근데 이젠 아니야!! 내가 너보다 더 나은 이유를 말해 줄까? 난 적어도 보혁이가 내 남자 친구가 된다면 장식용이라고는 생각하지 않기 때문이야!!"

"아니, 뭐, 뭐라고!!"

빨갛게 충혈되어 가는 도희의 큰 눈. 하지만 나도 흥분할 대로 흥분한 상태다. 정말 이쁘고 잘난 애들은 자기 멋대로 하려 든다.

"세상 남자가 다 니 꺼라고 생각하면 착각이야!! 보혁이만은 특별하니까 곁에 두어도 된다는 건 어느 나라 법인데? 니가 지정한 법이니? 미안하지만 난 니 법에 따를 이유가 없어! 보혁이가 널 마지막까지 잡고 있지 않은 게 천만다행이라고 생각되는데? 정말정말 다행이야!!"

"너 말 다 했니? 니가 보혁이에 대해서 알면 얼마나 안다고 그래? 그 앤 어려서부터 나와 함께 자랐어! 너랑은 상대가 안 된다구! 정말 웃겨. 보혁이가 잠시 흔들린 것 가지고 진짜로 널 좋아한다고 생각하면 착각이야!! 교련이 정도라면 모를까, 솔직히 너같이 평범하고 흔해 빠진 여자애를 좋아할 리가 없다구! 천우도 마찬가지야! 천우도 날 좋아했었어! 그러다가 안 되니까 잠시 가까이 있는 너한테 흔들린 것뿐이야. 천우 역시 진짜 사랑한 건 나뿐이란 걸 알게 될 거야."

"진짜 기막히다, 진도희. 그래, 나 평범해. 겉모습은 너보다 잘난 거 하나도 없지. 근데 사람은 그게 다가 아니야. 세상이 외모로만 돌아갔다면 아마 벌써 지구는 망해 버리고 말았을걸? 왜냐고? 서로 자기 잘났다고 삐길 테니까. 너 같은 애가 세상에 득실거리면 남자애들이 어디 겁나서 살겠니? 남자애들 다 목메고 죽어버려서 일류는 진작에 멸망했을 거라구!"

"너… 너… 너 말 다 했어??"

"아니, 내가 그동안 잠자코 가만히 있으니까 아주 바보로 안 모양인가 본데 나도 보기보다 독한 구석이 있다구!! 적어도 너 같은 애한텐 절대 지지 않아!! 바보가 아니니까!!"

짝―!!

순간 도희의 손이 내 뺨을 강타했다. 내 고개가 돌아가고 볼이 빨갛게 부어올랐다. 여태껏 말을 잘해왔는데 한 대 맞다니 분하고 억울하다. 입 안쪽이 찢어진 듯한 느낌. 짭짤한 피 냄새가 입 안에 맴돌았다.

"니가 뭐가 그렇게 잘났는데?! 니가 뭔데 나만의 보혁이를 가로채려고 해? 네 까짓게 뭔데 나를 무시하냐구!! 너 그거 아니? 우리 아빠가 이 학교 이사장님이서. 처음부터 너랑 보혁이 같은 방인 거 거슬렸는데 당장 아빠한테 말해서 방 바꾸게 할 거야. 두고 봐!!"

"진짜 사랑한다면… 거리쯤은 상관없어. 씨~익."

엄마가 돌아가신 후 처음으로 자신감에 찬 눈빛을 해봤다. 그래, 그동안 내가 얼마나 바보같이 소심하게 굴었는지를 알 것 같아. 맞아서 억울하긴 하지만 속이 다 시원한걸? 이제 내 자신이 한결 더 좋아 보인다.

"소아랑!! 난 너와 보혁이만 아니면 좋은 친구가 될 수 있을 거라고 생각했어. 그러니끼 말해. 더 이상 보혁이한테 얼쩡거리지 않겠다고 나한테 빌란 말이야! 그럼 용서해 줄게. 어때? 용서를 빌라구!!"

기가 막히다. 지금 누가 누구한테 용서를 빌라는 거니? 기가 막혀서 말도 안 나오고 있는데 뒤에서 누군가 우리 대화에 끼어든다.

"용서를 빌 사람은… 암소가 아니라 진도희, 바로 너야."

"서, 성천우."

놀란 건 도희도 마찬가지인가 보다.

"천우, 니가 여긴 어떻게……."

"진도희, 니가 처음부터 한 얘기 다 들었다. 그러니까 남자들은 다 니 주변 장식용이라 이건가?"

"어? 천우야, 그런 게 아니구~ 니가 뭔가 오해한 모양인데… 그러니까……."

"야, 암소—!! 넌 뭐 하냐? 저런 애한테 맞고 가만히 있으면 어떡해. 반격을 해야지!!"

"그, 그게……."

"천우야, 너 저번에 향수 갖고 싶다고 하지 않았니? 내가 최고급 프랑스제 향수 선물해 줄 테니까 지금 우리 얘기 들은 거 보혁이한테 말하지 말아줘. 응? 제발 부탁이야."

애원하듯 천우를 바라보는 도희의 눈은 예전에 내가 예쁘다고 느낀 그 눈빛이 아니다. 내가 저렇게 비참하고 한심한 눈을 예쁘다고 생각해 왔다니. 겉모습만 예쁘다고 진짜 예쁜 건 아니라는 말, 이럴 때 쓰는 거구나. 도희에 대한 생각을 고쳐먹고 있는데 천우 녀석이 또 한 번 도희의 가슴을 찌르는 말을 한다.

"이거 미안해서 어쩌지? 진도희, 너의 그 못되어먹은 심보는 보혁이도 이미 눈치 챈 것 같던데?"

"그, 그게 무슨 소리야?"

"그렇지 않고서야 너밖에 모르던 보혁이가 갑자기 맘 변했을 리가 있냐? 보혁이도 너한테 지친 거라구. 이제 그만 보혁이를 놔줘. 물론 니가 붙잡고 있어쥬다면야 내가 암소를 차지하기 쉬워지겠지만. 보혁이는 꽤 강력한 라이벌이거든? 아주 쬐금이지만 나보나 잘생겼거든."

"무, 무슨 말 하는 거야?"

"암소, 넌 가만히 있어. 얻어맞고 가만히 있는 바보야. 하여간 그 소심함은 아직도 못 버렸다니까~"

"난 사람을 함부로 때리는 애가 아니야."

"ㅋㅋ 그럼 진도희 쟤는 사람을 함부로 때리는 애네? 말 한번 잘했다, 암소~ 맘에 들었어. ㅋㅋ"

"바보."

천우랑 아옹다옹하는 사이 도희의 눈엔 눈물이 뚝뚝 흘러내리고 있었다.

"아~ 귀찮아, 정말. 여자들이란 울면 다 해결되는 줄 안다니깐. 야, 진도희!! 니가 울어도 이젠 하나도 안 흔들려!! 하나도 안 불쌍하단 말이야!! 물론 암소 쟤가 우는 것도 진절머리가 났지만. ㅋㅋ"

"이씨, 너 죽어."

"흑! 천우야, 사실은… 나 닐 좋아했어. 진심이야, 보혁이는 편한 친구처럼 지낼 수 있었지만… 보혁이 때문에 천우 너랑 멀어지는 게 싫어. 그때 깨달았지. 너를 진심으로 좋아하고 있다고. 그러니까 천우야, 예전처럼 내 곁에 있던 천우로 돌아와 주겠니? 응?"

너무 가식적이다. 바보가 아닌 이상 저 말을 누가 믿어?

"그게… 정말이야?"

헉! 야, 성천우!! 눈에 뻔히 보이는 거짓말이잖아!! 근데 믿냐?? 바보 아냐?! 아오, 답답해!! ——;; 그리고 보면 내가 답답해할 이유는 없지만 그, 그래도 진도희, 너무 가식적이야!! 끝까지 남자의 마음을 한낱 장난감처럼 이용해 먹는구나. 정말 나쁜 애야!!

"정말이고말구. 흑! 사실은 나 널 너무 좋아해."

"진도희 마지막까지도 널 용서할 수 없게 만드는구나."

"천우야~ 내 말 안 믿는 거야? 정말이야. 진심이라구."

"그럼 그 말 보혁이 앞에 가서도 할 수 있어? 너 지금 이 상황을 모면하려고 수작부리는 거잖아!! 아니야?"

"그, 그건……."

"너 정말 못되어먹었구나. 정말 실망했다. 진도희. 내가 잠시나마 널 좋아했던 순간은 내 인생에 있어서 치명적인 실수다, 실수! 알겠어? 암소~ 상대하지 말고 가자."

"아… 응."

솔직히 말해서 천우가 도희를 몰아붙이는 모습을 보고 고소했다. 약간 불쌍한 마음도 들긴 했지만 솔직히 고소한 마음이 훨씬 많이 든다. 천우랑 정원을 걸어나오고 도희는 그 자리에서 그대로 굳어버렸다. 정말 장미 속에 가시가 있는 게 맞구나. 장미 같은 여자란 바로 진도희 같은 애를 두고 하는 말이었어. 그나저나 보… 보혁이가 나

를… 화끈! >//<

"이제 어떻게 할 거야?"

"어? 뭐, 뭐가?"

"니가 그렇게 좋아하던 신보혁도 널 좋아한다잖아."

"아… 그, 그건……. —//—"

"이제 고백할 일만 남았네."

천우한테… 너무 미안한 마음이 든다.

"저… 그건……."

"됐어. ^^ 난 신경 쓰지 마~ 내가 생각해도 보혁이 그 자식 멋진 놈이거든. 그러니까 보혁이한테 가봐. 아마 지금쯤 기숙사 방에 혼자 처박혀 있을 거다. 어제 너랑 나랑 오토바이 타는 모습 보고 충격깨나 먹었을 테니."

"천우야, 난……."

"됐어. 그만 가봐."

"하, 하지만……."

"어허! 또 소심하게 군다!! 이 천하의 성천우님이 그깟 여자 때문에 상처받고 쇼할 것 같냐? 절대 아니니 걱정 마슈—!! 나야 천지에 깔리고 널린 게 여자 아니겠냐~ 어서 가봐라."

"가, 가도 무슨 말 하라구……."

"바보!! 프러포즈가 뭐 별거냐? 가서 당당하게 말해 버려. 도희한테 얘기 들었어. 나도 널 좋아해!! 이렇게 말해 버리라구!"

"하, 하지만 말이 쉽지……."

"아니야~ 넌 할 수 있어. 할 수 있다고~ 어서 가서 해봐. 어서~"

"후……."

"긴장되면 숨을 크게 딱 10번 내쉬고 눈 딱 감고 말해 버려. 알았지? 잘할 수 있지?"

"자, 잘 모르겠어. 난……."

"할 수 있어. 사람이 사람을 좋아한다고 말할 때보다 더 아름다운 일이 어딨냐? 어차피 보혁이도 너 좋아하는 거 알았는데 차일 걱정할 필요도 없잖아~ 긴장할 거 뭐 있어? 니 마음만 전해주고 오면 되는데. 안 그럼 하루 종일 신경 쓰여서 수업도 제대로 못 들을걸?"

"그야… 그렇지만 그래두 난……."

"바~보. 계속 답답하게 굴 거야? 어제 나한테 그랬잖아. 변할 거라고! 그럼 그 증거를 보여봐~ 안 그러면 계속 소심쟁이에 거짓말쟁이라고 놀릴 거다!!"

"아… 아, 알았어."

사실 너무너무 기분이 좋다. 내가 그토록 꿈에 그리던 완벽한 나의 이상형 보혁이가 나를 맘에 두고 있다니. 그렇게 예쁜 도희를 마다하고 나를 좋아한다니. 천우한텐 너무 미안한 맘이 들지만 그보다 더 기쁜 이 마음이 주체가 안 된다.

"어서 가봐. 아까 보혁이 기숙사 들어가는 거 봤어. 있을 거야. 힘내~"

"아, 응. 그럼……."

"그래~ 화이팅!"

"으응. ^-^"

"또 바보같이… 좋아하는 여자를… 보혁이에게… 보내는구나. 푸훗."

뒤에서 천우가 뭐라고 속삭이는 것 같았는데 너무 작아서 잘 들리지 않는다. 날 위해 애써준 천우에게 나중에 고맙다는 인사를 꼭 해야지. 그리고 미안하다는 말도…….

기숙사로 향하는 발걸음이 더없이 긴장되고 떨려온다. 기숙사가 가까워지면 가까워질수록 심장 소리가 선명하게 들려왔다. 한참을 달려 기숙사에 도착한 나다. 510호라는 내 방 번호가 시야에 잡히자 심장은 미친 듯이 고동치기 시작했다. 천우 말대로 10번을 세어 크게 숨을 들이마시고 내쉬었다. 그리고 눈을 질끈 감고 방문을 열었다.

달칵!

방문이 열리는 소리와 함께 보혁이가 나를 쳐다보는 시선이 느껴진다.

"넌 이 시간에 여길 왜……."

"수, 수업 안 들어갈 거야?"

우씨, 이게 아닌데. 고백을 해야 한다구, 소아랑. 이제 보혁이가 날 좋아한다는 것도 알았잖아!! 용기를 내라구.

"글쎄, 별로 들어가고 싶은 마음 없어."

"아, 그, 그래?"

어색한 침묵만이 흐르고 있었다. 아~ 이러면 안 되는데. 고백해야 하는데. 보혁이 마음을 알았는데 왜 망설이는 거야!!

"뭐, 나한테 할 말 있어?"

"어?? 하, 할 말은 무슨 그, 그런 거 없어. 그, 그럼 난 수, 수업 들어가 볼게. 안녕!"

쾅!!

방문을 쾅 닫고 나와 버렸다. 우이씨, 소아랑!! 뭐 하는 거야!! 답답하게!! 그냥 가서 확 말해 버려. 좋아한다구. 좋아해. 좋아해. 보혁아, 널 좋아해. 그래!! 말하는 거야! 말하라구!

달칵!

깜짝이야! 방문에 기대서 혼자 다짐하고 있는데 보혁이가 방문을 열었다.

"앗! 까, 깜짝이야."

"수업 안 들어가?"

"어?? 아… 드, 들어가야지~ 드, 들어가구 말구. ^^;; 그, 그럼 진짜 안녕~"

보혁이의 눈빛을 피한 채 뚜벅뚜벅 걸어가는데,

"잠깐만!!"

탁!

보혁이 음성에 걸음이 멈춰졌다. 평소에 보혁이를 볼 때보다 몇 배는 더 떨리는 것 같다.

"너 천우 좋아하냐?"

으잉?? 이건 또 무슨 소리냐? 그, 그게 아닌데. 어제 천우랑 오토바이 타는 걸 보고 오해했나 보다. ㅜㅜ 미뇨.

"어? 그, 그게 무슨……."

"그렇다면 잘해보라고. 그 자식 좋은 놈이거든. 장난기 많아 보여도 진지할 땐 진지한 놈이다."

"아니, 저기 난……."

"진심으로 너희 둘이 잘됐으면 좋겠어."

"아……."

진심으로… 천우랑 잘됐으면… 좋겠다구? 그, 그럼 날 좋아한다는 건… 뭐지? 뭔가… 뭔가 일이 꼬이는 것 같아. 머리 속이 하얗게 질려 아무 생각도 나지 않는다. 난 보혁이가 좋은데… 천우도 싫진 않지만……. 보혁인 쭈욱 짝사랑해 온 상대고 천우는 그냥… 그냥……. 그러고 보니 천우 마음도 생각 못하고 그냥 와버렸지? 바보같이……. 그런 천우의 마음까지 무시하고 왔는데 이대로… 이대로 그냥 넘어가긴 싫어.

"내가… 내가 좋아하는 건……."

가만히 나를 응시하는 보혁이의 시선이 따갑다.

질끈!

눈을 꼭 감고 두 주먹을 불끈 쥐었다. 용기를 내어서 입을 벌렸다.

"내가 좋아하는 건… 보… 보혁이 너야."

아, 화끈—

심장이 미친 듯이 고동치고 얼굴은 너무 빨개져서 고개를 들 수가 없다. 그런 나를 향해 한 걸음 한 걸음 뚜벅뚜벅 다가오는 보혁. 내게 가까이 다가와서는 발걸음을 멈춘다.

"프러포즈는… 남자가 하는 거다."

"어??"

"방금 그 말 못 들은 걸로 할게."

"어? 아니, 저기… 읍!"

난생처음으로 해보는 첫.키.스. 그것도 그렇게 간절히 원하던… 내가 너무나 짝사랑하던 보혁이와의 달콤한 첫키스. 갑작스러워 너무 놀라 눈 감을 틈도 없었다. 빨개진 얼굴을 감추지도 못한 채 보혁이의 입술은 떼어지고 내 눈을 똑바로 응시하고 있었다. 그리곤 그 낮은 음성으로 내게 말했다.

"널… 좋아해."

두근―!!

정말 좋아하는 남자에게 고백받는 게 이런 느낌이구나. 날개가 없어도 하늘을 날 것 같다는 기분은 바로 이 순간을 두고 하는 말일 거야. 천우한테 고백받았을 때도 나쁘진 않았지만 역시 내가 좋아하는 사람은… 보혁이뿐이야. 그런 행복함을 만끽하는 사이 보혁이는 나를 살며시 감싸 안는다.

스윽―

"아…… ０//０"

"데이트… 할까?"

두근―!!

이 낮은 음성. 따뜻하고 넓은 품. 그리고 이 가느다란 허리를 내가 껴안을 수 있다는 게 혹시 꿈은 아닐까 걱정이 된다. 나를 꼬옥 안더니 내 머리칼을 흩어놓는다. 그리고는…

"혁이한테 가자."

"아… 으응. ^//^"

보혁이 손에 이끌려, 아니, 이젠 당당히 녀석의 손을 잡고 학교 밖에서 우릴 기다리고 있을 혁이를 향해 걸었다. 그나저나 이렇게 되면 나 오늘 또 땡땡이야? 이럴 수가……. 그래도 너무 좋은걸? 엄마~ 오늘은 봐주실 거죠? ^-^ 헤헤. 평범하디평범한 엄마 딸이 이제 정말로 멋진, 누구든 인정하는 정말로 멋진 킹카를 남자 친구로 맞이했어요. 앞으로 얼마나 더 힘든 일이 있을지는 모르겠지만 하늘에서 지켜봐 주세요, 엄마. 그래 주실 거죠?

어느새 보혁이와 나는 혁이가 있는 곳에 도착했다. 여전히 내게 헬멧부터 건네는 보혁. 천우 녀석은 머리칼이 날리는 게 멋있다느니 어쩌느니 하면서 헬멧을 없애 버렸다는데. 바보. ㅋㅋ

그 녀석을 생각하면 웃음이 난다. 혼자서 살짝 웃자 보혁이는 조금 놀란 듯 나를 쳐다본다.

"뭐가 우스워?"

"^^;; 아, 아니 그게… 천우 생각이 나서."

"천우?? 천우가 왜?"

"머리칼이 바람에 날리는 게 멋있어서 헬멧 없앴다고 했거든. 그냥 생각이 나서. ^^"

"씨~익. 그렇군. 어서 써."

"응."

보혁이가 건네준 헬멧을 조심스럽게 쓰고 보혁이의 허리를 꼭 잡았다. 목적지도 묻지 않았다. 어느새 보혁이는 오토바이를 출발시켰다. 최고 속도로 달리던 천우의 오토바이와는 달리 나를 배려해 조금 낮은 속도로 달리는 보혁. 역시 보혁이는 나를 배려하는 마음이 깊구나. 너무 좋다. >//< 학교를 땡땡이친 게 조금 걸리긴 하지만… 그리고 그 자리에 그대로 도희를 내버려 두고 온 게 거슬리긴 하지만… 그래도 지금 이 순간이 너무나 행복한걸?

이런저런 생각을 하는 동안 혁이가 멈춰선 곳은 다름 아닌… 놀이동산??

"아… 여긴……."

"저번에 못 갔잖아."

"하… 응."

이 기쁨… 이 행복… 정말 꿈에서나 그리던 장면들 아니더냐. 오토바이 주차장에 혁이를 잘 세워두고 내 손을 붙잡더니 놀이 공원 안으로 들어가는 보혁. 너무 좋아! 어떡해. ㄲㅑㅇㅏ!!

처음엔 무서워서 못 타던 바이킹을 나중엔 다시 타자고 조르고, 끝까지 보혁이를 끌고 이것저것 다 타고 돌아다닌 나다. ——;; 나 소심쟁이 맞아?? 아이스크림도 먹고, 음료수도 마시고, 간단하게 패스트푸드로 끼니도 때우면서, 1분 1초도 아깝다며 놀이 기구를 탔다. 탄 걸 또 타고 또 타고~ 천하의 신보혁도 지친 모습이 역력했다.

"이제 그만 타자. 후……."

"에이~ 앙대앙대~ 보혁아, 우리 바이킹 딱 한 번만 더 타자? 응?

한 번만~ >//<"

"아… 제발 그만 타자."

"한 번만~ 딱 한 번만~ 응? 응? 딱 한 번만이야~ 약속!! 자자, 가자~"

"피~ˑ식. 그래… 한 번만이다~"

마지못해 내 손에 이끌려 바이킹을 타는 보혁. 어린애처럼 마냥 신나하는 나를 쳐다보는 보혁이의 시선이 이젠 따갑게 느껴지는 게 아니라 부드럽게 느껴진다.

신나게 놀았던 탓일까? 조금 피곤해진 몸을 이끌고 놀이 동산을 나왔다. 아마 오늘의 첫 데이트는 평생 못 잊겠지? 아… 그러고 보니 천우랑 첫 데이트를 했지? 시내를 휘젓고 다녔었는데…….

"저… 보혁아."

"어?"

"우리 시내 가자."

"시내??"

"응. 가보고 싶어. ^^"

"그래. 헬멧 쓰고 어서 타."

"응. ^O^"

이제는 나를 향해 따뜻하게 미소 짓는 보혁이를 간간이 볼 수 있다. >//< ㄲㅑㅇㅏ~ 너무 좋다.

혁이를 타고 시내 구석구석을 돌아다녔다. 혁이가 좀 피곤하겠지만 나중에 하늘비처럼 음료수 부어주지 뭐. 한참 시내를 구경하고는 조용한 벤치를 찾아 혁이를 멈췄다.

"헤헤. 즐거웠어. 내가 음료수 사 올게. 잠시만 기다려~"

재빨리 슈퍼로 달려가서 콜라 2캔과 과자 몇 개를 골라 금세 보혁이에게로 달려갔다.

"자~ 이거 마셔."

내가 건넨 콜라를 들더니 이내 옅은 미소를 보여주는 보혁. >//<

"고마워."

"고, 고맙긴. ㅎㅎ"

아참, 그렇지!! 혁이도 목마를 거야. ㅎㅎㅎㅎ 천우는 내가 하늘비한테 음료수 부어줄 때 유치원생 같다며 놀렸었는데. ㅋㅋ 난 조심스럽게 콜라를 혁이 앞부분에 하늘비에게 부은 것처럼 똑같이 부었다.

괄괄괄괄—

"뭐 하는 거야, 너?"

"어? 혁이한테 음료수 주는 거야. 계속 달렸으니까 목마를 거 아냐. 헤헤."

"저리 치워!!"

탁!!

"아야!"

보혁이가 세차게 내 손을 치는 바람에 들고 있던 콜라 캔을 떨어뜨렸다. 손등이 따끔거렸다. 이내 무섭게 나를 노려보는 보혁이가 보였다.

"내 오토바이에 이상한 짓 하지 마!!"

"미, 미안해. 난 그, 그냥……."

매몰차게 내 시선을 무시한 채 소매를 길게 빼서 혁이를 박박 닦아낸다. 그 모습에 너무 무안해서 어쩔 줄을 몰랐다. 난 당연히 천우처럼 웃어줄 줄 알았다. 그런데… 이런 반응을 보일 줄은……. 보혁이와 천우가 같은 건 아니지만 그래도 너무 놀라 당황스러웠다.

"저, 저기 미안해. 내가 손수건 줄게. 이걸로 닦아."

"됐어. 그만 가자."

"아… 보, 보혁아……."

"헬멧 써."

"……."

보혁이의 싸늘하고 차가운 눈빛에 더 이상 말을 잇지 못했다. 가만히 헬멧을 쓰고 혁이에 올라탔다. 살짝 보혁이의 옷깃을 잡자 거세게 오토바이를 몰아 학교로 향한다. 달리는 내내 미안하고 민망한 마음에 가슴이 답답해져 왔다.

끼이이익—!!

요란한 소리를 내며 교문 앞에서 혁이를 멈추게 한 보혁.

"다 왔어."

"아… 응."

난 가만히 헬멧을 벗어 보혁이에게 건네주었다. 헬멧을 오토바이 뒤쪽에 걸더니,

"먼저 들어가."

"아… 저기……."

부릉부릉! 웨에에엥(또 표현력 부족)~

내 말이 제대로 시작하기도 전에 오토바이를 타고 사라진 보혁. 그 렇게도 오토바이가… 소중했던 걸까? 나쁜 뜻으로 그런 건 아닌 데…… . 정말 좋았는데 마지막에 이게 뭐람. ㅜㅜ

시큰둥하고 힘없이 기숙사로 향하고 있는 길. 정원을 지나고 있을 때였다.

"어이~ 암소~ 왜 그렇게 어깨가 축~ 처져 있냐?"

뒤를 돌아보니 천진하게 웃고 있는 천우가 보였다. 금방이라도 울 것 같은 표정을 하고 있자 천우는 걱정이 됐는지 가까이 달려온다.

"왜 그래? 뭐가 잘 안 됐어?"

"아니… 그게 아니구……."

"그럼 왜 그래? 고백이 잘 안 된 거야?"

"천우야… 흐… 흐흑! 우엥~"

걱정해 주는 듯한 천우의 따뜻한 말과 눈빛에 서러워 그만 눈물이 나고 말았다.

어느새 나는 정원에 앉아 자초지종을 천우에게 설명해 주었다.

"그러니까 하늘비한테 했던 것처럼 혁이한테 했더니 보혁이 그 자 식이 버럭 화를 내더라 이거지?"

"훌쩍훌쩍! 응. 난 나쁜 뜻으로 그런 거 아니란 말이야. 훌쩍."

"울지 마. 나도 하늘비를 굉장히 아끼지만 보혁이가 자기 오토바 이를 아끼는 애착은 남달라. 아주 소중히 여기기 때문에 아무도 태워 주지 않는다구. 그런데 널 태워준 거 봐~ 그것만으로도 널 굉장히 좋아한다는 증거라구. 그러니까 기운 내."

"히잉. 정말?"

"당근이지~ 아유~ 이 바보. 그렇게 울지 말라니까 그새 또 우냐?"

"피이, 그치만 나 정말 깜짝 놀랐어. 싸늘한 표정으로 손대지 말라고 소리치는데 얼마나 무서웠다구. ㅜㅜ"

"후… 그런 장난 하고 싶을 땐 하늘비한테 해. 내가 허락해 줄게. 알았지? 그러니까 울지 마."

"고마워. 힝, 하지만 그런 장난 두 번 다시 안 할래. 훌쩍."

"야야~ 안 하면 하늘비가 섭섭하지~ 니 덕에 음료수에 맛들었다구~ 하늘비는 너 때문에 휘발유보다 음료수를 더 좋아해. ㅋㅋ"

"바보~ 그게 말이 되니?"

"왜 말이 안 돼? 니가 그렇게 만들었잖아."

"^^ 피식. 바보."

"웃었네. 그래~ 넌 웃어야 귀엽단 말이야. 안 그래도 못생긴 얼굴, 울면 밉다니깐. ㅋㅋ"

"아니, 뭐라구!! >_<"

"ㅎㅎㅎㅎ 그나저나 데이트도 하고 좋았겠네~"

"처음에야 좋았지. 근데 이렇게 될 줄은……."

"걱정 마. 분명 나중에 너한테 소리쳐서 미안하다고 사과할 거야. 내가 뭐 보혁이랑 하루 이틀 지낸 사인 줄 아냐?"

"그럴까?"

"당근이지~ 바보."

"헤~ 고마워. 덕분에 많이 나아졌어."

"그래그래~ 그나저나 잘~한다. 수업도 다 빼먹고."

"아, 마따! ㅜㅜ 낼 담임 선생님한테 죽었다. 나 찍힌 것 같아."

"걱정 마~ 니 단짝인 교련이가 알아서 조치를 취한 것 같으니까."

"또 나 아프다고 했대?"

"그 핑계밖에 더 있겠냐? 하여간 친구하나는 잘 뒀다니깐. ㅋㅋ"

"그래. 나 친구 하난 잘 둔 것 같아. 그리구… 천우 너두……."

"야, 넌 숫자도 못 세냐? 나까지 합하면 둘이지~ 어떻게 하나야? 바보 ㅋㅋ"

"――;; 말꼬리 잡지 마. 우씨."

스윽스윽―

내 머리를 마음껏 흩어놓더니 살짝 미소 띤 얼굴로 내게 말하는 천우.

"언제든지 힘들고 어려울 땐 나한테 말해. 직접 도와줄 수 있으면 도와주고, 아니면 이렇게 들어주기라도 할게. ^^"

"고, 고마워."

이 자식이 원래 이렇게 멋있었었나? 잘생긴 건 알고 있었지만……. 생각보다 진짜진짜 좋은 놈인지도 몰라. 그나저나 교련이가 날 위해 또 수고해 주었구나. ㅜㅜ 내가 인복은 타고났나 벼.

천우의 위로를 받으며 기숙사로 돌아왔다. 방 안으로 들어가니 오랜만에 얼굴을 드러낸 신규가 있다.

"야야~ 이제들 오냐? 방에 들어왔더니 아무도 없고 심심해 죽는 줄 알았잖아~ 놀아죠~ ─0─"

"──;; 땅그지냐?"

"-_-;; 아~ 배고파."

배고프다고 말하면시 날 쳐다보지 말긴 바래. ㅜㅜ

"야야, 최신규! 더 이상 암소 괴롭히지 마~ 그러다 큰일 난다, 너~"

"뭐?? 그건 또 무슨 소리냐?"

"암소, 이제 신보혁 여자 친구거든~ 괜히 건드렸다가 초상 치르지 말고 배고프면 니가 가서 라면 끓여먹든지."

"뭐?? 그게 정말이야? 진짜냐, 암소?"

"아… 응. 그, 그렇게 됐어."

"그럼 도희는 어쩌고??"

"몰라, 임마. 둘이 좋아서 사귄다는데 어쩌라고."

"거참, 별일이네. 보혁이가 도희를 두고 암소랑 사귀다니. 쩝. 그럼 나도 작업해 볼까?"

"누구? 교련인가 하는 애한테?"

"흐흐. 응. 그 애 이쁘지 않냐? 꼭 모델 같잖아~"

"글쎄. 모델이든 탤런트든 다 좋은데 과연 그 애가 널 좋아할까?"

"──^ 내가 어때서, 임마~"

"모델 같은 그 애한테 너 같은 놈이 어울릴 리가 있냐?"

"-_-+ 듣자 듣자 하니까~ 야, 임마! 나만큼만 잘나봐~"

"야~ 암소, 피곤하겠다. 얼른 자라."

"응."

말을 다른 데로 돌리는 천우가 얄미웠는지 신규 녀석 천우에게 베개를 던진다.

탁!

"맛 좀 봐라, 이놈아~ 친구를 무시한 대가다. ㅋㅋ"

"아니, 이 자식이! 주~겠어."

퍽!!

허연 베개가 방 안을 헤집고 날아다닌다. ——;; 아~ 먼지가 풀풀 날려. 내가 못살아! 저것들을 기냥 확(그럴 힘 없다)!! 조용히 내 침대 위로 올라갔다.

잠시 후 녀석들이 베개 싸움에 지칠 때쯤 보혁이가 방문을 열고 들어온다.

달칵!

순간 심장이 덜컹 내려앉았다. 아까 그 오토바이 사건 때문에 너무 뻘쭘하다. 사귀는 것 자체도 믿기지 않는데 사귀기로 한 첫날 이런 일을 벌였으니. 분위기 파악 못하는 신규. 보혁이에게 다가가 이것저것 물어보기 시작한다.

"야야~ 신보혁, 너 암소랑 사귄다는 게 진짜냐? 어? 그럼 도희는 어쩌고? 어떻게 된 거야? 진짜 사귀는 거 맞아?"

"그래."

"뭐?? 신보혁, 너 미쳤냐? 갑자기 왜 그랬냐?"

"뭐가?"

"그 이뿐 도희를 두고 어케 암소 같은 애를… ㅋㅋ 안 그러냐, 성 천우?"

"암소가 어때서~ 나름대로 순딩한 게 봐줄 만하잖아."

고맙다, 천우야라고 할 줄 알면 큰 오산이다. 뭐시라? 나름대로 순 딩한 게 봐줄 만해?? ——;; 그것도 친구라고 아우~ 어라라? 그러고 보니 저 자식하고 내가 언제부터 친구? 에이, 몰라. 까짓 것 오늘부 터 친구하지 뭐.

보혁인 가만히 그 웬수 콤비를 쳐다보더니 이내 시선을 내 쪽으로 옮긴다. 순간 자는 척 눈을 감아버렸다. 웬수 콤비의 잡담 사이로 보 혁이의 낮은 음성이 들려왔다.

"자는 거야? 아깐 미안했다."

눈물이 똑 흘렀다. 아까는 얼마나 창피하고 무안했던지… 어쩔 줄 을 몰라 당황했는데 저렇게 다시 미안하다고 하니까 가슴이 뭉클해 져서는 아무 말도 못하고 눈물만 흘린 채 가만히 눈을 감고 있었다. 보혁이도 이내 말없이 침대에 눕고… 그제야 사태가 조금 심각했음 을 눈치 챈 신규. 천우의 옆구리를 툭툭 치며 눈빛으로 보혁이를 가 리킨다. 그런 신규의 모습을 보고 천우는 고개를 절레절레 흔들며 자 신의 침대로 올라간다. 그렇게 눈을 감은 채 또 한참 눈물을 흘려야 했던 니. 슬슬 욕심도 나고… 나보다 오토바이가 소중하다고 생각한 다면… 이제부터 바꿔줄 거야. 나보다 소중한 건 이 세상에 아무것도 없도록 만들 거라구……. 그렇게 그날 하루는 힘겹게 막을 내렸다.

다음날, 아침 일찍 일어났음에도 불구하고 방 안에 녀석들은 아무도 보이지 않는다. 슬슬 학교 갈 준비를 하고 기숙사를 나오려는데 휴대폰이 울린다.

띠리리리링~ 띠리리리링~

"여보세요?"

[아랑아! 나 교련인데 뭔가 이상해.]

"응? 뜬금없이 그게 무슨 소리야, 아침부터??"

[도희가 교실에 들어오더니 나랑은 말도 잘 안 하고 미주 옆에 가서 수다 떨고 있는 거 있지?]

"뭐? 도희가 미주랑 어울린다고??"

"응. 둘이 원래부터 친했던 사이는 아닌 것 같아 보이던데… 어떻게 된 일인지 이해가 안 돼서. 어제 너랑 도희랑 나간 이후로 도희가 좀 이상했거든. 그러더니 미주랑 어울려 놀더라?? 내가 말 걸어도 시큰둥하구.]

"그, 그래?"

[너희 둘 다투기라도 한 거야?]

"그냥 좀 복잡한 사정이 있었어."

[뭔데?? 나한테 말하면 안 되는 거야? 우린 친구잖아~ 너 어제 수업 빠졌을 때도 내가 선생님한테 알아서 손써놨는데. 궁금하단 말이야~]

"그래그래, 알았어. 나중에 말해 줄게. 지금 나도 가는 중이니까 조금만 기다려."

[응. ^-^ 교실에서 보자~]

전화 통화가 끝나자마자 한숨부터 나온다. 도희가 미주랑 어울린
다라……. 무슨 생각으로 그러는 걸까? 설마 일진을 이용해서 나를
괴롭히려는 건 아닐까? 힘없는 모범생을 이렇게 괴롭혀도 되는 거냐
고요~ 그렇다고 보혁이한테 말할 수도 없는 일이고.

나름대로 단단히 마음을 먹고 교실 문을 열었다. 아니나 다를까 미
주 패거리들과 도희가 한데 모여 나를 노려보는 시선이 매우 따갑다.
그 시선을 애써 외면한 채 자리에 앉았다. 교련이가 조심스럽게 내
등을 두드린다.

"아랑아, 그치? 봤지? 도희랑 미주랑 어울려 다니잖아."

"아… 으응."

잔뜩 긴장된 눈치로 주변 눈치를 살피며 교련이와 소곤대고 있는
데 무언가 작은 물체가 내 머리를 향해 돌진했다.

픽!

"아얏!"

땅으로 데구르르 굴러가는 것을 보니 지우개였다. 맞은 건 난데 흥
분한 건 교련이다. ——;

"누구야!! 누가 아랑이한테 지우개 던졌어?!"

그러자 거만하게 쌀짱을 낀 미주의 앙칼진 목소리가 들려왔다.

"나다, 이교련~ 어쩔래?"

그러자 교련이는 재빨리 자신의 필통에서 지우개를 꺼내 던진다.

팍!!

"아얏!!"

정통으로 미주의 머리에 지우개가 맞춰졌다. 교련이는 예쁜 얼굴에 사악한 미소를 살짝 띠며 미주에게 말했다.

"지우개는 잘못 썼을 때 지우라고 있는 거야! 무기로 쓰는 게 아니라구!! 근데 너 같은 애한텐 무기로 사용해도 좋을 것 같아!!"

"너 죽고 싶어? 이게 보자 보자 하니까."

"니가 언제 보자 보자 했어? 웃긴다, 너~ 괜히 일진이니 뭐니 거들먹거리면서 아랑이 괴롭히지 마!"

"꼴에 싸구려 우정 하고는. 너희 둘 저번에 쓴맛을 덜 봤구나? 오늘도 한번 밟혀볼래?"

"니 마음대로 해! 애초부터 너 같은 애들한테 겁먹은 내가 아니라구!!"

교련이와 미주의 대화 속에 한마디도 끼어들지 못하고 그저 겁을 먹고 있는 나다. 그러는 사이 뒷문이 열리고 보혁이의 은빛 머리칼이 눈에 들어왔다. 순식간에 미주는 아무 일 없었다는 듯 자세를 바로 하고, 도희도 재빨리 자리로 돌아와 앉는다. 보혁이가 가만히 자리에 앉자 도희가 간지러운 목소리로 말한다.

"보혁아~ 이제 왔어? 아침밥 챙겨 먹었어?"

"……"

아무 대답 없이 등을 보이고 있는 보혁. 다시 한 번 도전하는 도희.

"보혁아~ 춥지? 곧 있으면 봄도 오고 따뜻해질 거야. 그러면 예쁜 곳으로 놀러가자~ ^-^"

"……"

여전히 반응이 없는 보혁. 왠지 그 모습에 괜히 기뻐지는 나다. 애들이 몰아붙일 땐 한마디도 못하면서 이렇게 보혁이가 말없이 내 편이 되어주는 것 같아서 너무 기쁘다.

"보혁아, 우리 엄마가 이번 주 토요일 날 놀러오래. 저번에 하루 종일 나 간호해 줘서 고맙다구."

"됐어."

"에이~ 그래두 보혁아, 엄마가 너 좋아하는 음식 다~ 해주신댔어~ 그러니까 가자~ 응?"

"생각없어."

"그러지 말구~ 그때 너무 고마워서 그러지~ 그날 너 약속있었잖아~ 근데도 그 애보다 내가 더 소중해서 내 옆에 있어줬잖아. 그치? 그러니까 가자~ 응? 내가 너무 고마워서 그래."

그 말을 듣는 순간 미간에 살짝 주름이 잡힌다. 그날 약속했던 사람은 나고, 그러니까 나보다 도희가 소중해서 같이 있었다라고 말하고 있는 거 아닌가? 기분 나쁘다. 하지만 둘의 대화에 끼어들 수도 없고 끼어들 자신도 없다.

"착각하지 마. 어쩔 수 없었을 뿐이야."

으하하하하하!! 통쾌하다. 겉으로도 이렇게 크게 웃고 싶지만 소심한 나로서는 불가능한 일이요~ ——;

"보, 보혁아, 너 정말 계속 이럴 거야?"

"뭐가?"

"내가 너랑 안 사귀니까 심통난 거 아니야? 이제 그만 해! 니가 원한다면 우리 사귀자! 공식적으로 사귀면 되잖아!"

헐! 살짝 불안한 예감이 스친다. 전에 천우한테 듣기론 보혁이가 도희를 더 좋아했다고 했으니까. 이제 당당히 도희가 사귀자고 제안했다. 그랬으니까 돌아갈지도 몰라.

"진도희, 너란 여자애 정말 보면 볼수록 싫증나게 한다."

"뭐, 뭐라구?"

헐! 도희의 눈에선 금방이라도 눈물이 떨어질 것만 같았다. 하지만 보혁이는 그런 도희를 거들떠보지도 않고 낮은 음성을 이어갔다.

"확실히 말해 줄까? 너 같은 애 이제 내 안중에 없다. 니 목소리만 들어도 간질거려. 널 마음에 두고 있었던 건 실수였다, 실수. 더 이상 친한 척하지 말길 바래. 이제 내 맘에 들어올 수 있는 건 소아랑뿐이야."

화끈—

얼굴이 금세 달아올랐다. 도희의 눈에선 그만 눈물이 뚝 떨어지고, 반 애들은 모두 놀라서 우리 쪽으로 시선 집중이다. 교련이도 놀란 표정을 감추지 못하고 있었다. 특히 미주가 날 노려보는 시선은 똑똑히 느껴진다. 그 크고 예쁜 눈으로 눈물을 뚝뚝 흘리며 도희는 말한다.

"거짓말… 거짓말이지? 지금… 지금 나한테 잠깐 화나서 막말하는 거지? 그런 말 하지 마. 거짓말인 거 다 아는데 뭐. 다 알아. 너한테

나밖에 없다는 거, 다 알아. 흑."

같은 여자가 봐도 안아주고 싶은 충동이 느껴질 만큼 예쁜 도희. 하지만 보혁이의 낮은 음성은 그녀를 위로하지 않는다.

"창피하지도 않냐? 혼자서 북 치고 장구 치고. 후… 오늘도 수업 듣긴 글렀군. 소아랑, 나가자."

"어?? 나, 나가다니 어딜??"

"따라와."

"저기… 그치만 나 오늘도 수업 빠지면(혁! 쨰려본답!)… 아, 알았어. 갈게."

반 아이들의 눈치를 살피며 보혁이를 따라 총총걸음으로 학교를 나왔다.

"저어… 어, 어디 가는데?"

"혁이한테."

"어? 혁이 타려구?"

"아니, 뭐 줄 게 있어서."

대체 뭘 하려는 건지 도저히 종잡을 수가 없다. 저만치 혁이가 세워져 있는 게 보이고 보혁이는 나를 바라보며 말한다.

"잠시만 혁이 옆에 있어. 슈퍼에 좀 다녀올게."

"아… 응."

혁이 옆에 살짝 움츠린 채로 보혁이를 기다리고 있었다. 잠시 후 사이다 캔 하나를 들고는 내 쪽으로, 아니, 혁이 쪽으로 다가오는 보혁이가 보인다.

탁!

요란하게 캔을 따더니 보혁이는 혁이에게…

콸콸콸콸—

"0口0? 보, 보혁아."

"……."

콸콸콸콸—

말없이 혁이에게 사이다를 모두 붓더니,

"니 말대로 혁이 목마를까 봐."

"보, 보혁아."

"그땐 미안했어. 혁이 이놈, 우리 형이 준 거거든."

"보혁이 너네 형?"

"그래, 죽은 우리 형."

"뭐?? 아……."

그제야 보혁이가 그토록 오토바이를 아끼는 이유를 알았다. 보혁
이의 말이 이어졌다.

"이 오토바이 때문에 죽었는데… 바보같이……."

"무슨… 말이야?"

"오토바이 타는 걸 반대하는 부모님 때문에 형이 몇 달 아르바이
트해서 겨우겨우 산 오토바이라 애지중지했었어. 형을 졸라서 타게
해달라고 애원해도 어림없었지. 형은 정말 이놈을 좋아했거든."

쓸쓸해 보이는 보혁이의 눈이 내 마음을 아프게 했다.

"그, 그랬구나."

"그런데 어느 날 형이 이 오토바이를 타고 가다가 사고가 났어. 그대로 도로에 쓰러져 두 번 다시는 일어서지 못했지."

심장을 쥐어짜는 듯했다. 금방이라도 울 것 같은 표정으로 보혁이를 바라보는 것 외엔 이 순간 할 수 있는 게 아무것도 없었다.

"빠르게 병원으로 옮겨졌지만 끝내……. 푸훗! 눈도 뜨지 못한 채 형이 겨우 내게 말을 하더라고. 자기 오토바이… 소중하게 타라고… 동생이 한번 태워달라는 거 끝까지 안 태워준다고 했던 게 내내 마음에 걸렸다고… 대신 아예 나한테 선물로 주고 가겠노라고……. 그때만큼 울었던 적은 내 평생에 없었을 거다."

"아……."

결국 눈물이 똑 떨어지고 말았다. 그런 날 보더니 보혁이는 당황한 듯했다.

"아, 미안. 괜한 얘기를 했네. 난 단지 그때 내가 화낸 게 미안해서 그래서……."

"아니야. ㅜㅜ 아낄만 해. 당연히 아낄만 한걸? 화냈던 건 당연한 거야. 이해할 수 있어."

"고맙다. 형을 죽게 만든 오토바이가 밉기도 했지만 타다 보니까 형이 왜 그렇게 이 오토바이를 소중하게 아꼈는지 알 것 같아. 외로울 때나 슬플 때나 힘들 때나 기쁠 때나 이 녀석은 항상 내 곁에서 변함없이 달려주거든. 늘 함께해 줄 수 있기 때문에 그래서 좋은 거야. 형 마음을 알 것 같아."

"나도… 나도 그 마음 알아."

"뭐?"

난 가만히 머리에 하고 있던 별 핀을 뺐다. 그리고 꽉 쥐고는 보혁이에게 말했다.

"이 별 핀, 내가 침대에서 떨어뜨려서 니가 주워줬던 핀인데, 기억나?"

"아… 그래, 반짝이는 게 눈에 띄었었어."

"우리 엄마랑 도로변을 걷고 있는데 반대쪽에서 반짝반짝 빛나는 이 별 핀이 너무 예뻐 보였어. 그렇게 넓은 도로가 아니라서 반대편에 있는 것도 다 볼 수가 있었지. 게다가 난 시력도 좋거든. 헤헤. 엄마한테 저 별 핀 예쁘지 않냐고, 사달라고, 저거 사달라고 그랬어."

목이 메어왔다, 이 별 핀엔 엄청난 사연이 담겨져 있기에……. 그런 나를 보며 보혁이는 가만히 나를 바라보며 내 말에 귀 기울여 주었다.

"엄마가 다음에 사주겠다고… 예쁘지만 다음에 와서 사자구 그러시는 거야. 근데 난 이 별 핀이 너무 예뻐서… 너무 가지고 싶어서… 사달라고 떼를 썼어, 바보같이… 정말 바보같이……."

"그래서?"

"엄마는 마지못해 알았다며 미소를 보이시곤 반대편으로 달려가셨지. 난 그 자리에 서서 엄마가 별 핀 사 오시는 걸 기다렸어. 엄마는 반대편에서 별 핀을 사들고 예쁘게 웃으시며 흔들어 보이셨지. 지금도 그 모습이… 눈에 선해."

"설마… 너……."

"응. 별 핀을 흔들며 내가 좋아할 모습을 상상하고 다시 내 쪽으로 마구 달려오셨는데… 그만… 그만 달려오는 차를 미처 보지 못하신 거야. 흑!"

"아……."

"그 자리에 그렇게 피를 흘리며 쓰러진 엄마를 안고 정말 아무 생각도 못하고 울기만 하는데… 엄마가 내 손을 꼭 잡고 말하시는 거야. 우리 아랑이, 밝고 씩씩하게 자라달라고… 아빠 속상하게 하지 말고 예쁘게 커달라고… 그러면서 내게 별 핀을 건네주시는데 정말 숨이 막혀서 난……."

와락—!!

이미 눈물 범벅이 되어 말을 제대로 잇지 못하는 나를 보혁이가 끌어안았다. 어쩐지 보혁이와 나 사이에 공감대가 형성된 듯한 느낌이 들었다. 형의 죽음, 그리고 우리 엄마의 죽음. 그렇게 헤어나지 못할 아픔을 가지고 있기 때문에 둘 다 말이 없었는지도 몰라. 말을 하다 보면 어느새 슬픔이 묻어 나올 것만 같아서……. 가만히 나를 안은 채로 보혁이가 말했다.

"너희 어머니께 가자. 우리 형한테도 한번 가보고."

"응??"

"혁이 타고 갔다 오자. 생각난 김에 너희 어머니께 인사도 하고, 또 넌 우리 형한테 인사하고……."

"으응. ㅜ_ㅜ"

보혁이와 나는 혁이를 타고 우리 엄마의 묘가 있는 춘천으로 출발했다. 이렇게 서로의 상처를 안고 달려가는 우리에게 앞으로 엄청난 시련이 닥쳐 올 거라는 걸 전혀 상상조차 할 수 없었다.

실컷 울었던 탓인지 빠르게 달리는 오토바이도 이젠 더 이상 무섭지가 않았다. 무슨 일이 있어도 혁이와 보혁이가 지켜줄 것만 같아서, 조금 더 가까워진 것 같아서 기쁘다.

엄마의 산소에 국화를 두고 큰절을 했다.

"엄마… 엄마, 나 왔어. 엄마 딸 아랑이. 안 추워? 응? 흙 많이 덮으면 안 춥대. 갑갑해하지 말구 이쁘게 잠들어 있어야 해, 엄마… 알았지?"

그렇게 엄마 산소를 부여잡고 한참을 울었던 것 같다. 더 이상 보혁이에게 추한 꼴을 보이기 싫어서 얼른 정신 차렸지만. ──;; 엄마를 보고 나서인지 왠지 기분이 좋아졌다. 엄마도 분명 보혁이를 맘에 들어하실 거야. 그렇게 믿으며 아쉬운 발걸음을 재촉했다. 그리고는 혁이의 원래 주인이었던 보혁이의 형을 만나러 갔다. 유유히 흐르는 강물에 보혁이의 슬픈 눈빛이 비쳐졌다.

"우리 형은 강에 뿌려졌어."

"아, 그, 그래? 분명 물고기들과 친구가 되었을 거야. 너무 걱정 마."

"씨~익. 그렇군. 그럼 생선 음식은 먹지 말아야겠어."

"보혁이두 참~하하."

"소아랑."

"으응?"

"나랑 지금보다 가까워지면… 어쩌면… 니가 힘들지도 몰라."

"그게… 무슨 소리야??"

"차차 겪어보면 알겠지만 많이 힘들고 지칠 때도 있을 거야. 그런 걸 알면서도 널 선택한 건 처음으로 도희 외에 다른 여자에게 관심을 가져본 내 자신의 감정에 충실하고 싶어서야."

보혁이가 무슨 말을 하려는 건지 도무지 종잡을 수가 없다. 하지만 평소보다 더욱 진지한 보혁이의 말투에 가만히 귀를 기울이고 있었다.

"널… 많이 힘들게 할지도 몰라."

"그, 그런 것쯤은 각오하고 있어. 널 좋아한 순간부터 사실은 힘들었으니까……. 하지만 생각지도 못했던 일이 지금 내게 다가와서 난 그걸로 행복해. 앞으로도 이 행복을 지키고 싶은 마음뿐이야."

"후… 그래? 하지만 한 가지만 약속하자."

"어떤 거?"

"혹시 내가 다치거나 조금 안 좋은 일이 생겨도 절대 나서거나 그러면 안 돼. 알았지?"

"그게 무슨 소리야??"

"그냥 약속만 해."

"아… 응, 알았어."

그렇게 똑바로 쳐다보면 더 이상 물어볼 수가 없잖아. ─//─ 보혁이는 가만히 자신의 주머니에서 담배와 라이터를 꺼낸다.

"안 돼! 담배는 몸에 해로워. 게다가 아직 우린 학생이라구!!"

"…그렇군."

보혁이가 담배를 물고 있는 모습조차 너무 멋있어하던 난데 이제는 보혁이의 겉모습보다 건강을 지켜주고 싶어. 우리는 가만히 흐르는 강물을 바라보며 천천히 친해져 갔다. 물론 수업을 또 빠진 것에 대한 죄책감도 매우 컸다. 보혁이 앞에서 내색할 수도 없는 일이고. 그나저나 그때 우리 학교 일진 선배들이 보혁이를 보자고 한 건 어떻게 됐을까? 결국 일진에 가입한 걸까? 용기를 내서 한번 물어보자! 이래 봬도 이제 난 보혁이 여자 친구라구!! >//<

"저… 보혁아?"

"어??"

"저번에 우리 학교 일진 선배들이 너 보자고 한 적 있었잖아. 어, 어떻게 됐어?"

"그냥."

우씨, 저렇게 대답하면 더 이상 물어볼 수도 없잖아. 오토바이 타는 보혁이 모습도, 담배를 피우던 보혁이 모습도, 불량스런 그 어떤 모습도 나한텐 다 멋져 보였다. 이젠 보혁이랑 함께 도서관에 가서 공부도 하고, 가끔 스트레스 풀러 놀러도 다니고, 그런 전형적인 모범생 커플이 되어보고 싶은 욕심이 나는구나. ㅜㅜ 그런 상상을 하는 동안 보혁이는 내게 말했다.

"그러고 보니 오늘 저녁에 애들끼리 모여서 놀기로 했는데……."

"그 애들이라 하면 누굴 말하는 건지……."

"나 중학교 때 어울리던 친구들. 같이 가자."

"어? 하, 하지만 내가 낄 자리가……."

"괜찮아. 자기 여자 친구들 다 데려올 테니까."

얼굴이 또다시 화끈거렸다. 오늘 보혁이 친구들에게 당당히 신고식하는 거야? >//< 너무 좋다. 근데 잠깐. ——;; 중학교 때 친구들이라면 설마…….

"저, 저기… 보혁아, 그럼 도희도 오는 거야?"

"어."

ㅜㅜ 아… 보혁이랑 같이 나가는 자리에서 도희를 보기란 정말 가시 방석에 앉아 있는 기분일 텐데. 그렇다고 도희를 계속 피해 다닐 수도 없는 일이고. 보혁이 곁에 있다 보면 당연히 도희랑 마주치게 될 텐데. 이씨.

"걱정 마. 천우랑 신규도 올 테니까 그렇게 어색하진 않을 거다."

"뭐? 천우랑. 신규? 다, 다행이네~"

뭐시라!! 천우랑 신규? 그 웬수 콤비들까지 끼어 있으면… ㅜㅜ 아오~ 괜히 갔다가 망신망 당하는 거 아냐? 모르는 애들만 잔뜩~ 있고 하필 아는 인간들이라곤 천우, 신규, 도, 도희라. 미쵸!

"배 안 고파?"

"어? 응. 고, 고파."

"그럼 뭐 좀 먹고 다시 서울로 가자. 그러면 시간이 맞을 거야. 바로 약속 장소로 가면 되겠네."

"아… 하지만 지금 우리… 교, 교복인데……."

"하나 사 입자."

"어??"

저기… 나는 그렇게 쉽게 옷을 막 살 수 있는 형편이 아닌데… 아빠가 외국까지 나가 일해서 번 돈으로 겨우겨우 먹고 사는 실정이라구. ㅜㅜ 말도 못하고 그저 보혁이가 리드하는 대로 밥을 먹고 서울로 향했다. 그리고 보혁이가 택한 옷가게는… 허거거걱! 유명 브랜드만 있는 가게. 눈이 휘둥그레진다~ @ㅁ@ 전 이만한 돈이 없는데요. ㅜㅜ 보혁이 손에 이끌려 애써 태연한 척 가게 안으로 들어갔다. 티셔츠 한 장에 10만 원대를 오락가락하는 가격표 때문에 제대로 숨을 쉬기 힘들 지경이다. 그러는 중 보혁이는 나를 가리키며 가게 점원에게 말한다.

"이 애한테 어울릴 괜찮은 옷 하나 골라주세요."

"네 알겠습니다, 도련님."

도… 련… 님?? 점원은 나를 친절하게 안내하며 이 옷 저 옷을 보여준다. 부담스럽게 비싼 옷들. 남대문 시장 가면 골라골라~ 해서 운 좋으면 이쁜 거 싸게 살 수도 있는데. 이런 고급스러운 옷은 걸쳐본 적이 없어서 어색했다. 하지만 점원은 내 의사와는 상관없이 이것저것 내게 대보더니 브라운 계열의 깔끔한 정장 원피스를 선택해 보혁이에게 보여주었다.

"어떻습니까, 도련님? 아가씨께 잘 어울릴 것 같은데요."

"입혀봐요."

"예, 알겠습니다. 자~ 아가씨 이쪽으로 오세요. ^^"

아가씨란 호칭이 너무나 어색한 나와는 달리 도련님이란 호칭에 아주 능숙해 보이는 보혁이가 왠지 조금 낯설었다. 점원에게 이끌려 예쁜 정장 원피스를 탈의실에서 갈아입었다. 옷이 날개란 말은 결코 틀린 말이 아닌 것 같았다. 나한테도 이렇게 예쁘고 귀티나는 모습이 숨겨져 있을 줄이야.

"어떻습니까, 아가씨? 불편한 점 있으세요? ^^"

"아, 아니요."

"도련님, 맘에 드십니까? 제가 보기엔 이 옷이 아가씨께 굉장히 잘 어울리는데요? ^^"

"그렇군요. 그걸로 주세요."

"예, 알겠습니다. 갈아입으시겠습니까?"

"그대로 입고 갈 거니까 교복을 포장해 주세요."

"예, 알겠습니다. 도련님."

헐! 가격표를 보니 현금으로 갖고 싶어지는 어마어마한 액수!! @ㅁ@

"저… 보, 보혁아. 난 이런 비싼 옷은……."

"괜찮아. 선물이야."

"하, 하지만."

내 시선을 무시한 채 보혁이는 다시 점원에게 시선을 옮겼다. 그러더니,

"내 옷도 좀 보여줘요."

"네, 알겠습니다. 도련님은 이 옷이 어떨지요? 새로 나온 디자인이구요~"

보혁이에게 열심히 옷에 대해 설명하는 점원. 능숙하게 받아들이는 보혁. 이 값비싼 옷가게… 아무렇지도 않게 비싼 선물을 하는 보혁… 설마… 재.벌.가? 그렇다면 내가 어울릴 처지가 아닐 텐데. 어, 어쩌면 좋아. 신데렐라 따윈 부담스러워서 싫다구!! 사람이 자고로 주제 파악을 하랬어~ 나한테는 보혁이만으로도 과분한데 재벌집 도련님은 또 웬 말인가?? 말도 안 돼. 혼자 열심히 생각을 하는 동안 깔끔하게 차려입고 나온 보혁이가 시야에 들어왔다. >//< 뉘 집 자식인고~ 저렇게 잘생겨도 되냔 말이다~

그렇게 보혁이와 나는 그 귀티나는 옷가게를 빠져나왔다.

"옷은 맘에 들어?"

"너무 예뻐. 하지만 나한테 이런 건……."

"괜찮아. 예쁘면 됐어. 애들이 모이기로 한 장소는 저기야. 혁이는 여기 세워두고 걸어가자. 그 차림으로 오토바이 타는 건 좀 그러니까."

"아… 응. 저기 근데… 난 화장도 안 했는데 저런 곳에 들어갈 수 있을까?"

"괜찮아. 그렇게 마음에 걸리면 화장하면 되지."

"그치만 화장품 같은 거 하나도 안 들고 왔는걸? 뭐, 제대로 된 화장품도 없지만……."

"그럼 따라와."

"아… 저기, 보혁아."

보혁이 손에 다시 이끌려 들어간 곳은 백화점이었다. 화장품 매장

에 마련된 메이크업 시범 코너에 나를 놓아주더니,

"여기서 하면 되겠네."

"하하. 그, 그래."

뻘쭘하게 서 있는 우릴 보더니 백화점 직원 아가씨가 상냥하게 말을 걸어왔다.

"어서 오세요, 손님~ 메이크업받으시게요?"

"아… 네."

"그럼 이쪽으로 앉으세요. ^^"

백화점 점원에게 메이크업을 받고 있었다. 그러는 도중 보혁이는 어디로 사라졌는지. >//< 하긴 화장하는 과정을 보여주기 조금 민망한데 잘됐지 뭐. 화장실이라도 간 걸까? 보혁이에 대한 이런저런 생각으로 가득 차 있는데 백화점 점원이 말을 건넸다.

"다 됐습니다, 손님. 어머, 너무 이쁘시네요. 자~ 거울 보세요."

거울을 들여다보았다. 이 얼굴이 내 얼굴이란 게 믿어지지 않는다. 화장발의 위력이란 엄청난 거다. 암~ 그렇고말고. ——;; 거울을 보며 내 모습에 놀라고 있는 사이 보혁이의 모습이 보였다. 보혁이의 손에는 예쁜 핸드백이 쥐어져 있었다.

"화장 다 됐네. 이거 받아."

"이, 이게 뭐야?"

"핸드백."

"아니, 핸드백인 건 나도 아는데… 자꾸 이런 비싼 선물을 받으면 부담스러워서……."

"잔소리 말고 받아. 안에 화장품 몇 개 사서 넣었어. 잘 몰라서 골라달라고 했는데 너한테 안 맞으면 바꾸든지."

"헉! 보, 보혁아. 난……."

"어서 가자. 애들 기다리겠다."

내가 말할 틈도 없이 보혁이에게 이끌려 약속 장소로 들어갔다. 고급 레스토랑 분위기다. 이런 곳은 TV에서나 봤지, 그림자도 밟아보지 못했거늘. 아주 긴~ 테이블에 저마다 귀티나는 옷을 입은 애들이 와인 잔을 들고 웃으며 대화를 하고 있는 모습이 보였다. 그야말로 상류층 후계자들을 보는 느낌이다. 보혁이는 이런 분위기에 꿀리지 않게 하려고 이렇게까지 나를 챙겨준 건가? 고마워, 보혁아. 말없이 항상 나를 생각해 주고 배려해 줘서 너무 고마워. 앉아 있던 애들이 일제히 우리를 쳐다본다. 신규와 천우 녀석도 보인다. 깔끔하게 차려입은 정장. 저 애들도 상류층이었던 걸까? 단순히 중학교 동창회 같아 보이지 않았다.

"어? 암소도 왔네~ 이야~ 차려입으니까 몰라보겠다~"

"그러게~ 역시 옷발과 화장발이란 무시할 게 못 된다니까. ㅋㅋ"

——^ 저것들이! 혈압이 오른다. 보혁이와 나는 친구들의 환영을 받으며 자리에 앉았다. 모두들 일제히 나를 집중해 쳐다보는 것 같다. 힐끔 도희를 찾아봤지만 여자애들 중에 도희는 없었다. 안경을 끼고 멀쑥하게 생긴 남자애 하나가 말했다.

"도희는 아직 안 왔더라? 대충 신규한테 얘기 들었어~ 새로 사귄다는 여자애가 저 애구나?"

"그래."

보혁이의 대답에 모두들 놀란 눈치다. 믿어지지 않는다는 눈빛들로 나를 쳐다보는데 그 시선이 너무 부담스럽다. 게다가 무슨 친구들이 이런 상류층밖에 없는 걸까? 대체 보혁이는 어느 중학교를 나온 거야?? 천우가 가까이 앉아 있기에 살짝 천우에게 물어봤다. 모두들 웃으며 얘기하는 동안 소곤소곤.

"저기 천우야, 대체 너희들 무슨 중학교 나왔길래 다들 이렇게 고, 고급스러워?"

"중학교?? 무슨 소리야??"

"주, 중학교 동창회 아니야??"

"무슨 소리야? 이 자리는 대기업 자녀들이 나중에 사업을 이어받았을 때를 고려해서 서로 친해지라고 정기적으로 갖는 일종의 친목 모임이야."

"뭐, 뭐라구??"

"보혁이가 중학교 동창회라고 하든? 너 부담주기 싫었나 보네. 우리랑 동갑인 애들도 있고, 형인 사람도 있고, 어린놈들도 있어. 아무래도 다들 돈이 많다 보니까 거만한 자식들이 대부분이야. 어차피 어른들의 사업을 그대로 물려받을 애들이니까. 모두 같은 처지에 있는 애들이야. 보혁이도, 나도, 신규도, 그리고 도희도."

"하……."

너무 놀라 입이 다물어지지 않는다. 이런 자리가 있다니. 그렇다면 여기 모인 애들이 모두 대기업 사장들의 자식들이란 말이야? @ㅁ@

대체 이런 자릴 보혁이가 어떻게? 그렇다면 보혁이도 대기업의…

부, 부담된다. 역시 나 따윈 보혁이랑 어울릴 만한 처지가 못 된다

구……. 게다가 보혁이 성격에 이런 자리를 꼬박꼬박 참석하다니?

나는 다시 한 번 조심스럽게 천우에게 물었다.

"너, 너희들 같은 성격에 이런 자릴 참석하는 게 솔직히 이, 이해

가 안 되는데……."

"그건 우리가 일반 중소기업도 아니고 대기업 자식들이라서 솔직

히 집안이 엄해. 아무리 개망나니처럼 하고 돌아다녀도 어차피 물려

받을 사업이라서 집안 일에 관해서는 철저히 감시라든지 그런 제재

를 받거든. 만약 이런 자리 참석 안 하고 뺀질거렸다간 자기 부모님

들이 가만 안 둬. 특히 보혁이 부모님이 엄하셔. 무엇보다 이런 것 자

체를 거만하게 즐기는 놈들이 많아. 보혁이가 싫어해도 어쩔 수 없는

일이지."

왠지 복잡한 세계에 발을 들여놓은 듯한 느낌이다. 전혀 적응되지

않는 분위기와 음식들. 그리고 한마디도 하지 않는 보혁이. 답답한

마음에 앞에 있는 와인을 마셔보았다. 이것도 술이라고 조금씩 어지

러워진다. 이러다 사고치는 거 아닌지 모르겠다. ——;;;

와인이란 걸 태어나서 처음으로 마셔본 데다가, 긴장된 나머지 꼴

깍꼴깍 마구 마시다 보니 취기가 돈다. 살짝 눈이 풀려 앞이 흐릿하

게 보일 때쯤 소곤거리던 애들의 목소리가 커짐을 느꼈다. 누군가 온

모양이다. 새하얀 세미 치마 정장을 깔끔하게 차려입은 여자 아이가

흐릿하게 시야에 들어온다. 얼굴은 온통 하얗고 커다란 눈만 튀는 걸

보니… 도희인가 보다. 왠지 도희도 나를 쳐다보는 시선이 느껴졌다. 반쯤 풀린 눈으로 도희를 바라보는데 도희의 목소리가 앙칼지게 들려왔다.

"소아랑도 아버지가 대기업 사장인가 보지? 어떻게 이 자리에 있지? 내가 알기론 아닌데."

순간 움찔했다. 내가 낄 자리는 처음부터 아니었는데 말이다. 하지만 보혁이 앞에서 가난한 티를 내고 싶지는 않다. 하나밖에 없는 아빠가 창피하다고 느껴본 적도 한 번도 없다. 그런데 우리 나라보다 더 못사는 나라에 가서 돈을 벌고 계신 아빠를 떠올리니 순간 너무 자존심이 상했다. 모두들 심상치 않은 분위기에 숨을 죽였다. 보혁이마저 와인을 마실 뿐이다. 그러는 중에도 도희의 말은 이어졌다.

"보혁이가 소아랑 널 맘에 들어한다길래 얼마나 대단한 집의 딸인지 좀 알아봤거든? 뒷조사해서 미안해. 우선 그 점은 사과할게. 근데 너에 대해서 알고 나니까 불안함이 사라졌어. 보혁이를 뺏길 리가 없다고 확신했지. 그런 집안 출신으론 보혁이네 부모님이 0.1%도 허락할 리가 없거든."

도희의 단호한 말에 눈물이 날 만큼 너무 창피하고 분했다. 하지만 사실이기에 아무런 말도 할 수 없다. 나오려는 눈물을 억지로 삼키며 참는 수밖에……. 그때 보혁이의 낮은 음성이 퍼진다.

"진도희, 시끄러워. 니한테 소아랑에 대해 알아오라고 부탁한 적 없어."

보혁이의 그 말에 마음이 따뜻해져 와서 금방이라도 내 눈에서 눈물이 뚝뚝 떨어질 것만 같았다.

"보혁아, 그렇게 말해도 너 역시 알잖아? 한때나마 잠시 사귀는 거라면 나 그냥 이해해 줄게. 어차피 너희 둘은 헤어지게 되어 있어. 너희 부모님이 소아랑이랑 사귄다는 사실을 알면 당장 무슨 조치를 취할지 모르잖아. 안 그래?"

"니가 상관할 일 아니야."

"왜 상관할 일이 아니야? 어차피 우린 고등학교 졸업하면 유학도 같이 갈 거구 커서 결혼할 사이잖아. 그때까지 잠깐 사귀면서 즐기는 건 내버려 두겠어. 하지만 너무 진지해지진 마. 어차피 우린 집안끼리도 정혼한 사이니까."

정… 혼… 이라구?? 도희랑 보혁이가 정혼한 사이?? 역시 재벌가들은 정말 엄청나구나. 나 따윈… 나 따위는 상대도 안 돼. 그런 핀잔 속에서도 나는 계속해서 와인만 들이켰다. 그런 내 모습이 걱정되었는지 천우가 살짝 내게 말한다.

"야, 암소! 너 너무 많이 마시는 거 아니야? 벌써 얼굴 빨개. 아니, 지금 눈까지 빨개."

"헤헤. 괜찮아."

사실 해롱해롱 정신이 하나도 없다. 지금 내가 이 자리에 있는 것 자체가 너무너무 부담스러웠다. 내가 뭐 때문에 이 많은 사람들 앞에서 이런 망신을 당하고 있어야 하는 건지. 아주 조금이지만 여기로 데려온 보혁이가 원망스러웠다. 도희가 정혼이란 말을 꺼냈음에도 불구하고 아무런 대꾸가 없는 것은 보혁이도 그 사실을 인정한다는 건가? 하긴 무엇보다 보혁이가 도희를 좋아했었던 건 사실이니까. 어쩌면 난 정말 한낱 즐기기 위해 사귀는 상대에 불과할지도 몰라. 벌써부터 이렇게 약해져서 앞으로 보혁이랑 예쁜 사랑을 할 수 있을까? 도희는 또다시 시선을 나에게로 굳히더니 입을 열었다.

"소아랑, 너도 보혁이에게 너무 깊이 빠져들지 말기 바래. 어차피 보혁인 내게로 돌아오게 되어 있어. 내 눈에 거슬리지 않았으면 좋겠어. 너희는 헤어지게 되어 있으니까 너무 많은 정은 안 주는 게 좋을 거야. 푸훗."

도희의 비웃음에 울컥 화가 났다. 난 술기운을 빌려 겨우 말을 할 수 있었다.

"어차피 헤어지게 되어 있으니까라구? 그렇게 자신만만한 사람이 왜 자기 남자 하나 붙잡지 못할까? 양보하는 척 웃고 있지만 속으론 애가 타고 답답하지? 착한 척 여유 부리지 말기 바래. 내가 너처럼 이쁜 것도 아니고, 집안이 빵빵한 것도 아니지만 적어도 보혁이를 위하는 마음은 너와 비교할 수 없을 만큼 내가 더 낫다고 생각해. 그런 너한테 우리 둘 사이의 정 문제에 대해 듣는 거, 반갑지 않아."

"니가 보혁이와 내 사이를 알면 얼마나 안다고 그래? 너 같은 애는 상상조차 할 수 없을 만큼 친밀한 사이라구!! 너야말로 우리 사이에 함부로 끼어들어서 날뛰는 주제에 웃긴다~ 어디서 건방지게 잘난 척이야? 주제 파악이나 해!"

"주제 파악은 국어 시간에 하기 바래! 정말로 도희 니가 보혁이를 사랑하는 거라면 이렇게 행동하지 않을걸? 넌 단순히 보혁이를 소유하고 싶은 것뿐이잖아!!"

"소유하고 싶은 것뿐이라 해도 너 따위가 상관할 일 아니야! 주제 파악을 국어 시간에나 하라구? 웃기고 있다, 진짜. 그래~ 내 주제 파악은 국어 시간에만 해도 되지만, 넌 평생 해야될걸? 이 가난뱅이 어미없는 계집애야!"

그 말에 순간 눈물이 뚝 떨어졌다. 가… 가난뱅이 어미없는 계집애. 어떻게… 어떻게 그런 말을 쉽게 할 수가……. 아주 깊게 베일 상처의 말을 어떻게 저렇게 눈 하나 깜짝 안 하고……. 분해! 흑흑… 너무너무 분해! ㅜㅜ 입도 채 다물지 못하고 눈물을 뚝뚝 흘렸다. 그때 보혁이가 무슨 말인가 하려는데 천우가 와인 잔을 들고 자리에서 일어나 벌떡 도희에게로 다가간다.

터벅! 터벅! 터벅! 촤악—

성큼성큼 걸어가서 와인이 담긴 유리잔을 도희에게 붓는다. 도희의 얼굴은 와인에 젖어 엉망이 되고, 천우의 무서운 말투가 이어졌다.

"진도희, 어떻게 그런 말을 할 수가 있지? 너네 집 대단한 집안이라서 남한테 함부로 말하는 버릇도 가르치더냐? 남한테 어미 없는 자식이라느니 가난뱅이니 어쩌느니 그 딴 말을 아무렇지도 않게 내뱉으라고 배웠어? 너 그 정도밖에 안 돼먹은 여자애였냐? 그 딴 말한 번만 더 함부로 지껄였다간 그 잘난 얼굴에 흠집날 줄 알아라. 농담하는 거 아니야. 알았어?"

천우의 저런 무서운 얼굴은 처음 본다. 마치 도희를 잡아삼킬 듯한 표정으로 무섭게 말을 하는데 소름이 끼칠 정도였다. 서러움에 눈물만 뚝뚝 흘리고 있는 나는 내 자신이 한심하기 짝이 없었다. 도희는 젖은 채 멍하게 천우를 바라보고 그러는 사이 보혁이도 낮은 음성을 내뱉는다.

"소아랑, 울지 마."

ㅜ.ㅜ 흑! 안 울려고 해도 너무너무 분하고, 너무 서러워서… 흐읙! 너무해. 너무해. 그때 천우도 내게 한마디 한다.

"암소, 울지 마. 진도희같이 썩은 눈에서 눈물나는 거야 무시해 버리면 그만이지만, 니가 뭐 때문에 그런 맑은 눈에서 눈물을 짜내는 거야? 니가 도희보다 못 나긴 뭐가 못 나? 내가 보기엔 도희 눈은 썩었어. 전혀 아름답지 않아. 니 눈이 훨씬 더 아름다워. 니 눈은 도희네 집을 다 팔아도 살 수 없는 그런 가치가 있는 눈이야. 그런 눈으로 눈물 흘리지 마."

"흐읙… 흑……."

계속해서 서러운 눈물이 흘러내리고 도희는 젖은 채로 분한 얼굴을 하고 있었다. 보혁이가 살짝 자리에서 일어나더니 도희를 향해 말했다.

"진도희, 두 번 다시 내 앞에 얼쩡거리지 마. 우연이라도 마주치는 날엔 기만 안 둬. 학교에서 마주쳐도 절대 아는 척하지 마. 재수없어. 누구도 내 여자 못 울려. 내 여자 울리는 인간들은 전부 쓰레기로 만들어줄 테니까 단단히 각오해."

보혁이의 은빛 머리칼 속에 강한 살기가 역력했다. 나를 위해 이렇게 감싸주는 것이 내겐 얼마나 큰 행복인지. 그 모습에 감동해서 더 더욱 눈물을 멈출 수 없었다. 보혁이의 말을 듣고 도희는 그제야 눈물을 뚝뚝 흘린다.

"흑. 보혁아, 미안해. 내가 말이 지나쳤어. 용서해. 하지만 내게 그렇게 냉정하게 하지 마."

"내 여자를 위해서라면 집안 따윈 상관없어. 이제 더 이상 이런 자리에도 나오지 않을 거야. 불쌍한 척 가증스럽게 쳐다보지 마. 그 모습이 이젠 더없이 추한 너니까."

냉정한 보혁이의 말에 힘이 풀렸는지 그 자리에 주저앉고 마는 도희. 천우는 그런 도희를 쳐다보다 이내 외면해 버린다. 그때 아주 무섭게 생긴 아저씨 한 분이 등장했다. 굉장히 거만한 모습. 모두의 얼굴이 순간 경직되더니 침을 꼴깍 삼킨다. 대체 왜 그러지?? 모두 자리에서 일어나서 90도 각도로 인사를 하고는 식은땀을 흘리고 있는 게 보인다. 이 안이 그렇게 덥지도 않은데 대체 왜들 저렇게 긴장하는 거지?? 그 모습에 멀뚱히 있는 나. 대체 저 아저씨는 누구지? 가만히 보혁이 쪽을 쳐다보니 보혁이까지 당황한 눈치다. 이런 보혁이 표정은 처음 보기에 왠지 긴장이 되었다. 그리고 보혁이가 이내 천천히 입을 열었다.

"아, 아버지."

그, 그렇다면 저 무섭게 생긴 아저씨가 보혁이의 아버지?? ㅜ.ㅜ 허거거걱! 보혁이의 말은 뒤로한 채 무섭게 생긴 그 아저씨는 쓰러진 도희를 쳐다본다.

"도희 아니냐? 이게 어떻게 된 거냐! 보혁이, 니가 어서 병원으로 옮기거라!"

"……."

인상을 쓰시며 얘기하는데도 불구하고 보혁이는 아무런 대꾸가 없다.

"뭐 하고 있는 거야!! 어서 옮기지 않고!! 녀석들 모두 잘 지내고 있나 싶어서 들렀더니 이게 무슨 일이냐? 무슨 일이 있었는지는 나중에 보고하도록 하고 보혁이 넌 어서 도희를 병원으로 옮기거라."

"경호원들 시키시면 안 됩니까?"

그 말에 돌아서다 말고 보혁이 아버지는 보혁이를 노려본다. 그 눈빛이 등골이 오싹해질 정도로 무서웠다. 저런 분이 보혁이네 아버지구나. 무, 무서워.

"보혁이 네 이놈! 너 방금 무어라 했느냐?"

"경호원들도 많은데 굳이 제가 챙길 필요가……."

터벅! 터벅!

보혁이 아버지께서 보혁이 쪽으로 다가오시더니,

짝─!!

보혁이의 뺨을 힘껏 후려치셨다. 고개가 돌아감과 동시에 흩날리는 은빛 머리칼. 난 너무 놀라 눈물 한줄기가 뚝 떨어졌다.

"건방진 노무 자식. 아비가 한번 말하면 들이아지 어디서 꼬리를 달아! 당장 도희를 병원으로 옮겨!!"

"……."

모두 입을 다물지 못한 채 감히 쳐다보지도 못한다. 보혁이는 말없이 천천히 도희를 안아 올린다. 그리고는 천우를 쳐다보더니 내 쪽으로 눈짓을 한다. 나를 부탁한다는 듯. 보혁이 품에 안긴 도희가 살짝 실눈을 뜬 모습을 본 건 나뿐인 게 너무 억울했다. 보혁이가 맞는 걸 보자 마음이 아파 미칠 것만 같았다. 그렇게 보혁이는 사라지고 보혁이 아버지는 한말씀 하셨다.

"흠흠! 모두들 유명한 대기업 자제분들이니까 각별히 말과 행동에 주의하도록 하세요."

그렇게 나가시자마자 모두들 긴장이 풀린 듯 숨을 크게 내쉰다. 모두 이렇게 바짝 긴장할 만큼 보혁이 아버지는 대단하고 무서우신 분이구나. 보혁아, 많이 아프지. 어떡해. ㅜㅜ 모두 분위기가 깨졌다는 듯 한숨을 쉬더니 옷을 주섬주섬 챙겨 입고 하나둘씩 나간다. 그러는 사이 신규 녀석이 천우에게 말한다.

"야, 성천우. 나 먼저 간다. 들릴 데가 있거든. ㅋㅋㅋ"

"——; 뭐가 좋아서 그렇게 싱글벙글이냐? 보혁이도 저렇게 된 마당에."

"흐흐. 이 몸이 인기가 좀 많아서리."

"또 여자 만나러 가냐? 이 야밤에?"

"뭘 모르네~ 여자는 야밤에 만나야 하는 거라구."

"-_-; 변태 자슥."

"흐흐. 어쨌든 난 간다~"

신규는 그렇게 쌩~ 하고 사라졌다.

어느새 그 많던 귀족(?)들은 다들 사라지고 없다. 천우와 나만 그 자리에 멍하게 서 있을 뿐이다. 그 침묵을 천우가 먼저 깬다.

"놀랐지!"

"으응."

"보혁이 아버지 대단한 분이셔. 여기 모인 사람들 중에서 가장 큰 기업을 가지고 계시니까. 백화점만 해도 몇 채나 가지고 계셔. 그런 분이니까 냉정하기도 엄청 냉정하고, 무섭기도 엄청 무섭지. 보혁이 아버지만 나타나면 다들 쫄아서 뻣뻣하게 굴잖냐~"

"너무 무서웠어."

"그렇다고 주눅 들 거 없어~ 평범한 게 뭐 죄냐? 보혁이도 아버지 말이라면 어쩔 수 없으니까 오늘은 니가 이해해라."

"으응. 이해해야지. 하지만 나 이대로 정말 보혁이랑……."

"약한 소리 하지 마라. 그런 상담이라면 나도 듣다가 기운 빠져. 그냥 멋진 도련님 하나 낚았다고 생각해~"

"――; 난 바람순이 아니야~ 그런 걸 바라고 누굴 좋아하거나 하지 않는다구."

"그래도 알거지 사귀는 것보다야 낫지 않겠냐?"

"――;; 돈 문제가 아니야."

"어쨌든 늦었으니까 미래다줄게."

"하늘비 가져왔어?"

"정장 입고 하늘비를 어떻게 타냐?"

"그럼 택시 타고 가게?"

"우리 집 차 있어. 기사가 대기하고 있어."

"그러고 보니 너도 이 자리에 낀 걸로 보아 있는 집 아들인가 부지?"

"뭐, 별로. 내 재산도 아니고 우리 아버지 꺼니까 그렇게 대단한 거 아니야."

"의외로 겸손하네? 잘난 척 뻐길 줄 알았는데."

"내가 무슨 왕자병인 줄 아냐?"

"아님 말구. 왜 미간에 주름은 잡구 그래~"

"주름 풀게 해주렴."

"가, 갈까? ^^;;"

천우 녀석과 옥신각신하며 그 레스토랑을 빠져나왔다. 고급스러운 검은색 긴~ 승용차가 눈에 들어왔다. 안에 탄 사람이 천우를 보더니 얼른 차에서 내려 뒷문을 열어주었다. 무슨 공주가 된 기분이다. -0-

천우네 차를 타고 시내를 거쳐 학교 앞에 도착했다. 차가 서자마자 기사 아저씨는 얼른 내려 또다시 우리가 내릴 문을 열어주었다 아~ 안 익숙하다. ——;; 이런 고급스런 차를 타보는 것도 처음이지만 이런 대우를 받는다는 게 참 어색했다. 난 타고난 서민인가 보다. 걸어다니거나 자전거가 더 편하니까 말이다. 쩝! 쓸데없는 생각을 하는 동안 천우가 말을 걸어왔다.

"뭘 그렇게 중얼거리냐? 다 왔어. 얼른 기숙사로 들어가자."

"응. 저기 근데……."

"왜?"

"보혁이… 어떻게 됐을까?"

"글쎄. 병원 바래다주고 오겠지 뭐."

"우씨~ 무책임하게시리."

"그럼 내가 보혁이를 책임져야 할 이유라도 있냐? 나 변태 아니야~"

"그런 뜻이 아니잖아~ 누가 그런 책임을 말한 거냐? 바부."

"니가 무책임하다며~"

"됐다, 됐어~ 어서 들어가자. 안 그래도 힘없어 죽겠는데. 아까 마신 와인 때문인지 속도 울렁거린단 말이야."

"——; 누가 마시랬남?"

"버리라고 따라놓은 거 아니잖아. 어라? 야! 같이 가~"

그렇게 천우 녀석의 뒤꽁무니를 총총 쫓아 기숙사에 도착했다. 천우 녀석 방에 들어오자마자 내가 있는 앞에서 아무렇지 않게 윗옷을 훌렁훌렁 벗는다.

"야!! 뭐 하는 거야? 이 변태! 색마!"

"——? 응?? 뭐가??"

"어, 어떻게 내가 보는 앞에서… >//< 난 몰라!!"

"남자 웃통 첨 보냐? 바지 벗기 전에 뒤돌아."

"ㄲㅑㅇㅏ~ 변태~"

고래고래 소리를 지르며 화장실로 뛰어들이 갔다 녀석이 다 갈아 입었을 거란 계산을 하고 화장실 문을 벌컥 연 순간,

"ㄲㅑㅇㅏ!! 까, 깜짝이야!! 바로 문 앞에 서 있으면 어떡해!"

"비켜. 씻을 거야."

"이 변태!! >//<"

"에효… 내가 변태 짓 한 게 뭐가 있다고 그런 소릴 들어야 하는 거냐?"

"하, 한 번만 더 내 앞에서 옷 벗어봐~ 때, 때려줄 거얏! >//<"

"너 자꾸 땍땍거릴 거야?"

"내가 뭘! 뭘! 뭘! >//< 이 변태!!"

"얼굴 새빨개져서 부끄러워하긴. 니가 자꾸 그러니까 안고 싶어지 잖아!!"

"뭐, 뭐??"

"비켜!! 나 씻을 거야."

나를 살짝 밀치더니 화장실문을 쾅 닫고 들어가버리는 천우. 서, 성천우…….

얼굴이 빨개진 채 그 자리에 굳어서 멍하게 한참을 서 있었다. 그 러다 정신을 차리고 천우 녀석이 씻고 나오기 전에 얼른 옷을 갈아입 었다. 막 옷을 다 갈아입은 순간 천우 녀석이 화장실 문을 벌컥 열고 나온다. 젖은 머리를 수건으로 닦으며 나오는 그 모습이 왠지 멋있어 보여서 잠시 멍했다. 장난기는 많지만 역시 저 녀석도 킹카야. 내 굳 은 시선을 보더니 천우 녀석이 장난스럽게 웃으며 말한다.

"왜 그렇게 봐? 씨~익. 섹시해 보이냐?"

"뭐? 바, 바보!! 누, 누가 섹시하, 하냐? 웃겨, 증말!! 나, 나 잘 거 야!!"

"ㅋㅋ 안 씻고?"

"아차, 비, 비켜! 나 씻을 거야."

천우 녀석 장난스럽게 웃으며 비켜준다. 화장실에 들어가자마자 물을 세게 틀어놓고 세수를 했다.

어푸! 어푸!

바보. 왜 얼굴이 빨개지는 거야! 보혁이도 아닌데……. 그, 그치만 저 자식 저렇게 멋있게 굴면… 그래두 나한텐 보혁이가 최고야!! 암~ 그렇구말구! 그런데 보혁인 괜찮을까? 아버지께 맞고 그렇게 도희를 안고 병원에 갔으니까… 도희를 안고. ──+

발끈─!!

일단 씻고 보자!! 세면을 마치고 화장실을 나오자 자기 침대로 안 올라가고 1층 신규 침대에 누워 이불도 안 덮고 자는 천우가 보인다.

"바보. 저러다 감기 걸리면 어쩌려구. 으차!"

나는 녀석이 밟고(?) 있는 이불을 끄집어 올려 덮어주었다. 턱까지 끌어 올려 살짝 탁탁 두드리고는 돌아서는데,

탁!

내 손목을 잡은 천우. 그에 반응해 난 천우 쪽을 돌아봤다.

"뭐, 뭐야?"

한참 멍하게 날 쳐다보더니…

"아, 미안. 질 자."

그리고는 벽 쪽으로 고개를 돌려 이불을 푹 덮어버린다. 뭐야, 방금 그 시선은… 차, 창피하게……. 난 조심스럽게 내 침대로 올라왔

다. 가만히 엄마가 주신 별 핀을 만지작거리며 보혁이가 오기를 기다리고 있었다. 보혁이는 대체 언제 돌아오는 거지? 시간이 꽤 늦었는데……

마음 많이 상했겠지? 그 많은 애들 앞에서 맞구. 히잉… 마음 아파. 이런저런 생각을 하고 있는데 자는 줄 알았던 천우가 말을 건다.

"소아랑."

"어? 너 안 잤어?"

"저기……."

"응? 뭐야?"

"후… 아니야, 아무것도……."

"뭐야~ 싱겁게~ 궁금하게 만들지 말고 빨리 말해~"

"궁금해?"

"-_- 그럼 중간에 말 끊었는데 안 궁금하겠어?"

"듣고 후회하지 마."

"뭔데 그래~ 답답하게 굴지 말고 빨리 말해."

"그러니까 그게……."

사뭇 진지해진 천우의 목소리에 내가 무얼 기대한 걸까? 다시 한 번 날 좋아한다는 그런 말을 기대하고 있는 걸까? 괜스레 침이 꼴깍 삼켜졌다. 천우의 음성이 이어져 왔다.

"나… 나……."

"천우야, 난 보혁이가……."

"나 배고파. ——;;"

"-_-;; 캑! 뭐라고?"

"라면 하나 끓여줄 수 없나?"

"-_-;; 니가 끓여 먹어!!"

"좀 끓여주면 덧나냐? 왜 소리를 지르고 그래?"

"그럼 지금 이 시점에 응~ 알겠어~ 할 것 같아?"

"——? 그럼 무슨 말 나올 줄 알았는데? 뭘 기대한 거야, 너~"

"뭐, 뭘 기대하긴!! 기대 같은 건 안 했어! —//— 알았어! 라면 끓여 오면 되잖아~ 우씨."

하는 수 없이 조심스럽게 침대에서 내려와 방문을 열고 식당으로 향했다. 소아랑! 정신 차려. 대체 뭘 기대한 거야? 바보같이 천우가 무슨 말 하길 기대한 거야?! 나한텐 보혁이가 있는데 왜 저 녀석이 은 근히 멋있어 보이지? 아무리 좋아보이던 것도 내 손에 넣으면 싫증 난다고 보혁이가 나한테 왔으니까 벌써 다른 사람이 눈에 차는 거 야? 그럴 리가 없어!! 난 그런 애가 아니라구!! 처음부터 보혁이만 맘 에 있었다구~ 암~ 그렇구말구~ 그런데 왜 바보같이 아까부터 얼 굴이 빨개져서는… 우씨!

마음의 정리도 제대로 하지 못한 채 투덜거리며 식당에 도착했다. 식당 불을 조심스럽게 켜서 냄비에 물을 올렸다. 라면 봉지를 뜯어놓 았다. 완전히 난 하녀야. ——; 기숙사 들어온 첫날부터 저 녀석 뒷바 라지를 해줬으니. 우씨, 도희한테 철저히 무시당할 때 구해준 게 고 마워서 감동했더니만 부려먹으려고 도와준 게 틀림 없다. 나쁜 놈. 성천우 바보바보~ 멍청이~ 성천우 메롱~ 성천우, 변태! 색마! 성

천우는~ 바보래요~ 성천우는 바보래요~

궁시렁궁시렁 천우 욕을 하는 사이 어느새 물이 끓고 면과 스프는 물 속에 풍덩~ 헤엄치게 되었다. 천우 똥깨~ 천우 말미잘~ 천우 해삼~ 천우는요~ 바부말랭이래요~ 흥얼흥얼 천우 욕으로 가사한 노래를 흥얼거리며 라면을 들고 방으로 향했다. 조심스럽게 방문을 열고 들어가서는,

"다 됐어~ 어서 먹어!"

"ZZZZ……."

어.랍.쇼? 이게 라면 끓여오라고 시켜놓고 잠을 자? 나는 라면을 탁자 위에 올려놓고 천우에게 다가가 흔들흔들 깨우기 시작했다.

"야야~ 일어나~ 니가 라면 끓여오랬잖아~ 그래 놓고 자는 게 어딨냐? 빨리 일어나란 말이야~ 야~"

"ZZZZ……."

"――^ 이 나쁜 놈아!! 니가 배고프다고 라면 끓여오래매? 야!! 빨리 안 일어나? 라면 다 불어!!"

천우 녀석 꼼짝도 하지 않는다.

"너 안 일어나면 뜨거운 라면 국물 들이붓는다~"

"음냐~ 음냐~ ZZZZ……."

"너 계속 이럴 거야??"

아무리 흔들고 소리를 질러도 녀석 아무 반응이 없다.

"좋아! 니 마음대로 해~ 나 혼자 다 먹을 거야!! 나한테 한 번만 더 라면 끓여달라고 해봐라!! 라면 국물로 마사지해 줄 테다!"

헐! 그러고 보니 내가 언제부터 이렇게 사악해졌지? 난 천우 놈한
테만 사악해!! 다른 애들한테는 말도 잘 못하는데. 저 자식은 성질 돋
우는데 뭐가 있다니까!! 아유, 증말!! 하는 수 없이 청승맞게 혼자 후
루룩후루룩 라면을 먹기 시작했다. 우씨, 밤에 라면 먹고 자면 얼굴
붓는뎅. 나쁜 천우 시키.

라면을 먹고 식당으로 다시 가서 치우고 다시 돌아와 방문을 열자
술 냄새가 풍겨져 왔다.

"어?? 보, 보혁아, 왔어?"

침대에 기대앉아 있던 보혁이가 갑자기 일어서더니 나를 벽에 몰
아붙이고…

"보, 보혁아. 으읍!"

보혁이와 나와의 두 번째 키스. 그런데… 욱! 술 냄새. 대체 왜 이
렇게 마셔댄 거야? 수, 숨 막혀. 보혁아, 수, 숨 막혀. >//< 나는 살기
위해 몸부림쳤다. 보혁이의 키스가 싫었던 건 아니지만 숨이 막혀서
도저히 못 참겠다. 하는 수 없이 있는 힘껏 보혁이를 밀쳤다.

탁!

"하… 수, 숨 막혀 죽을 뻔했잖아."

"미안… 미안하다."

그러면서 왠지 쓸쓸하게 돌아서 화장실로 들어가는 보혁. 대체 술
을 얼마나 마신 걸까? 그때까지만 해도 자는 줄 알았던 천우가 갑자
기 귀신처럼 스륵 일어나서 앉더니,

"좋으면서 왜 밀쳐 냈냐? 씨~익."

"뭐? 봐, 봤어? 그, 그러니까 그게… 수, 숨도 막히고… 그… 야, 임마! 넌 안 자면서 왜 라면 먹으라고 했는데 안 일어나!"

"——; 그땐 잤어."

"-_-+ 너 그게 말이 된다고 생각하니? 그렇게 고래고래 소리 질렀는데두 안 일어났음서!!"

"보혁이가 비틀대면서 들어와서 의자를 쓰러뜨리는 바람에 그 소리에 깼어."

"아이고~ 퍽도 민감하십니다요~"

"그나저나 좋았겠네~ 그렇게 사랑하는 보혁이와 키스를 해보다니 말이야."

어쩐지 비꼬는 듯한 느낌을 받은 건 내 착각일까? 질투하는 거니, 성천우? 그런 거야? 왜… 왜 은근히 기분이 좋은 걸까? 바보같이……. 머리를 쓸어 올리며 나를 똑바로 쳐다보는 천우의 시선이 따가웠다.

"뭐, 뭘 그렇게 보는 거야?"

직감적으로 천우가 내 입술을 뚫어져라 쳐다보는 걸 알 수 있었다. 반사적으로 고개를 휙 돌려 버렸다.

"자, 잘 거야!! 그, 그리고 라면 끓여달라고 한 번만 더 해봐라. 때, 때려줄 거야!!"

"바보……."

애써 무시하고 내 침대로 올라왔다. 천우 녀석 하필 그때 깰 게 뭐람? 우씨. 천우의 시선을 느끼며 겨우겨우 잠이 들었다.

다음날 아침. 교복을 차려입고 교실로 걸어가는 발걸음이 무겁다. 도희를 보는 것이 불편하기 때문이다. 솔직히 어제 도희가 한 말 때문에 보혁이를 뺏은 것 같아 미안했던 감정이 이제는 미움으로 바뀌고 있었다. 어미 없는 자식이라는 말은 보통 심장인 사람이 쉽게 내뱉을 수 없는 말인데… 본인을 앞에 두고 그런 말을 할 수 있을 애인 줄은 정말 상상도 못했어. 가증스럽게 기절한 척 보혁이에게 안겨서 병원에 가고… 아무리 생각해도 기분 나빠!!

이런저런 복잡한 생각을 하며 교실 안으로 들어서니 교련이가 제일먼저 내게 달려온다.

"아랑아~ 어떻게 된 거야? 너 진짜 보혁이랑 사귀는 거였어?"

"아, 응. 그, 그렇게 됐어."

"그랬구나. 진짜 깜짝 놀랐잖아~ 나한테 귀띔이라도 해주지~"

"아, 미안미안. 그럴 겨를이 없었어. 이래저래 복잡해서……."

"그래? 그나저나 어제 신규한테서 전화왔더라."

"신규?? 그… 그 애—맘 같아선 그 자식이 왜? 라고 하고 싶지만—가 왜??"

"뭐 남자 친구 있냐면서 자기랑 한번 사귀어보재~"

"그, 그래? 그래서?"

"생각해 보겠다고 했지 뭐~"

"그렇구나. 어쩔 생각인데?"

"아직 모르겠어~ 그냥 얼떨떨하고 왠지 바람기 많은 애 같아서 믿음도 안 생기구."

교련이와 나의 다정한 대화에 맑은 물 흐리듯 반갑지 않은 미주가 끼어든다.

"놀구들 있네. 꼴에 잘난 듯 떠들기는~ 가증스러운 소심쟁이 기집애는 보혁이랑 사귄다고 수업도 빼먹고 나가 버리지 않나, 인기 좀 있다고 거들먹거리는 기집애는 겁없이 설쳐 대지 않나, 진짜 짜증나서 못 봐주겠네~"

살짝 미간에 주름이 잡히는 교련. 미주를 향해 쏘아붙인다.

"그런 걸 일일이 신경 쓰는 니가 더 웃겨~ 남에 일에 참견하기 좋아하는 아줌마 같네~ 능력있으면 니가 보혁이랑 사귀지 그랬냐? 그러지도 못했으면서 괜히 도희한테는 알랑방귀야. 웃겨, 증말~"

교련이의 말에 인상을 확 굳히고 다가오는 미주.

"너 말 다 했어? 뭐? 참견하기 좋아하는 아줌마??"

"그래, 내 말이 틀렸냐?"

"너 신규가 맘에 두고 있는 애만 아니었어도 벌써 내 손에 죽었어, 알아? 신규가 일진이라서 너 맘에 두고 있는 거 아는데도 건드릴 수 없어서 내버려 두는 거야!! 아냐구!!"

"아~ 그러서? 그거 눈물나게 고맙구만. 유치하게 일진 따위가 다 뭐람? 그래 봤자 신규한테 쫄아서 그런다는 소리네 뭐. 한심하기 짝이 없네, 진짜."

"뭐, 뭐야? 너 진짜 매운맛 좀 볼래?"

"매운맛? 어디 가서 고추장이라도 퍼오게? 아니, 됐어~ 사양

할래."

　오오~ 교련이의 말발 상당하구나. 신규 놈 생각보다 잘나가나 보네. 여자 일진들이 꼼짝 못하는 걸 보면. 그러고 보니 천우도 일진인데 싸움 같은 거 하고 다니는 거 아니야? 어라라?! 내가 왜 그놈 걱정을 하지? 우리 보혁이 걱정하는 것만으로도 벅찬데. 맞아, 친구니까 그냥 조금 신경이 쓰이는 거야. 흐흐. 그렇구말구. 그나저나 우리 보혁이는 어제 술을 많이 마셔서 속이 안 좋을 텐데… 매점 가서 음료수라도 좀 사 올까? 그런 생각을 하는 사이 도희가 까만 봉지를 들고 교실 안으로 들어오는 게 보인다. 교련이를 분한 얼굴로 노려보던 미주가 도희를 보더니 반가운 듯 뛰어간다.

　"어머~ 도희야, 왔어? ^^ 근데 그 까만 봉지는 뭐야?"

　도희는 자신이 들고 있는 까만 봉지를 들어 올리면서 나를 살짝 보더니 들으라는 듯 조금 큰 소리로 말한다.

　"아아~ 이거? 어제 보혁이랑 나랑 단둘이서 술을 좀 마셨거든. 근데 보혁이가 술을 좀 많이 마셔서 속이 안 좋을까 봐 약하구 음료수랑 먹을 거 좀 사 왔어."

　"어머나~ 도희는 역시 보혁이를 배려하는 마음이 깊구나~ 흐흐 천생연분이야~ 중간에 날파리가 끼어들어서 그렇지. 날파리야 뭐, 한 방에 죽일 수 있지 않겠어? 굳이 신경 쓸 거 없어~"

　"호호~ 그래그래. 이따가 보혁이 오면 줘야지. ^^"

　둘은 뭐가 그렇게 좋은지 깔깔대며 모여 앉는다. 그럼 내가 날파리란 말이야? 그리고 뭐? 어젯밤에 단둘이 술을 마셔?? 그렇게 만취가 되도록 도희랑 단둘이 있었단 말이야? 어젠 보혁이는 분명히 도희를 병원으로 옮기러 갔었는데. 둘이 나가서 같이 술을 마셔? 대체 어떻게 된 거야?? 몹시 혼란한데 미주와 도희의 대화가 들려왔다.

"어제 대기업 회장 자녀들 모임이 있는 날이었거든~ 그래서 참석했다가 보혁이랑 둘이 빠져나왔지~ 근데 글쎄 날파리도 와 있더라구~ 진짜 황당했어."

"어머어머, 그게 정말이니? 진짜 기가 막혔겠다~ 지가 어디라고 거길 왔다니? 그래서? 보혁이랑 어떻게 빠져나왔는데?"

"내가 몸이 좀 안 좋아서 편히 못 앉아 있었더니 보혁이가 걱정된다는 듯 달려와서 병원으로 가자고 하더라구. 그래서 둘이 빠져나왔지 뭐. 신동준 회장님께서도 오셔서 나를 예뻐해 주셨지~"

"뭐?? 신동준 회장님이라면 보혁이 아버님이자 신한그룹 회장님 말이야? 백화점도 3채나 가지고 계시다는 그분??"

"그래, 맞아~ 얼마나 나를 귀여워해 주시는지. 보혁이는 내가 걱정돼서 같이 나왔지 뭐."

"어머어머, 그럼 날파린 어떻게 됐는데?"

"알 게 뭐야? 알아서 집에 갔겠지. 가난해서 택시비는 있었나 몰라. 너무 불쌍한 나머지 천우가 데려다 줬을지도 모르지."

"어머어머, 천우가 왜?"

"그냥 동정심이라고나 할까? 원래 천우가 은근히 맘이 약하거든. 어차피 같은 방향인데 차 좀 태워주는 게 어렵겠어? 인심 써서 데려다 줬겠지 뭐."

"ㅎㅎㅎㅎ 그래, 맞아. 도희 너 너무 좋았겠다."

"응. 보혁이랑 밤늦게까지 술도 마시구 너무 좋았지. 빨리 보혁이가 와야 속 쓰리지 말라구 이거 줄 텐데."

까만 봉지를 들고 뭐가 그렇게 즐거운지 연신 낄낄대는 미주 패거리와 도희의 대화에 머리가 어질했다. 도희는 마치 보혁이가 자기를 배려해 주는 것처럼 꾸며서 말을 했지만 어제 상황은 사실 그게 아니었잖아! 하지만 그게 아니라고 말할 용기도 없고, 굳이 저런 애들한테 어제 상황을 설명해 줄 이유도 없다구!! 무엇보다 분한 건… 천우가 날 동정해서 바래다줬을 리가 없다구!! 기분 나빠. 어제부터 정말… 너무너무 기분 나빠!! 교련이는 나를 위로하듯 어깨를 두드리며,

"신경 쓰지 마. 저런 애들 말 100% 믿을 가치도 없고 귀에 담아두면 귀 썩어. 그냥 흘려버려."

"응. 고마워."

"아~ 그나저나 신규랑은 어떻게 하지? 고민되네."

신규의 고백을 받고 기쁘긴 기쁜지 들떠 있는 교련이를 느낄 수 있었다. 가만히 앉아서 궁시렁거리는 교련이를 뒤로하고 어제의 보혁이 아버님의 모습을 가만히 떠올렸다. 굉장히 무섭게 생긴 분이셨어. 보혁이를 그 많은 애들 앞에서 때리기까지 하셨지. 그런 분이 그런 대단한 기업 회장님이시라니. 그렇게 독하기 때문에 사업을 잘하신 걸까? 백화점 3개라… 3개… 3…….

헉—!! 뭐?? 백화점이 3개?? @ㅁ@ 아이고, 머리야~ 아, 진짜 머

리가 떵하다. 나 같은 애가 그런 집안의 아들을 사귄다는 게 과연 말이나 되는 걸까? 역시 보혁이는 도희 같은 애와 어울리는 걸까? 아니야!! 도희처럼 이기적이고 청순한 척 가증스런 애가 나의 보혁이와 어울린다니 말도 안 돼! 보혁이와 도희가 어울리는 건 그저 겉모습과 배경뿐이잖아!! 그래, 맞아!! 하, 하지만 난… 겉모습도… 배경도… 전혀 어울리지 않는걸? 점점… 자신이 없어. 한숨을 내쉬는 것밖에 할 수 있는 일이 없던 나는 가만히 책상 위에 엎드렸다.

잠시 후 도희의 밝은 목소리가 들려왔다.

"어머~ 보혁아, 왔어? ^-^ 이거 받아~ 어제 술 많이 마셨지? 이거 먹구 속 좀 풀어~ 응? ^^"

도희가 보혁이를 부르는 소리를 듣고 얼른 바른 자세로 앉았다. 그리고 도희와 보혁이가 있는 쪽을 바라보았다.

"……."

터벅터벅—

아무 말 없이 도희를 벌레 보듯 무시한 채 내 옆 자리로 다가와 앉는 보혁. 멋있당. 너무 멋있어 미치겠어.

어제 갑자기 키스한 거 때문에 민망해서 제대로 얼굴을 볼 수가 없다. 물론 평소에도 얼굴을 제대로 쳐다본 적은 없다만. ——;; 그냥 멍하게 고개를 살짝 숙인 채 보혁이의 반대쪽을 쳐다보는 나에게 보혁이는 말했다.

"나 속 쓰려. 뭐 없어?"

"어? 아… 미, 미안. 준비 못했어. 사, 사 오려고 했는데… 그게…

그, 그러니까⋯⋯."

"피~식. 농담이야."

"아⋯ 미, 미안해."

보혁이가 나한테 농담을? 징짜 울트라 나이스 캡숑 기분 짱짱 좋다~ 그런 내 기부을 망치려는 듯 도희가 보혁이에게 다가간다.

"보혁아, 내가 이거 사 왔으니까 이거 먹어. 그럼 속 안 쓰릴 거야."

삑. 삑. 삑.

도희의 말을 무시한 채 보혁이는 자신의 휴대폰을 꺼내 어디론가 전화를 건다. 도희는 무안했는지 잠시 멍하게 서 있을 뿐이다. 그 모습을 미주네 패거리들이 안타깝게 쳐다보고 있었다. 교련이는 숨죽여 키득거리고 왠지 나까지 무안해져 고개를 들 수가 없다. 전화기를 들고 있던 보혁이의 음성이 들린다. 상대방이 전화를 받았는지 말을 하는 보혁.

"어~ 여보세요? 나 보혁인데, 지금 잠깐 우리 반 교실로 와."

그렇게 보혁이의 통화는 간단하게 끝났다. 누구한테 이리로 오라고 한 걸까? 설마 그 웬수 콤비는 아니겠지? 전화 통화를 마친 보혁이를 보자 도희는 다시 한 번 보혁이에게 말했다.

"저기 보혁아, 이런 약 싫어해? 아니면 음료수 줄까? 음료수도 있어. 여기. 사이다 있어~ 마셔~ 응?"

가만히 도희가 들고 있는 사이다를 쳐다보는 보혁. 또다시 부시할 줄 알았는데 사이다를 받아 든다. -_-+ 살짝 기분 나쁘다. 사이다를 받은 보혁이 모습에 기뻤는지 도희는 금세 밝은 목소리로 말을 잇는다.

"^-^ 음료수가 마시고 싶었던 거구나? 헤헤. 시원할 때 얼른 마셔."

치, 저깟 음료수 나도 사줄 수 있는데. 보혁이, 바부~ 도희 같은 애가 준 음료수를 왜 받는 거야! 히잉. 하지만 그렇게 따지고 들 용기는 없다. ——;; 아주 조금이지만 도희가 준 음료수를 받아 든 보혁이가 얄밉다고 생각하고 있는데 보혁이의 음성이 들려왔다.

"고맙다, 진도희. 우리 혁이 갖다줄게."

"뭐? 혁이?? 아~ 네 오토바이 말이야? 그런데 그걸 어떻게 혁이한테… 0_0??"

도희의 의아한단 시선을 외면한 채 보혁이는 나에게 사이다를 건네주더니 입을 연다.

"이따가 혁이한테 같이 가자. 알았지? 니가 혁이한테 잘 주잖아. 피~식."

보, 보혁아……. ㄲㅑㅇㅏ~ 내가 미쵸. ㅜㅜ 우리 보혁인 왜 이렇게 멋있는 거야?! 얼굴이 새빨개진 채 사이다를 받아 들었다. 그때까지도 무슨 소린지 도저히 모르겠다는 듯 도희의 표정은 굳어 있었다. 무엇보다 나를 향해 보내준 보혁이의 미소. >//< 천사가 따로 없다, 진짜. ㄲㅑㅇㅏ. 사이다를 들고 살짝 웃으며 보혁이를 쳐다보았다. 보혁이는 피식 웃어주더니 이내 도희를 쳐다보며 한마디 한다.

"아직도 줄 거 남았냐? 없음 그만 니 자리로 가지 그래?"

우와~ 통쾌하다. 첨엔 도희에 대해 미운 감정은 없었는데 이젠 너무너무 밉다. 왠지 보혁이가 어제 당한 내 수모를 대신 복수해 주는 것 같아서 기뻤다. 무안해하던 도희는 나를 한 번 노려보더니 자리에 앉는다. 막 우리 상황이 종료될 때쯤 복도에서 여자애들의 비명에 가까운 환호 소리가 들린다.

"ㄲㅑㅇㅏ!! 성천우야!! 최신규도 왔어~"

"와!! 진짜 멋있다~ ㄲㅑ~ 보혁이는 무서워서 소리도 못 지르지만 저 애들은 하여튼 너무 멋있어~ ㄲㅑ~"

——; 웬수 콤비 등장 한번 요란스럽군. 저 자식들이 우리 교실엔 웬일이래? 설마 아까 보혁이가 전화로 부른 애들이 저 웬수들? 이럴 수가. 속 시끄러워, 정말. 쩝. 천우 녀석은 교실로 들어오자마자 나를 쳐다보더니,

"어이, 암소~ 굿모닝~ ㅋㅑㅋㅑ."

"——; 그, 그래. 안녕?"

천우가 날 보며 인사하는 게 못마땅했는지 미주는 자기 패거리에게 중얼거린다.

"웬일이니, 천우가 저런 애한테 인사를 먼저 하고? 진짜 재수없다, 애~"

"맞아맞아. 뭐야, 진짜~"

그 말을 무시하고 애써 태연한 척 앉아 있었다. 신규 녀석은 내 뒤에 앉은 교련이를 보더니 입이 귀에 걸린다. ——;;

"오우~ 내 사랑 교련~ 아침부터 보는구려. 으하하하! ^0^"

——;; 내 사랑 교련? 헐! 저런 말을 잘도 하네? 느끼대마왕 탄생
이다, 쩝. 교련이도 나와 같은 생각이었는지 얼굴을 굳히며 신규에게
말한다.

"내가 왜 니 사랑이야? 그렇게 느끼하게 부르지 말기 바래!"

"에이~ 왜 그래~ 우리 어차피 곧 사귈 사인데. 안 그래?"

"—//— 누, 누가 너 같은 거랑 사귄대? 웃겨, 진짜!!"

"ㅋㅋ 두고 봐~ 며칠 안으로 내 여자가 되어 있을 테니. 흐흐."

"—//— 우, 웃기지 마!"

말은 딱딱하게 하지만 교련이도 신규가 싫지는 않은 모양이다. 그
나저나 보혁이는 저런 웬수들을 교실로 불러서 무엇을 할 작정이지?
한참 교련이에게 정신이 팔려 난리를 치던 신규가 갑자기 내 손에 있
던 사이다를 낚아챈다.

"어? 저기… 그, 그건……."

타각!

"꿀꺽꿀꺽~ 아으, 목 따거……. ㅋㅑ~ 그래도 시원하다. 암소~
우리 나눠 마시자, 알았지? ㅎㅎ"

애야~ 그건 보통 뺏기 전에 하는 대사란다. ——;; 실컷 마시고
는 나눠 마시자고? 무엇보다 그건 혁이한테 줄 음료수란 말이야!!
우씨~ 인상을 마구 찌푸리고 있자 천우가 내게 한마디 한다.

"야, 암소~ 신규가 음료수 좀 뺏어 먹은 거 가지고 뭘 그렇게 정
색하고 있냐?"

"-_-+ 니가 몰라서 그렇지. 저거 혁이한테 가져다 줄 음료수였

단 말이야!"

"뭐? 혁이? 오토바이 말이야? 그 짓은 보혁이가 화낸다고 두 번 다시 안 한다며?"

"이제 해도 된댔어. ——;;"

보혁이의 표정이 살짝 어두워지더니 나와 천우를 번갈아 보며 말한다.

"나와 있었던 일들을 천우한테 일일이 말한 건가?"

"0_0 어? 아, 아니, 저기 그게 아니고 실은……."

"뭐, 별로 상관은 없지만……."

"보, 보혁아……."

분위기 파악 못하는 신규는 맛있게도 음료수를 다 마신다. 그러더니,

"흐흐. 야~ 오토바이가 입이 어딨냐? 무슨 오토바이에게 가져다 준다고 그래? 그냥 뺏기기 싫음 싫다고 곱게 말하면 될 것이지. 아~ 시원하답. ㅋㅑㅋㅑ."

"…뺏기기 싫다고 말하기도 전에 가져갔으면서……. ——;;"

"오오~ 암소, 마뉘 컸다? 말대꾸도 하네. 하하하! 이제 보혁이 여자 친구다 이거지? 흐흐."

——;; 그래. 나 마뉘 컸다, 이놈아. 이쒸, 지 때문에 괜히 보혁이한테 천우랑 내 사이 오해받구 있구만은!! 천우도 보혁이의 말에 조금 당황했는지 얼굴이 살짝 굳어 있다. 그러더니 이내 장난기 서린 얼굴로 보혁이에게 말한다.

"야야~ 신보혁~ 오해하지 마라~ 암소는 원래 단순해서 기분 좋은지 안 좋은지 얼굴에 다~ 표시나잖냐. 저번에 하도 싱글벙글하고 있길래 널 만나러 가는구나~ 했지. 근데 그날 또 다시 보니까 울고 있더라구~ 그래서 뭔가 일이 있나 하고 꼬치꼬치 캐물었더니 조금 말하다 말고 막 그랬는데 내가 대충 알아차려 버린 거야~ ㅋㅋ 안 그럼 이 소심쟁이 바보가 나한테 무슨 말을 하겠냐? 안 그러냐, 암소?"

"어? 아… 아… 으응."

내 어깨를 툭 치며 살짝 미소 짓는 천우의 눈에 왠지 슬픔이 묻어 있는 것 같았지만 그래도 나를 위해 보혁이에게 오해받지 않도록 잘 설명해 주는 천우가 고맙게 느껴졌다. 그 말에 보혁이는 단답형으로 대답한다.

"그래? 그렇군."

"그럼~ 자식~"

그제야 뭔가 분위기가 잠시 이상해진 걸 알았는지 신규 녀석이 황당한 말을 내뱉는다.

"혹시 보혁이 너 내가 니 여자 친구한테 사이다 뺏어 먹어서 화났냐?"

-_-;; 보혁이를 너 같은 애로 보지 말아주기 바래 하고 말하고 싶다. ——;; 아~ 입 간질거려. 천우는 어이없다는 듯 신규를 바라보고, 보혁이는 그런 신규를 향해 피식 웃으며 말한다.

"…아니, 괜찮아. 안 그래도 어떤 애가 준 음료수라 혁이 주기도 조금 찜찜했는데 잘됐지 뭐. 나중에 니가 하나 사 와라."

"뭐?? 이상한 애? 그게 누군데? 설마 이거 유통기한 지난 거야?"

——;; 얘야, 음료수는 웬만해서 유통기한이 안 지난단다~ 한번 만들어지면 몇 년씩 먹을 수 있거든~ 어휴라고 말하고 싶다고요!! 용기없는 내 자신이 싫다, 진짜. 으휴~ 보혁이도 그 말에 대한 대답은 하지 않고 한마디만 덧붙일 뿐이다.

"오늘 수업 마치고 매점에서 하나 사 와."

"- _-? 그래, 알았어~ 흠흠, 왠지 찜찜한걸?"

힐끔 도희를 보니 눈에 이슬이 맺힌 것이 보였다. 한때는 자신만을 바라보던 남자가… 이렇게 자신을 비참하게 만들고 있는데 나 같아도 눈물이 쏟아질 것이다. 조금 불쌍하단 생각도 들었다. 신규 녀석도 도희의 슬픈 눈을 봤는지 그냥 안 넘어간다.

"어? 진도희~ 그새 하품했냐? 왜 울려고 그러냐?"

신규 녀석의 철없는 한마디에 보혁이도, 천우도, 교련이도, 나도, 아니, 반 애들 모두 일제히 도희를 쳐다본다. 신규야, 니 덕에 도희가 참 힘들겠구나. 애써 슬픈 눈을 감추려는 듯 도희는 애처롭게 보혁이를 한번 힐끔 쳐다본다. 그 모습을 보고 신규 녀석은 또 생각없이 말을 내뱉는다.

"오호라~ 너 보혁이한테 차여서 그러는구나? ㅋㅑㅋㅑㅋ. 천하의 진도희가 뭐 그런 일에 신경을 쓰냐? 너 남자 많잖아~ 너 좋다고 줄 선 남자들 중에 괜찮은 놈도 수두룩할 텐데 굳이 보혁이한테 집착할 필요 없잖아? 안 그러냐, 천우야?"

그 장단에 한술 더 뜨는 천우.

"그렇지~ 그 많은 남자들을 하루에 세 명씩 만나도 한 달 안에 다 못 만날걸? 보혁이 같은 스타일이 좋다면 잘생긴 놈 하나 데려다가 은색으로 염색시키든지. 저렇게 청승 떨 거 뭐 있담~ ㅋㅋㅋㅋ"

보혁이는 말없이 도희의 시선을 피할 뿐이다. 신규와 천우의 말에 상처를 받은 듯 도희는 결국 눈물방울을 책상 위로 떨구고 말았다. 입장을 바꿔서 생각해 보면 정말 상처받을 일이다. 나 같아도 이 상황이면 못되게 굴 수도 있고, 또 서럽고 비참해서 눈물이 날 텐데. 친했던 친구들한테 저런 말을 듣는 기분이란… 직접 당하지 않아도 알 것 같다. 불쌍하다는 생각이 마구 들어서 동정의 말을 나도 모르게 내뱉고 말았다.

"너희들 그러지 마. 그래도 친한 친구 사이 아니야? 그런 식으로 말하면 여자들은 얼마나 마음이 아픈 줄 알아?"

내 말에 도희는 조금 놀란 듯 그 큰 눈을 더 동그랗게 뜨고 눈물을 뚝뚝 흘리며 나를 쳐다본다. 비참하게 울고 있는 모습마저 예쁜 도희. 나만 아니었어도 여전히 보혁이한테서 예쁨을 받고 지냈을 텐데. 어쩌면 이 모든 게 나 때문이니 나한테 못되게 굴 만한걸? 천우가 내 말을 듣고 입을 연다.

"여자들이 얼마나 마음이 아픈지는 몰라도 남자도 상처 안 받는다는 보장은 없어. 여자들의 지나친 욕심 때문에 진심을 무참히 밟히는 남자들의 마음을 생각해 봐. 친했던 친구 사이라고? 웃기지 말라고 그래. 이런 게 친했던 친구 사이라고 말한다면 난 친구 같은 거 하나도 필요없어! 적어도 예전에 진도희가 친했던 친구였다는 사실이 이제는 혐오스럽기까지 하다구!!"

천우의 그 말에 신규 녀석도 한마디 거든다.

"그래. 가식으로 사랑을 말하고 그 주변에 진심을 주는 남자들을 장식용으로 걸어두는 여자라면… 친구도 뭐도 될 수 없어. 그런 것들은 생각할 가치조차 없는 인간 말종이야. 재수없다구."

헐! 저 자식이 웬일이래? 저렇게 진지한 말을 다 하고…….

"하지만 그렇게까지 말하면 도희는 정말정말 상처받는다구. 여자들의 소유욕을 그렇게 나쁘게만 보지 말아줘. 어쩌면 자기 주변에 몰려든 좋은 남자들을 한 사람 때문에 다 포기해야 하는 그 현실이 슬퍼서 그러는 것일 수도 있잖아. 아니, 따지고 보면 모두에게 상처 주기 싫어서 한 사람에게만 정을 주지 못한 게 분명해! 같은 여자라서 그런지 몰라도 왠지 나, 알 것 같단 말이야……."

내 말에 천우랑 신규는 서로 마주 보더니 잠시 머뭇거린다. 그사이 보혁이의 낮은 음성이 들려왔다.

"어쨌든 한 사람만이라도 살릴 수 있었던 소중한 감정을 소아랑, 니가 말하는 그 여자들의 소유욕 때문에 단 한 사람조차 받아들여지지 못한 건 후회해도 늦은 거야."

보혁아… 너 정말 도희를 좋아했던 거구나. 참 많이 좋아한 거니? 내가 그 사이에 끼어들어도 되는 걸까?

"하지만 보혁아……."

그때 울고 있던 도희의 목소리가 크게 울린다.

"그만 해!! 동정 따윈 필요 없어!! 그래, 나 진짜 나쁜 애야! 한 사람에게 만족 못하고 괜찮은 애들한테 고백받을 때마다 전부 잃고 싶지 않은 생각에 친구로 지내자며 곁에 두었어!! 그게 그렇게 나빴다면 날 욕해도 좋아!! 하지만 동정 따윈 하지 마! 특히 소아랑, 너! 그렇게 내 입장을 다 안다는 듯 떠벌리지 마. 아무리 그렇게 말해도 너만은 절대 용서 안 해!! 절대로!!"

분한 얼굴로 눈물을 뚝뚝 흘리면서 나를 흘겨보는 도희. 슬픔과 원망과 분노의 마음이 눈빛에 그대로 드러나 있었다.

"동정하는 거 아니야. 나도… 나도 알 것 같아서… 그래서 그랬어. 상처받는 게 아픈 만큼… 상처 주는 사람도 힘든 거니까……."

"너 따위가 뭘 알아? 이렇게 될 줄 알았으면 나도 애초에 보혁이를 잡았다구!! 보혁이만 잡았을 거란 말이야!! 이 모든 게 너 때문이야. 너만 아니었으면 내가 이렇게 비참하게 후회할 일은 없었다구!!"

"미안… 해……."

그때 조심스럽게 대화에 끼어드는 보혁.

"사과하지 마, 소아랑. 니가 왜 사과를 해? 사과해야 할 사람은 진도희, 바로 너야! 너야말로 말 그 따식으로 함부로 하지 마. 그리고 그거 알아? 후회란 건 말이야, 아무리 빨리 해도 늦은 거야."

탁!

그렇게 말을 하곤 자리에서 일어나 교실을 나간다. 천우와 신규도 보혁이를 쳐다보더니 이내 내 어깨를 한번 툭 치고는 따라나선다. 도희는 책상에 엎드려 계속 흐느꼈다. 따가운 시선과 도희에 대한 미안한 감정 때문에 침을 삼키는 소리라도 크게 날까 봐 조심스러웠다. 후회는 아무리 빨래 해도 늦은 거다… 라고? 보혁아, 명언이야. ˆ0ˆ

보혁이는 그렇게 나가서 수업을 마치도록 들어오지 않았다. 선생님들은 어째서 보혁이가 오지 않아도 신경 쓰지 않는 걸까? 신경 쓰이면서도 신경 쓸 수가 없는 걸까? 후… 아직 어린 우리지만 이렇게 애틋한 감정을 키워 나가는 건 힘든 거로구나.

수업을 마치는 종이 울리자 교련이나 내 팔을 잡아당기며 말했다.

"아랑아, 우리 분식점 안 갈래?"

"분식점?"

"응. ˆ0ˆ 나 떡볶이 되게~ 좋아하거든. 갑자기 떡볶이가 먹고 싶어서 말이야."

"그. 그래. ^^"

"신난다~ ˆ0ˆ 고고고~ 떡볶이야, 기다려라~ 누나가 먹어줄게~"

"ㅡ_ㅡ;; 교련아, 그렇게 방방 뛰다가 치마 속 다 보여."

"흐흐. 얼른 가방 챙겨~ 가자! ^^"

교련이가 보채는 바람에 교과서를 대충 서랍에 처박아놓고 분식점으로 향했다. 그러고 보니 중학교 때 친구들과는 분식점에 자주 들러 군것질을 하곤 했는데 언제부턴가 친구들과 거리를 두고 멀리했었지. 엄마를 잃은 상처가 컸기 때문이야. 우리 아빠는 지금도 외국에서 열심히 일하고 계시겠지?

이런저런 생각을 하며 교련이의 빠른 걸음을 따라가다 보니 어느새 분식점 앞에 도달해 있었다. 분식점 앞에는 굉장히 많은 우리 학교 학생들이 우리보다 먼저 와서 오뎅과 떡볶이, 튀김 등을 먹고 있었다. 교련이가 인상을 찌푸리며 말했다.

"밖에는 사람이 너무 많네~ 우씨, 안 되겠다. 아랑아, 우린 안에 들어가서 먹자."

"응. ^_^"

교련이를 따라 분식점 안으로 들어가자 분식점 아주머니가 분주하게 뛰어다니며 우리에게 겨우겨우 주문을 받는다.

"떡볶이 3인분하구요, 오뎅 4개랑 튀김 3,000원어치 주세요. ^0^"

"ㅋㅋ 그리구~ 순대도 2,000원어치 주세요 ^0^"

"그래~ 잠시만 기다려. ^^"

아주머니는 웃으시면서 고개를 끄덕이셨다. 교련이와 나는 곧 나올 음식을 상상하며 마주 보고 행복한 얼굴을 하고 있었다. 그때 누군가 우리를 향해 말을 내뱉는다.

"너희들 그렇게 먹다가 돼지 될 텐데? ㅋㅋ"

"그러게 말이야. 여자애 둘이서 그걸 다 먹으려면 벅찰 텐데~"

구석 테이블에 껄렁한 남자 4명이 우릴 보며 웃고 있었다. 아니, 정확히 말해 교련이를 보며 웃고 있었다. -_-+ 자존심 상해. 그래~ 교련이 이뿌다!! 명찰을 보니 2학년이다. 선배들이라 아무 말 못하고 못 들은 척 고개를 숙이고 있었다. 그런 나와는 달리 선배들의 시비가 못마땅한지 교련이가 말을 받아친다.

"우리가 먹어서 돼지가 되든 갈비가 되든 그쪽이 상관할 일 아니 잖아요?"

그런 교련이를 보더니 순간 놀란 표정을 짓고 다시 우리에게 말하는 선배들.

"얼굴도 예쁘장~하게 생겼는데 말하는 건 더 귀엽네. ㅋㅋ"

"맞아맞아. 합석 안 할래?"

선배들은 능청스럽게 웃으며 우리 쪽으로 다가왔다. 순식간에 우리 테이블을 둘러싸더니 무서운 시선으로 쳐다본다.

"미안하지만 우린 그쪽들하고 합석할 생각 없어요! 먹을 거 줄어들어요!"

=ㅁ= 교련아, 고작 그런 이유였니?

"ㅎㅎ 진짜 귀엽다, 너~ 우리가 계산할 테니 걱정 마. 음식이야 더 시키면 되고."

"그래그래, 좋으면서 뭘 튕기냐?"

선배들의 시비는 계속되고 있었다. 물론 교련이의 발악도 계속되었다.

"싫다는데 왜 자꾸 그래요? 우린 싫어요!!"

탁!

한 선배가 교련이의 어깨에 손을 올리더니 말했다.

"예쁘게 봐주려는데 자꾸 튕기면 곤란하지~ 우리가 뭐 나쁜 짓 하려는 것도 아니고 조금 친해져 보자는데~"

나는 점점 무서웠다. 선배들의 인상은 조금씩 굳어가고 말투도 거칠어져 갔다. 교련이의 어깨를 꽉 부여잡은 선배가 능글맞게 웃고, 교련이도 당황했는지 얼굴이 굳어 있다. 용기 내서 교련이를 도와야 하는데… 이런 내 자신이 정말 싫다! 우물쭈물하는 동안 한 선배가 교련이의 머리칼을 쓸어 넘긴다. 참다못한 교련이.

탁!!

"싫다는데 왜 자꾸 이래요, 진드기처럼!!"

선배의 손을 거세게 뿌리치고 앙칼지게 말하자, 선배도 순간 화가 났는지 교련이의 멱살을 잡아 올린다.

턱!!

"이봐~ 이쁘다, 이쁘다 해줬더니 앙탈이 심한대? 혼나볼래?"

교, 교련아. >ㅁ< 그러자 다른 선배가 교련이의 멱살을 잡고 있는 선배를 말린다.

"야야~ 동욱아, 그만둬. 여자 멱살을 함부로 잡으면 어떡하냐~ 친해지자고 접근했는데 싸우면 어떡하냐고."

멱살을 잡은 까치 머리 선배 이름이 동욱인가 보다. ——; 무지막지한 놈들만 있는 건 아닌가 보네. 동료의 말을 듣더니 동욱 선배는 교련이를 놔준다. 그리고 다시 표정을 능글맞게 짓더니,

"이봐~ 그렇게 깜찍하게 굴지 말고 너 내 여자 친구 해라. 어?"

난처해하는 교련이와 아무 말 못하고 가만히 고개만 숙이고 있는 한심한 내 뒤로 낯익은 목소리가 들린다.

"아아~ 이거 미안해서 어쩌죠, 선배? 교련이는… 제 여자 친구거든요? 씨~익."

——; 최.신.규. 네놈도 떡볶이 먹으러 왔니? 신규의 말에 모두 일제히 신규 쪽을 쳐다본다. 그리고는 동욱 선배가 말했다.

"최신규, 니 여자 친구라고??"

"네. ^-^ 그러니까 그만두세요."

"젠장, 아깝네. 예쁘게 생겼는데 말이야. 나한테 양보하면 안 되겠 나?"

"안 돼요~ ㄱ 앤 저밖에 모르거든요. ^-~"

교련이를 향한 녀석의 윙크. ——;; 느끼해서 마구 때려주고 싶다. 그런 나와는 달리 교련이의 얼굴은 살짝 빨개진 걸 볼 수 있었다. 교 련아, 저런 놈한테 빠지면 안 돼! 마음 단단히 먹으란 말이야. 허억! 오해하지 마시라! 내가 얼굴이 빨개진 건 신규 뒤로 은색 머리칼을 발견했기 때문이니까!! >ㅁ< 보혁아, 너도 왔구나~ 떡볶이 먹으러 왔니? ^0^ 동욱 선배는 교련이가 마냥 아쉬운지 계속 신규를 볶는다.

"최신규, 너는 여자 친구도 많잖아~ 한 명쯤 나한테 양보해~"

"안 돼요. 쟤 때문에 저도 다 정리했어요~"

신규 녀석의 말에 교련이가 놀란 듯 신규를 쳐다본다. 안 돼, 교련 아~ 믿을 수 없어~ >ㅁ< 최신규 저놈이 얼마나 사악한데~ 비가 억 수같이 쏟아지는 날 부침개를 만들어오라고 시키는 놈이라구!! 하긴 교련이한테는 안 그러겠지만. 어, 어쨌든 안 된다구~ 아~ 입 간질 거려. 아까 선배들한테 당할 때도 이렇게 입이 간질거리진 않았는데. 신규 저놈이 사악한 건 정말 말해주고 싶다. ——; 동욱 선배와 신규 녀석 사이에 계속 대화가 오가는 도중, 은색 머리칼이 조금씩 내게 다가왔다. 보혁이는 가만히 내 옆 자리에 앉는다. 순간 동욱 선배가 신규에게 말하다 말고 황당한 듯 보혁이를 쳐다본다. 다른 선배들도

모두 보혁이를 쳐다본다. 이내 입을 여는 동욱 선배.

"0_0? 너 신보혁 아니냐?"

"……"

대꾸도 하지 않는 보혁. 선배들 모두 인상이 굳어진다. 신규 녀석 당황한 듯,

"ㅎㅎ 보혁아~ 선배들이 묻잖아~ ^-^ 대, 대답해야지~"

갑자기 신규 녀석이 매우 불안한 눈치다. 그러고 보니 천우 녀석은 안 보이네. 동욱 선배는 탁자에 두 손을 짚고 고개를 숙여 보혁이를 쳐다본다.

"내 말 안 들리냐, 아니면 날 무시하는 거냐?"

"시끄러워."

헉! >ㅁ< 보, 보혁아… 저 사람 선배 아니니? 그런데 시끄러워라니……. =ㅁ=;;

"이 건방진 자식!! 주먹 좀 써서 일진에 들어오라고 했더니 건방지게 3학년 선배들을 때려눕혀? 우리한테 한번 혼나볼래!"

헉!! 보혁이가 3학년 선배들을 때려눕혔다고? 그렇다면 저~번에 보혁이한테 고백받는 꿈 꾸던 날. 정원에 피투성이로 돌아온 건 3학년 선배들과 싸웠기 때문이었니? 그런 거야?? =ㅁ= 근데… 대단하다. 혼자 일진 3학년 선배들을 때려눕혔다니 보혁이 너, 너무 멋있는 거 아니야? >//< 근데… 싸우는 거 싫은데. 보혁이 니가 다치고 그러는 거 싫은데. ㅜ.ㅜ 동욱 선배의 언성이 높아지고 당황한 신규가 재빨리 우리 테이블로 다가와 동욱 선배를 말린다.

"아~ 형~ 이러지 마요. 보혁이 성격 알잖아요. 일진 가입하기 싫다는데 3학년 선배들이 좀 심하게 강요하다가 보혁이를 때렸나 봐요. 반격을 하다 보니 3학년 선배들이 좀 많이 다친 거구요."

"싸움 좀 한다고 거들먹거리면서 감히 선배한테 반말을 해? 저런 지식은 손 좀 봐야 한다구!!"

"형~ 그만둬요. 보혁이 건드려서 좋을 거 하나도 없는 거 아시잖아요~ 네? 그러니까 그만 해요."

"후… 야, 신보혁!! 너 내가 신규 때문에 참는 줄 알아~ 안 그랬으면 너 오늘 제삿날이야! 알아, 이 자식아?!"

흥분한 동욱 선배를 말리는 신규. 그리고 보혁이를 쳐다보는 선배들의 곱지 않은 시선. 떡볶이가 나와도 맛있게 먹을 분위기가 아니었다. 그런 분위기 속에 보혁이의 낮은 음성이 조용히 퍼졌다.

"후진 자식. 놀고 있네."

=ㅁ= 헉!! 보, 보혁아……. 보혁이의 음성에 놀란 건 나뿐이 아니다. 교련이도 예쁜 눈을 크게 뜨고 깜빡거리고, 신규도 눈을 질끈 감더니 고개를 바닥에 떨군다. 동욱 선배는 도저히 못 참겠다는 듯 달려들어 보혁이의 멱살을 잡아 올린다.

턱!!

"이 새끼, 너 방금 뭐라고 지껄였어? 다시 한 번 말해 봐!!"

"이거 놔."

"이 건방진 놈!! 방금 뭐라고 지껄였냔 말이야!!"

"놓으라고 했다, 분명히."

"이 자식이!!"

동욱 선배의 주먹이 보혁이를 향해 날아오고…

퍽―!!

"ㄲㅑㅇㅏ!!"

놀란 교련이와 나는 잔뜩 움츠린 채로 비명을 질렀다. 그리고 실눈을 뜨고 보혁이를 쳐다보았다. 어라?? 보혁이는 가만히 앉아 있는데 동욱 선배는 어디 갔지? (")(")(")(")

"으… 이… 이 자식, 감히 날 걷어차?"

바닥에서 동욱 선배를 발견했다. ――;; 배를 움켜쥐고 천천히 일어서는 동욱 선배. 보혁이의 한쪽 발이 테이블 바깥 쪽에 있는 걸 발견했다. 그렇다. 보혁이가 동욱 선배를 발로 찬 것이 분명했다.

"소아랑, 나가 있어. 다친다."

"보, 보혁아……."

설마 이 선배들을 혼자서 상대하려는 건 아니겠지? 보혁아, 다치면 안 돼. 너 다치면 내가 더 아프단 말이야.

다른 여자가 내 몸에 손대는 거 싫어

제4-1장 다른 여자가 내 몸에 손대는 거 싫어

걱정이 되어서 미칠 것 같았지만 계속 그 자리에 있을 순 없었다. 신규는 교련이와 내 손을 붙잡더니 분식점에서 끌고 나간다.

"잠깐 기다려, 최신규!!"

교련이는 신규가 잡은 손을 거세게 뿌리치더니 분식점 안으로 들어간다.

"교, 교련아……."

"이교련, 뭐 하는 거야!!"

걱정하는 나와 신규의 말에도 아랑곳하지 않고 분식점으로 달려가더니 잠시 후 까만 봉지를 여러 개 들고 나온다.

"-_-+ 이거 가져가서 먹어야지. 기왕 주문한 건데."

"——;; 독하다, 이교련."

"우와~ 맛있겠다. 으하하하! 기숙사 가서 먹자~"

"안 돼! 이건 아랑이랑 나랑 둘이 먹어도 모자르단 말이야."

"이, 이렇게 많은데?? ——;;"

"그래! 모자라. 먹고 싶으면 니가 사먹어! 그리고 보혁이가 선배들에게 끌려 나갈지도 모르는 판에 넌 우리하고 이거 먹으러 가겠다구? 난 의리없는 남자가 젤 싫어!!"

"이봐~ 알지도 못하면서 그렇게 막말하지 마~ 아까 그 선배들은 우리 학교 2학년 일진들이고 난 1학년 일진이야. 보혁이를 도와줄 수도 없고 그렇다고 선배들을 도울 수도 없는 입장이라고!! 그저 이럴 땐 관여 안 하는 게 상책이야~"

"일진 따위가 다 뭐야? 그 딴 거 강아지나 주라고 해!! 유치하게 나이 먹고 일진이 다 뭐야!! 일진이라 그러면 멋있는 줄 아나 부지? 웃기고 있어, 아주~ 일진이 멋있다고 생각하는 인간들이 있을 줄 알아?"

그때 우리 주변을 지나가는 우리 학교 여학생들의 비명에 가까운 환호 소리가 들린다.

"ㄲㅑㅇㅏ~ 우리 학교 1학년 일진 최신규 아니니? 너무 잘생겼다~"

"웬일이니~ 가까이서 보니까 진짜 캡숑짱이다. 1학년 일진 사천왕이라며? >//< 너무 멋있다. 잘생긴 데다가 일진까지."

"——;; 교련아, 멋있어하는 애들 많은 것 같은데? 쩝. 신규 녀석이 여자애들에게 미소를 살짝 날려준다. 재수없어, 저 바람둥이 기질.
교련이는 여자들의 반응에 자기가 한 말이 무안했는지 까만 봉지를
들고 성큼성큼 기숙사 쪽으로 향한다. 신규는 그런 교련이를 쫄랑쫄
랑 따라갔다. 난 보혁이가 걱정돼서 기숙사로 돌아갈 수가 없다. 그
때 마침 보혁이와 선배들이 분시전을 나와 학교 뒷골목 쪽으로 가는
게 보였다. 멍하게 보혁이의 모습을 지켜보고 있는데 교련이 목소리
가 들려왔다.

"뭐해, 아랑아~ 어서 가서 먹자~"

"…아, 미안. 교련아, 신규랑 먹어. 나 잠시 가볼 데가 있어~"

다다다다다!!

"뭐?? 신규랑? 아랑아~"

나를 부르는 교련이를 뒤로하고 보혁이가 가는 쪽으로 달려갔다.
조심스럽게 벽에 숨어 보혁이를 지켜보고 있었다. 보혁이와 선배들
의 거친 대화가 오가고 있었다. 나는 숨죽이고 최대한 몸을 웅크렸
다.

"신보혁, 이 건방진 자식!! 너 오늘 맛 좀 봐라!!"

"피식~"

"어쭈!! 이 자식 좀 보게~ 우릴 막 비웃는데?"

"그러게~ 좀 많이 맞아야겠어~"

"뭐 해?! 밟아버려!!"

순식간에 보혁이에게 달려드는 선배들.

퍼억!! 퍼억!!

치고, 맞고, 또 때리고… 둔탁한 소리와 터져 나오는 피 때문에 제대로 쳐다볼 수가 없다. 솔직히 무섭다. 보혁이한테 맞는 선배들이 불쌍하기도 하고, 피가 나는 걸 보면 섬뜩하기도 하다. 아무래도 선배 쪽이 숫자가 많다 보니 천하의 보혁이라도 때리고만 있는 것은 아니다. 이래저래 맞기도 하면서 반격하는 보혁. 그래도 혼자인 보혁이 쪽이 오히려 우세하다. 그렇다고 이렇게 지켜볼 수만은 없어!! 누군가에게 도움을 청해야 할 텐데. 선생님들께 알릴 수도 없고… 어떡하지?? 나는 문득 천우가 내 폰을 뺏어가 자신의 폰 번호를 입력시키던 모습이 떠올랐다. 조금의 망설임도 없이 휴대폰을 검색해서 천우에게 전화를 걸었다.

[따르르르릉~ 따르르르릉~]

왜 이렇게 전화를 안 받는 거야? 천우야, 도와줘… 제발……. 제발 전화받아. 간절히 애원하며 벨소리를 듣다가 받지 않는 것 같아서 막 끊으려 할 때쯤 천우의 음성이 들려왔다.

[여보세요?]

"천우야… 나… 나 아랑이야……."

[어? 웬일이냐, 암소~ 나한테 전화를 다 하고.]

"크, 큰일 났어. 보혁이가… 보혁이가……."

[무슨 일 있어? 보혁이가 왜?]

"보혁이가 2학년 선배들하고 싸우고 있어. 와서 도와줘, 응?"

[뭐?? 2학년 선배들?? 혹시 2학년 일진들이야??]

"으응."

[아… 이거 곤란한걸? 지금은 갈 수가 없어. 정말 미안하다. 그리고… 너도 알다시피 나도 1학년 일진이야. 그래서 보혁이를 선뜻 도와줄 수가…….]

"ㅡ_ㅡ+ 그래(발끈!!)!! 알았어!! 천우, 너도 신규랑 같은 말을 하는구나? 일진이 그렇게 대단해? 친구가 다칠 위기에 놓여 있다는데 일진이 뭐가 어쨌다구? 누가 같이 싸워달래? 말리기라도 해야 할 거 아냐!! 정말 실망이야!!"

[이, 이봐. 너…….]

뚝!!

나도 모르게 천우에게 버럭 화를 내고 폴더를 닫아버렸다. 천우한테 화낼 자격도 없는데 내가 뭐 때문에 그렇게 화를 냈지? 나도 말릴 용기 없는 주제에… 보혁이 앞으로 다가가서 가로 막아설 용기… 없는 주제에……. 하지만… 하지만 천우는 남자고 또 서로 친한 친구잖아. 그런데 일진이니 뭐니 그런 패거리에 좀 속해 있다고 못 도와준다니. 정말 해도해도 너무하잖아! 천우, 이 바보!!

퍽!! 퍼억!!

그 와중에도 둔탁한 소리는 계속 이어졌다.

퍼억!!

어느새 보혁이의 입가에서 피가 마구 흘러내리고 있었다. 보, 보혁아……. >ㅁ< 어, 어떡해. 어, 어떡하면 좋아. 저대로는… 저대로는 더 다칠지 몰라. 다가가서 말려야 해. 말려야 한다구!! 그런데… 그런데 무서워서 발이 떨어지지 않아. ㅜㅜ 너무 무서워서 벌벌 떨고 있

는 것 외엔 아무것도 할 수 있는 게 없었다. 혼자인 보혁이가 점점 지쳐 가고 맞는 양도 많아졌다. 선배들 몇 명도 이미 쓰러져 있었지만 그래도 이대로는 보혁이가 너무 위험해 보인다.

한참 후에 오토바이 소리가 점점 크게 들려온다. 저… 저건… 하늘비?? 굉음을 내며 아주 빠른 속도로 달려오고 있었다. 내 앞에서 하늘비는 멈춰 섰다.

끼이이익!!

"암소~ 여기 있었냐?"

"너… 너……."

"왜? 안 올 줄 알았냐?"

"…으응."

"니가 실망한다는데 그렇게 둘 수 없지. 안 그래? ^^"

"O//O 뭐, 뭐?"

"물론 보혁이가 내 소중한 친구니까… 아까는 내가 말실수한 것 같다. 그럼 보혁이 도우러 간다~ 조금 기다려."

"아, 으응."

"하늘비 여기 세워둘 테니까 잘 보고 있어~ 심심하면 음료수 사다가 하늘비 좀 주든지. ^^ ㅋㅋㅋㅋ"

"-_-;; 어, 그래."

능청스럽게 웃으며 보혁이에게 다가가는 천우. 결국 와주었구나…….

"아… 처, 천우야!!"

내가 부르는 소리를 듣고 뒤돌아보는 천우.

"아, 아까 소리 질러서… 미, 미안해……."

"^-^ 씨익. 괜찮아~"

그렇게 녀석은 내게 미소를 보여주었다. 그리고 보혁이가 있는 쪽으로 힘껏 달려간다. 그러더니 선배들을 말린다. 갑작스런 천우의 등장에 놀란 선배들, 행동을 멈춘다.

"어? 성천우… 너 여기 어쩐 일이냐?"

"^^;; 그게… 지나가는 길에. 그나저나 선배들 많이 다치셨네요?"

"제길, 저 자식 주먹이 보통이 아니야."

"3학년 선배들도 그렇게 묵사발났는데 보혁이를 뭐 하러 건드렸어요~"

"임마! 저 자식이 건방지게 구니까 손봐주려고 그랬지!!"

"보혁이가 원래 과묵해서 건방져 보일 수도 있어요. 이제 그만 하세요."

"안 그래도 더 이상 싸울 힘도 없어. 눈에 피가 터져서 앞도 제대로 안 보인다구."

"다들 양호실로 가죠. 많이 다쳤어요."

"신보혁!! 네놈 실력은 인정해 주겠지만 두 번 다시 건방 떨지 마. 그땐 우리도 자존심 다 버리고 더 많은 인원수를 끌어들여서라도 널 아주 묵사발 내줄 테니까!!"

보혁이는 말없이 동욱 선배를 노려볼 뿐이다. 천우는 동욱 선배를 부축하고 다른 선배들도 절뚝거리며 돌아간다. 그리고 천우가 보혁이를 향해 살짝 윙크한다. 보혁이는 입가에 묻은 피를 손등으로 닦아내더니 옷에 묻은 먼지들을 털어낸다. 그리고는 골목을 나와 내가 있는 쪽으로 걸어온다. 벽에 기대 있던 날 발견한 모양이다. 조금 당황한 눈으로 나를 보고 있다.

"보, 보혁아……."

나는 금방이라도 울 것 같은 표정으로 보혁이에게 다가갔다.

"왜 여기 있어? 기숙사에 가 있지 않고……."

"니가 걱정이 되어서 돌아갈 수가 없었어."

보혁이의 입가에 흐르는 피를 보고 그만 눈물이 떨어지고 말았다.

"또 울어? 피식~ 넌 내가 볼 때마다 항상 우는구나."

"그치만 피가… 피가 많이 나는걸. ㅜㅜ"

"니가 또 치료해 주면 되잖아."

"ㅜ//ㅜ 아… 그, 그야……."

"양호실 가자."

"으응. 훌쩍."

"울지 마. 난 괜찮으니까."

그렇게 말하면서 보혁이는 부드럽게 내 머리칼을 흩어놓는다.

"으응. ^//^ 헤헤."

그 모습을 보며 지나가는 여자애들의 시선이 따갑다. 막 양호실로 향하려는데 보혁이가 하늘비를 보더니 다시 입을 연다.

"이거… 천우 오토바이 아니야?"

"맞아. 천우가 하늘비 좀 잘 보고 있으랬는데."

"하늘… 비?"

"응. ^^ 천우가 오토바이 이름 지어달래서 내가 하늘비로 지어줬어. 0_0"

"그렇군."

"…저기… 그러니까 그게……."

"이름 예쁜데? 하지만 우리 혁이만큼은 아니야. 씨~익."

보, 보혁아……. T//T 어쩜 저렇게 멋있을까? 보혁이는 가만히 하늘비를 보면서 내게 말했다.

"천우… 니가 불렀어?"

"으응. 여기에서 지켜보다가 니가… 니가 다칠 것만 같아서… 그래서……."

"불안할 때 천우가 생각났어?"

"어?? 그, 그게… 보혁이 널 위해서……."

"그래, 고마워."

질투하는 것 같으면서 아닌 것도 같고. 만약에 질투하는 거라면 >//< ㄲㅑㅇㅏ!! 나 너무 기뻐, 보혁아. 하지만 천우는 친구야… 소중한 친구…….

"다, 다행이야. 천우가 와주어서. 안 그랬으면 보혁이 니가 다칠까 봐 난 불안해서……."

"그런데 천우 말이야. 어떻게… 어떻게 여기 왔지?"

"뭐? ㄱ야 내가 전화를 했으니까……."

"아니, 그게 아니라 천우 어머니 위독하다는 연락받고 집에 갔었거든."

"뭐, 뭐라구??"

"많이 위독하다는 전화받고 바로 갔었는데…… 그런데 니 전화를 받고 한걸음에 달려오다니… 기분이 좀 이상하군."

"그럴… 수가……."

그런 거였어, 천우야? 올 수 없었던 이유가 어머니가 위독하셔서? 처, 천우야… 미안해. 미안해, 정말……. 난 그런 줄도 모르고…… ㅜㅜ 그런 줄도 모르고 화내서 정말 너무 미안해. 그래서 기운이 없어 보였던 거구나. 그걸 이제야 눈치 채다니……. 천우는 항상 날 위해 뭐든지 해주는데 난 천우 생각은 조금도 하지 않고 있는지도 몰라. 흑! 미안해, 천우야…….

"너… 또 우는 거야?"

"ㅜㅜ 그치만… 그치만 괜히 나 때문에……."

"내가 다칠까 봐 걱정해서 연락했다며……."

"그야 그렇지만……. 훌쩍. ㅜㅜ"

"날 위해서 그런 거니까 니가 후회하면 내가 섭섭하지."

"아… 미, 미안해……. ㅜㅜ"

와락!!

나를 끌어안은 보혁. 피 냄새가 비릿하게 나지만 보혁이만의 따뜻한 향이 더 진하게 느껴졌다.

"바보야, 울지 마. 니가 울 때마다 내가 어떤 마음이 드는지… 알기나 하냐?"

"…미안해. ㅜㅜ"

하지만 지금은 천우에게 미안해서 눈물이 계속 흐른다.

"그럼 천우 올 때까지 하늘비 지켜주고 있자."

"하지만… 보혁아, 너 빨리 치료해야지……."

"괜찮아. 천우도 조금 있으면 올 거야."

"그래두……."

"거봐. 저기 오잖아."

뒤쪽에서 천우가 서둘러 달려오는 게 보인다. 그리고는 해맑게 웃으며 말했다.

"보혁아, 괜찮냐? 선배들에 비하면 넌 많이 안 다쳤네~ 다행이다. 얼마나 걱정했는 줄 아냐? 암소가 니 걱정 되어서 부랴부랴 전화했는데 얼마나 놀랐다구. ㅋㅋ 자식~ 역시 싸움꾼이야. ^-^"

엄마가 걱정되어 미칠 것 같으면서……. 정말 미치도록 슬프면서 나 때문에… 나 때문에 저렇게 억지로……. 그렇게 웃지 않아도 괜찮아. 괜찮다구, 이 바보야……. ㅜㅜ 미안해. 정말 미안해, 천우야…….

"…고맙다, 달려와 줘서."

"ㅋㅋ 그래? 그렇게 고마우면 한턱 쏴! ㅋㅑㅋㅑ."

"피식~ 얼른 가보기나 해."

"아… 그, 그래. ^^ ㅎㅎ 나 그럼 일이 있어서 가볼게~ 야, 암소! 나 미칠 기숙사 안 들어갈 거야~ 왜냐하면 그게… 음~ ㅎㅎ 우리 아버지 생신이라서 파티를 거창하게 하는데… ㅎㅎ 친척들 다 와서 파티하다 보면 어디 여행도 가야 하고… ㅎㅎ 암튼 나 좀 바빠~ 이 오빠 안 계시다고 서운해하지 말고 잘 있어라~ ^^"

바보! 나 알아. 보혁이한테 들었단 말이야. 너희 어머니 아프셔서 간호하러 가는 거지? 그렇지? ㅜㅜ 왜 그렇게 웃고 있는 거야? 내가 미안해할까 봐 그러는 거야? 나 다 안단 말이야……. ㅜㅜ 바보… 이 바보……. 그만 천우 앞에서 또 눈물을 보이고 말았다.

"ㅜㅜ 흐윽… 그래, 잘 갔다 와."

"왜… 왜 울고 그래? 나 며칠 못 본다니까 섭섭하냐? ㅋㅋㅋ 에이 그~ 아주 못 보는 것도 아닌데 왜 울고 그래? 히히."

"누, 누가 섭섭하대? 그냥… 그, 그냥……. ㅜㅜ 흐윽."

"보혁이가 다쳐서 그러냐? 저놈은 무쇠라서 금방 회복되니까 그만 울어. 그럼 이 오빠야는 간다~ ^0^"

"그래. 어, 얼른 가봐……."

"오케이~ ^^"

천우는 웃으며 하늘비에 올라탄다.

부릉부릉!

시동이 요란하게 걸리고,

"처, 천우야. 잠깐만!!"

"――? 왜??"

"잠깐만 기다려!!"

나는 얼른 슈퍼마켓으로 뛰어갔다. 그리고 사이다 두 캔을 사서 천우와 보혁이가 있는 곳으로 달려갔다.

"헥헥. 자⋯ 이거 하나 받아."

"아~ 나 먹으라고 주는 거야? ^^ 고맙다, 잘 마실게~"

"천.만.에. 하늘비 주는 거야~ 너 먹지 말고 하늘비 줘야 해! 알았지?"

"씨잉, 그럼 나는? 오호라~ 나 하나, 하늘비 하나 먹으라고 두 개 사 왔구나?"

"미안하지만 하나는 혁이 꺼야. ^-^ 그치, 보혁아~"

"ㅜㅜ 씨이, 치사하다. 그래, 알았어. 하늘비 줄게. ^^ 그럼 나 진짜 간다~ 바이바이~"

천우는 사이다를 받아 들곤 하늘비를 타고 점점 멀어져 갔다. 미안⋯ 미안해, 천우야⋯⋯. ㅜㅜ 보혁이는 가만히 내 머리를 흩어놓았다. 그리고 낮은 그 음성으로 얘기했다.

"잘했어. 피식~"

"으응."

"또 울게?"

"아, 알았어. 안 울게. 양호실 가서 얼른 치료하자~"

"그래."

"얼른 치료하고 혁이한테 이 사이다 주러 가자. ^^^"

"씨~익. 그래."

보혁이는 조심스럽게 내 손을 잡아주었다.

—//— 두근 !!

심장이 매우 곤두박질치는데 보혁이에게 소리가 들릴까 봐 신경 쓰여 미칠 것 같았다. 그렇게 보혁이와 양호실로 향했다.

똑똑똑!

양호실 문을 조용히 두드리니 안에서 양호 선생님의 목소리가 들려왔다.

"들어와요~"

보혁이는 순간 얼굴이 굳어지더니 조용히 말했다.

"젠장, 누가 있군."

"아, 저기 양호 선생님인 것 같은데 제대로 치료를 받을 수 있겠다. 잘됐잖아~"

"싫어."

"뭐?? 뭐가 싫다는 거야?"

"다른 여자가 내 몸에 손대는 거 싫어."

"0_0? 다, 다른 여자랄 것까지야… 그냥 양호 선생님이구, 치료를 나보다 훨씬 잘해줄……."

"싫어. 니가 해줘."

"0//0 뭐, 뭐??"

"니가 아니면 싫어."

"아… 그, 그, 그치만……. 0//0"

"기숙사로 돌아가자."

"하지만 상처를 치료해야 하잖아."

"피만 닦아두면 나머진 알아서 나아. 뼈가 부러진 것도 아니고."

"…그, 그럼 내가 양호 선생님께 약 얻어올게. 잠깐만 기다려."

"그래."

보혁이를 세워두고 난 조용히 양호실 안으로 들어갔다. 양호 선생님께서 붉은테 안경을 두 번째 손가락으로 올리시고는 나를 쳐다보셨다.

"어디가 아파서 왔니?"

"아니요. 친구가 뛰다가 넘어져서 좀 다쳤는데요, 여기까지 못 와서 약을 좀 얻어가려구요."

"그래? 잠시만 기다려."

"네에."

달그락— 달그락—

양호 선생님께서는 작은 통에 이것저것 담아주셨다. 그리고 내게 건네주셨다.

"감사합니다. 그럼 수고하세요."

"그래. 많이 다친 거면 선생님한테 데려와라."

"아, 네."

나는 얼른 양호실을 빠져나왔다. 그런데 보혁이가 보이지 않는다. 그새 어디로 갔지?? 화장실 간 건가? 약통을 들고 복도를 어슬렁거리고 있는데 낯익은 얼굴이 보였다. 낯익은… 아주 예쁜 얼굴… 도희다. 도희도 나를 봤는지 그 자리에 딱 멈춰 섰다. 그러더니 먼저 입을 연다.

"양호실 갔다 왔니?"

"아, 으응."

"어디 다친 것 같진 않은데 왜?"

"보혁이가 조금 다쳐서."

"0_0 뭐? 보, 보혁이가? 지금 보혁이 어딨어? 어? 어딨냐구!!"

보혁이가 다쳤다는 말에 금세 얼굴이 빨갛게 달아올라서 열을 내는 도희다. 도희도 보혁이가 자신을 떠난 후에야 안 걸까? 자신에게 보혁이가 누구보다도 소중한 사람이었다는 걸. 어쩌면… 어쩌면 난 도희보다 보혁이를 진짜 사랑하고 있는 게 아닐지도 몰라. 분명 보혁이는 내 이상형이고, 보면 좋고, 두근거려. 하지만… 하지만 보혁이의 이름만 들어도 항상 답답하고 아픈 그 마음이 도희를 따라갈 수 있을지 모르겠어. 단순히 도희가 예쁘기 때문에 내가 지고 있다는 생각이 드는 거라면 다행이지만……. 도희의 슬픈 눈을 피하며 천천히 대답했다.

"나도… 찾고 있는 중이야. 갑자기 없어져서……."

"대체 왜 다친 거야? 얼마나 다쳤는데? 어?"

"…우, 우선 보혁이를 찾아봐야 할 것 같아."

도희는 내 어깨를 스쳐 어디론가 마구 뛰어간다. 보혁이를 도희에게 뺏기고 싶지는 않아. 하지만 저런 도희를 보면 나도 마음이 약해지는걸? 이렇게 멍하게 있을 때가 아니지! 나도 어서 보혁이를 찾아야 하는데.

나는 본능에 이끌리듯 보혁이가 담배를 피우던 그 정원으로 가고 있었다. 멀리 정원이 보이고 보혁이의 은색 머리칼이 보였다. 역시 ^^ 여기 있었구나. 보혁이의 은색 머리칼을 보고 막 뛰어가려던 내 발걸음이 다른 한 사람을 보고 멈춰 섰다.

"아… 먼저 와 있었네."

보혁이 옆으로 도희의 모습이 보였다. 조심스럽게 가까이 가서 커다란 나무에 기대 가만히 지켜보고 있었다. 훔쳐볼 이유가 없는데… 난 이제 당당히 보혁이의 여자 친구인데… 하지만 어째서 저 두 사람만 있으면 가까이 다가갈 수가 없는 거지? 왠지 내가 끼어들 자리가 아닌 것만 같아서. 이럴 땐 내가 어떻게 해야 하는 거니, 천우야? 너라면… 이 바보! 그냥 가서 보혁이 옆에 앉아버려!! 이렇게 말했겠지? 푸홋. 하지만 천우야, 너도 알다시피 내가 그런 성격이 아니잖아. 답답하다며 가슴을 두드릴 니 얼굴이 눈에 선해. ^^ 아! 내가 지금 뭐하는 거야? 갑자기 천우 녀석을 떠올리고……. 어쩌면 나한텐 천우가 훨씬 더 편하고 가까이 있는 존재일지도 몰라. 커다란 나무 사이로 보혁이와 도희의 대화가 오가고 있었다. 아니, 도희의 일방적인 말들이 귓가에 들려왔다.

"보혁아, 내가 치료해 준다니까! 어서 내 방으로 가자!"

"됐어."

"많이 다친 것 같단 말이야. 이 피 좀 봐."

도희는 손수건을 꺼내 보혁이의 얼굴에 묻은 피를 닦는다. 보혁이는 그런 도희의 손길을 냉정하게 피해 버린다. 고개를 획 돌리는 보혁이가 밉지도 않은지 도희는 계속해서 다가가 닦아주려 하고 있었다.

"가만히 있어, 보혁아. 피 좀 닦아. 응?"

"시끄러워. 니가 뭔데 나한테 이러는 거야? 아는 척하지 말랬잖아!"

"진심… 아니잖아. 너 이러는 거 진심 아니잖아. ㅜㅜ"

도희의 눈물에 보혁이의 날카로운 눈도 잠시 풀린다. 그런 보혁이의 눈빛에 기회다 싶었는지 눈물을 뚝뚝 흘리며 말을 이어가는 도희.

"보혁아, 아무리 냉정하고 차갑게 대해도 나 알아. 알 수 있어. 나만큼 너를 아는 여자 있으면, 아니, 나보다 너를 잘 아는 사람은 없어. 그래서 난 다 알아. 아직도 니 마음에 나밖에 없다는 거, 나 다 알아."

"착각하지 마. 틀렸어."

"소아랑 좋아하는 척하지 마!! 나 안단 말이야!! 소아랑, 그 기집애가 너희 형의 애인을 닮았기 때문에 그래서 니가 형에 대한 그리움 때문에 그 애에게 집착한다는 거 나 안단 말이야!!"

"시끄러워! 니가 뭘 알아!!"

"아니라고 말할 수 있어? 너, 형을 그리워하잖아. 하나밖에 없는 형을 잃고 많이 힘들어하던 너잖아. 그런 형만큼 너한테 잘해준 사람이 너희 형 애인이었잖아. 물론… 물론 그 애인마저……."

"시끄러워!! 더 이상 아는 척 말하지 마. 이성을 잃을지 모르니까."

"아니!! 더 말할래!! 지금 니가 상처를 받는다 해도 나한테 돌아만 온다면!! 다 말해 버릴 거야!! 니 마음 내가 다 말할 거라구!! 나도 솔직히 소아랑을 봤을 때 놀랐어!! 보환 오빠의 애인 성주 언니인 줄 알고 너무너무 놀랐다구!! 특히… 꾸밈없는 맑은 눈이… 아주 많이 닮

앉다고 생각했어. 너한테도 잘해준 언니니까 그 앨 보면 보환 오빠가 생각나서 그러는 거지? 그래서 니가 그렇게 집착하는 거잖아!!"

"…그만 해. 됐으니까. 그만 말해."

"보혁아, 니 마음 알아. 그런 아픈 마음 겪을 때도 내가 너에게 힘이 되어주지 못하고 항상 친구 대하듯 널 대해서 더욱 상처받은 니 마음, 다 알아. 그러는 중에 소아랑을 보게 되어서 니가 흔들렸다는 것쯤 난 다 알 수 있어. 하지만 보혁아, 형에 대한 그리움과 이성에 대한 사랑은 다른 거야. 넌 오토바이 아무도 안 태워주잖아. 심지어 나조차도 니 오토바이 못 타봤어. 그런데 소아랑은 태워주는 이유, 나 안단 말이야!! 성주 언니 같아서 태워주는 거잖아! 항상 보환 오빠와 성주 언니는 오토바이를 같이 타고 다녔고 그러다 사고가 나서 둘다…….

"내 인내심을 시험하는 거야? 제길!!"

보혁이는 일어서더니 학교 밖으로 나가 버리고, 도희는 울면서 멍하게 보혁이의 뒷모습을 바라보다가 어디론가 사라져 버렸다. 난…나는 나무에 기댄 그대로… 다리에 힘이 풀려 청승맞게 눈물만… 그저 눈물만 떨구고 있을 뿐이다. 보혁이한테 나는 형에 대한 그리움 때문에 관심을 가졌던… 그저 그런… 한낱 방황의 감정에 불과한 거였어. 천우야, 왜 말해 주지 않았니? 내가 보혁이 형의 애인과 닮아서 보혁이가 흔들린 거라고… 어째서 말해 주지 않은 거야? ㅜㅜ 나 이제 어떻게 해야 하는 거야? 이대로 허울처럼 보혁이 옆에 있어야 하는 거야? 가르쳐 줘, 천우야. 흐윽……. 약 상자를 든 채로 나무에 기대 울고만 있었다. 천우도 어머니가 아프셔서 며칠 못 올 텐데……. 그렇다고 연락해서 투정 부릴 수도 없잖아. 나 어쩌면 좋아?

그렇게 한참을 울다가 천천히 기숙사로 들어갔다. 방문을 열고 들어서니 교련이와 신규가 보였다. 교련이와 신규는 언제 가까워졌는지 바짝 붙어 앉아 연신 깔깔대고 있었다. 방문 열리는 소리에 신규와 교련이가 나를 쳐다본다. 신규 녀석이 먼저 말을 건넨다.

"암소, 왔냐? ㅋㅋ 손에 들고 있는 건 뭐냐? 먹을 거냐?"

"아랑아, 왔어? ^-^ 어?? 아, 아랑아. 왜 그래? 너 울었어? 얼굴이……."

"아, 아무것도 아니야……."

"아무것도 아니긴 뭐가 아니야! 많이 운 것 같은데? 이리 와봐."

교련이는 걱정스런 눈빛으로 나를 바라보며 이유를 물어온다. 신규 녀석도 조금 황당한 눈빛으로 나를 보고 있다.

"아무것도 아니야. 그냥 좀 피곤해. 쉬고 싶어……."

"그래, 알았어. 그럼 우리가 나가줄게. 푹 쉬어."

"ㅎㅎㅎ 그럼 이교련~ 니 방에 가자~"

"-_- 웃기지 마! 내 방에 널 왜 데리구 가냐?"

"방 구경도 시켜줄 겸~"

"기숙사 구조는 다 똑같아!"

"암소가 쉬고 싶다는데 딱히 갈 곳이 없잖아~"

"그런 능글맞은 얼굴로 말해 봐야 소용없어~"

"그럼 어디 좀 나갈까? 오토바이 태워줄게."

"+ㅁ+ 오, 오토바이?? 저, 정말??"

"오토바이 좋아해?"

"응. ^^"

"좋아~ 나가자~ 암소, 그럼 푹 쉬어라~ 우린 데이트 좀 하고 올
게. ㅋㅋ"

둘은 사이좋게 방을 나간다. -_-+ 저것들이 염장 지르나? 안 그
래도 열받아 죽겠는데……. 아무 생각 하지 말자. 복잡하게 생각하면
할수록 내 마음만 아픈걸! 이럴 땐 자는 게 최고야. 그래, 자면서 잊
어버리자. 쉽게 잠들 수는 없었지만 어느샌가 나는 잠에 빠져 버렸지
만 꿈속에서도 보혁이와 이별하는 꿈을 꾸었기에 불안하기 짝이 없
었다.

부스럭거리는 소리에 잠에서 깨어나 2층 침대에서 살짝 아래를 내
려다보니 보혁이의 은빛 머리칼이 보였다. 순간 숨이 멎을 것만 같았
다. 내가 움직이는 소리를 들었는지 보혁이도 내 침대를 올려다본다.
그러다 그만 눈이 마주치고 말았다.

"자고 있었어?"

"아… 으응."

"아까 미안했어. 잠깐 일이 생겨서 나갔었어."

"그, 그래."

"어디 아파? 기운이 하나도 없어 보이는데?"

"그런 거 아, 아니야……."

"너 혹시 김치찌개 맛있게 끓일 줄 알아?"

"어? 기, 김치찌개?"

"응."

"니 입맛에 맞을지는 모르겠지만… 할 줄은 알아."

"하루 종일 굶었더니 배가 고파서 그러는데 김치찌개 좀 해줄래? 갑자기 먹고 싶어서."

"아… 응. 그래, 식당으로 와."

"고마워."

난 조심스럽게 침대에서 내려와 보혁이를 뒤로하고 먼저 성큼성큼 식당으로 갔다. 그 모습을 보혁이가 이상하게 보지 않았으면 좋겠다. 내가 엿들은 걸 아직은… 아직은 들키기 싫으니까. 보혁이와 함께 있는 이 시간을 그대로 지키고 싶으니까. 혹시 김치찌개… 보혁이 형의 애인이었던 그 언니가 자주 해주던 음식이 아닐까? 도희 때문에 생각이 나서 먹고 싶어진 게 아닐까? 아닐 거야. 그래, 그럴 리 없어. 보혁이가 형에 대한 그리움으로 나를 이용하고 있을 리가 없어!! 나도 모르게 고개를 마구마구 흔들자 보혁이가 의아한 듯 내게 말을 건넨다.

"왜 그래?"

"0ㅁ0 어? 아, 아무것도 아니야. 기, 김치찌개를 좋아하나 봐?"

"아… 응."

"어머니께서 맛있게 자주 해주셨나 부지? ^^"

"0_0 아… 그래, 그랬지."

어쩐지 보혁이의 눈빛이 쓸쓸해 보이는 건 단순히 기분 탓일까?

사실은 어머니가 아니라 그 언니인 거 아니니? 마음이 아프다. 그러면서 물을 올리고, 김치를 썰고, 파를 다듬고 있다. 조금이라도 더 맛있게 해주고 싶은 마음. 바보같이 보혁이를 미워하기는커녕 잘 보이고 싶어하는 내 마음. 난 정말 바보다. 하긴 내 주제에 보혁이에게 동정을 산 것만도 어디야? 이렇게 가까이 지내게 될 줄은 꿈에도 몰랐는데 말이야. 어쩌면 이 정도도 나한텐 과분한 걸지도 몰라. 이런저런 생각을 하면서도 음식에 각별히 신경을 썼다. 사실 김치찌개는 그다지 어려운 음식도 아니고, 항상 요리를 해왔던 나는 웬만한 요리는 맛있게 할 줄 알기 때문에 보혁이에게 음식을 내밀 때 불안하지는 않았다. 다 된 김치찌개와 여러 밑반찬을 꺼내주고 따근따근한 밥을 보혁이 앞에 차려주었다. 보혁이가 살짝 웃으며 내게 말한다.

"맛있어 보이는데? 씨~익."

"그, 그래?"

보혁이는 제일 먼저 김치찌개 국물을 맛본다.

후룩—

잠시 입맛을 다시더니 놀란 눈으로 나를 바라보는 보혁.

"아, 왜? 마, 맛이 없어?"

"아, 아니야. 맛있어… 굉장히……."

"다행이네."

보혁이는 다시 한 번 김치찌개를 먹는다. 밥보다 김치찌개를 더 많이 먹는 것 같다. 그렇게 맛있었던 걸까? 아니면 그 언니가 해준 맛과 동일했던 걸까? 형이 그렇게 그립니? 형의 애인까지 그리울 만큼?

그런 거였니? 난… 난 형의 그리움을 대신하는 허울이구나. 바보같이 그래도 니 곁에 있고 싶은 욕심은 대체 뭐냐구. 한참 밥을 먹는 데 열중하던 보혁이가 천천히 입을 연다.

"너도 좀 먹어."

"아니야. 난 아까 먹어서 배불러."

"너한테 미안한 게 너무 많아."

"뭐, 뭐가?"

"그냥 이것저것……."

"보혁아… 난… 지금 이대로가 좋아."

"무슨 말이야?"

"그냥. 지금이 행복하다구. ^-^"

"나도 그래."

"거짓말."

"뭐?"

"형을 그리워하고 있다는 거 알아."

보혁이는 당황한 듯 나를 빤히 쳐다본다. 그런 보혁이를 향해 나도 모르게 계속 말을 이어가고 있다.

"미안해, 이상한 소리 해서. 실은 아까 치료해 주려고 널 찾아다녔을 때… 정원에서 도희와 니가 얘기하는 걸 들었어……."

"뭐, 뭐라구?"

"괜찮아. 난… 난 그냥… 니가 어떤 이유로 내 곁에 있든… 지금이 좋아."

"후……."

보혁이의 짧은 한숨이 내 마음을 더 아프게 했다.

"난 정말 괜찮아. 니 마음 궁금해하지도 않을게. 사실 난 너희 집처럼 부자도 아니고, 우리 학교 등록금도 무지 비싸잖아. 우리 집 형편에 이 학교 들어올 여건이 못 되지. 하지만 엄마도 곁에 안 계시고 아빠노 저기 먼 나라에서 돈을 버는 까닭에 기숙사가 있는 학교로 겨우겨우 빚을 내서 여기로 온 거야."

탁!

보혁이는 숟가락을 탁자 위에 올려놓았다. 그리고 내 얘기에 집중하고 있다. 난 애써 슬픔을 감추려는 듯 살짝 웃으며 얘기를 이었다.

"그렇기 때문에 나한테 외로움은 이제 친구가 되어버렸어. 엄마를 그리워하면서 우울해하는 건 몸에 배어버린 습관이고, 그렇기 때문에 그리움이라는 게 얼마나 아프고 쉽게 버릴 수 없는 건지 잘 알아. 그러니까 널 이해할 수 있어. 단지 그리움 때문에 내 곁에 잠시 머무는 거라 해도 난… 지금이 좋아."

금방이라도 눈물이 날 것만 같다. 하지만 애써 참고 있다. 울면 정말 바보가 될 것 같아서… 보혁이를 붙잡고 싶다는 말을 이렇게 길게 늘어뜨려 놓은 게 창피하기도 해서… 그래서 더 더욱 울 수가 없다. 그런데 참으려고 하면 할수록 자꾸만 눈물이 고여가고 결국 보혁이를 뒤로하고 달렸다.

"미, 미안해, 이상한 소리 헤시……."

다다다다다!

뒤돌아 달리기 시작하자마자 눈물이 주르륵 흘러내렸다. 동정인 거 알았는데… 이제 다 알았는데 바보같이 내가 무슨 창피한 말을 한 거야? 난 정말 바보야!! 난 바보라구! ㅜㅜ

얼마 달리지도 못한 것 같은데 따라온 보혁이에 의해 멈춰졌다. 내 팔을 보혁이에게 붙잡히고 말았기 때문이다. 눈물을 보이면 안 되는 데… 그런데…….

와락―!!

보혁이는 내 팔을 끌어당겨 자기 쪽으로 보게 한 후 자신의 품에 나를 안았다. 그리고 깊고 낮은 그 음성으로 조용히 속삭여 주었다.

"동정… 그 딴 거 아니야. 절대 아니야."

"보혁아. ㅜㅜ"

"도희가 혼자 판단한 거야. 난 아니야. 그런 거 아니라구."

스윽― 스윽―

보혁이가 나를 꼭 안은 채 부드럽게 내 머리칼을 쓸어 넘기고 있다. 얼마나 눈물이 쏟아지는지 보혁이의 옷이 흠뻑 젖어가고 있다. 동정이 아니라는 그 말에 더 더욱 눈물이 멈추지 않았다. 너무 기뻐서… 너무너무 기뻐서…….

"흑. 미안해. ㅜㅜ 미안해."

"내가 미안해. 사실 형에 대한 그리움, 너를 보면 더 생각이 나. 김치찌개도 형 애인이 자주 해주던 음식이 맞아. 너를 보면 우리 형과 그 누나가 생각나서 더 끌렸으니까. 하지만 그래도 동정은 아니야. 절대 아니야."

"…응. ㅜㅜ 흐윽… 응."

"바보. 나랑 있으면 힘들 거라고 했잖아."

"그래두… 그래두……. ㅜㅜ"

"내일 토요일이지?"

"어? 아… 으응."

"나랑 어디 좀 가자."

"어디??"

"우리 집."

"뭐?? 너, 너희 집??"

난 살짝 보혁이 품에서 빠져나와 놀란 눈으로 보혁이를 바라보고 있다. 그런 날 보며 보혁이는 살짝 웃더니 이내 내 손을 잡고 기숙사 방으로 들어간다.

"밥 잘 먹었어. 일찍 자. 내일 수업 마치고 혁이 세워둔 곳으로 나와. 알았지?"

"아… 응. 하지만……."

"잘 자~"

보혁아… 무슨 생각 하는 거니? 설마 날 너희 부모님께 소개할 작정은 아니지? 그렇지? 그런 거면 난, 난 난처하다구. 너무 부족한 나인데 내가 불안해할까 봐 그렇게까지 해주는 거라면 사, 사양하고 싶은데……. 하지만 너무 기쁘기도 하다. 아~ 심장이 벌써부터 떨리기 시작한다. 이럴 때 천우가 곁에 있어주면 마음이 편할 텐데 왜 곁에 없는 거지? 천우야, 이럴 땐 어떡해야 하니? 이런 건… 너한테 물어보면 안 되는 거야? 이제 우린 좋은 친구니까 내가 이런 거 물어봐도 너한테 상처되는 거 아니지? 난 정말 천우 니가 편하고 좋은 걸? 빨리 너한테 달려가서 이런저런 얘기 해주고 싶어. 니 의견도 듣고 싶고. 너한테만 유일하게 장난칠 수 있는 난데. 너랑 장난치면서 웃고 싶단 말이야. 그런데 천우는 언제 돌아오지? 며칠 안 볼 걸 생각하니까 왠지 서운해. 보혁이랑 있었던 이런저런 일들을 얘기해주고 싶은데…… 천우야… 빨리 돌아와. 내일 보혁이네 집에 가는데 너랑 의논하고 싶단 말이야. 빨리 와, 천우야. 천우 녀석 생각과 보혁이네 집에 갈 생각으로 잠을 제대로 이루지 못했다.

겨우 잠에 빠져들려고 할 때쯤 날이 밝아옴을 느꼈다. 잠을 못 자서 그런지 몸도 뻐근하고 머리도 지끈거린다. 순간 보혁이네 집에 갈 일이 떠올랐다.

두근두근―!!

심장이 곤두박질치기 시작했다. 왠지 오늘은 뭔가 다른 사건이 터질 것만 같은 불길한 예감이 든다. 후…… 정말 천우나 보혁이 같은 킹카들이 날 좋아할 이유가 없는데…… 다른 여자애들이 나에게 욕할 만한걸? 그에 비해 도희나 교련이는 정말 예뻐. 부러워.

잠시 이것저것 멍하게 생각하다 시계를 보고 후닥닥 교실로 내려온 나다. 어쩐 일인지 아침부터 신규 녀석과 교련이가 붙어 있다. 저놈이 우리 교실에 아침부터 왜 와서 난리래? 쩝. 난 가만히 내 자리로 다가가 앉았다. 모두들 교련이와 신규가 깔깔대는 모습을 힐끔힐끔 쳐다보며 저마다 이야기를 나누고 있는 모습이다. 교련이와 신규는 겉보기에도 상당히 잘 어울린다. 잘생긴 신규(인정하기 싫지만 말이야), 진짜 퀸카 교련이. 그런데 난 보혁이랑 어울리지 않아. 보혁이네 집에 갈 것을 생각하니 자꾸만 내가 작아져 보이고 긴장되어서 다른 커플들이 어울리나 안 어울리나 그런 것만 판단하고 있었다. 신규 녀석이 또 시비(?)를 건다.

"야~ 암소. 이제 기분은 어때? 어제 보혁이랑 화해는 했냐? 솔직히 말해 봐~ 너 어제 보혁이랑 싸워서 그런 거지?"

대꾸할 가치가 있는지 모르겠네. 하지만 씹었다간 또 난리를 칠 테니 다소 귀찮더라도 대답을 해주는 게 낫다고 판단된다.

"그런 거 아니야. 어젠 몸이 좀 안 좋았어~"

"ㅋㅋ 아~ 알았다~ 너 그날이구나? ㅋㅑㅋㅑㅋㅑ."

——;; 그날이라니……. 그날이라니!! 남자 놈 입에서 아무렇지도 않게 나올 소리냐고!! 니놈이 그날의 고통을 알아? 아랫배 아프고 허리가 끊어질 것 같은 고통과 화장실 갈 때마다 고통스러운 그날을 아냐고!! 아~ 이렇게 말할 수 있게 용기 보충제라는 게 있었으면 당장 사서 먹을 텐데……. 힘없는 대답으로 대신했다.

"그, 그런 거 아니야. 몸살 기운이 좀 있어서……."

내 말을 듣고 교련이가 내 이마를 얼른 짚어보더니,

"어머, 아랑아. 너 열이 있는 것 같은데? 은근히 열나잖아~ 봐봐~ 내 이마랑 비교해 봐."

교련이가 자신의 이마를 가리키며 만져 보라고 하기에 교련이의 이마를 쳐다보게 됐다. 어쩜 교련이는 이마도 저렇게 매끈하고 예쁠까? 이마에 여드름 한두 개는 있을 법한데 여드름은커녕 흔적조차 없다. 교련이는 보혁이와도 어울릴 텐데……. 아~ 자꾸 이런 생각이 드는 건 왜일까? 보혁이네 부모님이 날 마음에 들어하실 리가 없는데… 어차피 결혼 상대로 소개할 것도 아니고 그냥 여자 친구라고 간단히 소개를 하려는 모양인데… 하루 종일 정말 긴장의 연속이다. 천우를 못 본 지 하루밖에 지나지 않았는데 그 녀석의 웃는 얼굴이 보고 싶다. 이렇게 긴장되고 왠지 불안할 때는 천우 녀석 웃는 모습을 보고 있으면 괜찮아질 것 같은데. 천우 어머님의 병세는 괜찮은 건지……. 한번 찾아가 볼까? 아, 아니야. 내가 무슨 자격으로. 하지만 친구니까 찾아가 보는 것도 나쁘진 않을… 아니야. 천우 어머니 아프다는 거 난 모르는 줄 아는걸? 후… 천우야, 빨리 와서 내 상담원이 되어주라.

　1교시 수업이 막 시작될 때쯤 신규 녀석이 아쉽다는 듯 투덜대며 돌아가고 보혁이의 은빛 머리칼이 보였다. 보혁인 천천히 내 옆 자리로 다가와 앉는다. 난 조심스럽게 아침 인사를 건넸다.

　"…잘 잤어? 조, 좋은 아침이야."

　내 아침 인사를 들은 건 보혁이만이 아니었나 보다. 미주가 나를 양껏 노려보고 있었으니. ——;; 도희의 모습은 오늘 보이지 않는다. 어제 일 때문에 수업 안 들어오고 바로 집에 가버린 걸까? 긴장의 연속이라 수업은 제대로 귀에 들어오지 않았다. 그러고 보니 입학한 첫날부터 제대로 된 수업을 받아보지도 못한 것 같다. 그런 생각에 열심히 내 학비를 벌고 있는 아빠께 죄송하단 생각도 스쳤다. 보혁이는 가만히 나를 쳐다보더니 피식 웃어버린다. 그러더니 내가 펼쳐 놓은 교과서 위에 아무런 펜도 쥐지 않고 투명하게 글씨를 쓴다. 내가 해석하기엔,

2시까지 혁이한테 와.

이지 싶다. 나는 손가락을 V 모양으로 펴면서 눈을 크게 뜨고 입을 살짝 벌렸다. 그랬더니 보혁이는 이내 씨익 웃으며 고개를 끄덕인다. 2시까지 최대한 꽃단장을 하고 보혁이 부모님을 뵈러 갈 준비를 해야겠구나. 수업 시간은 오늘따라 물 흐르듯 빠르게 흘러버렸다. 보혁이는 수업을 마치자마자 한마디 하고는 먼저 교실을 나가버렸다.

"이따 보자, 울보."

마지막에 울보란 말은 좀……. ㅜㅜ 교련이가 떡볶이 먹으러 가자는 걸 적당히 둘러대 사양했다. 서둘러 기숙사 방으로 돌아왔다. 교복에서 사복으로 갈아입으려 하는데 옷이 마땅치 않다. 문득 보혁이가 사준 옷이 떠올랐다. 한번 더 저 고급스러운 옷에 내 천한 모습을 감추기로 마음먹고 옷을 갈아입은 후 살짝 화장을 했다. 서툰 화장이지만 나름대로 열심히 치장을 해보았다. 엄마가 사준 별 핀을 머리에 예쁘게 꽂고 거울을 보며 긴장되는 숨을 크게 몰아쉬었다. 때마침 노크 소리가 들려왔다.

똑똑똑!

누구지? 신규나 보혁이라면 방에 들어올 때 노크할 리가 없는데.

가만히 방문을 열었다. 순간 무언가 딱딱한 물체가 내 머리를 내려치나 싶더니 이내 의식을 잃고야 말았다.

한참 후 눈을 떴을 땐 비릿한 냄새가 코를 자극했다. 생선이 있는 것도 아닌데 무슨 비린내지? 가만히 간질거리며 내 뺨 위에 흐르는 피를 거울이 없어도 볼 수 있었다. 피를 보자 정신이 번쩍 들어 주변을 둘러보니 학교 옥상이다. 미주 패거리들이 저마다 커다란 몽둥이를 하나씩 들고 자기 손바닥에 장난치듯 탁탁 내려치며 내가 깨어나기만을 기다리고 있었다. 놀랍게도 그 패거리 중에는 도희도 있었다. 앙칼진 미주의 목소리가 먼저 들려왔다.

"아아~ 이거 초대하는 방법이 좀 거칠었나? ㅋㅋ 어딜 가려고 그렇게 치장을 했어? 옷은 고급 브랜드 입었더라~ 어디서 훔쳤니?"

너무 놀랍고 무서워서 입술이 바들바들 떨렸다. 그런 내 꼴이 우스웠는지 다른 여자애들도 깔깔대고 있다. 그사이에 도희는 말없이 나를 쳐다보고 있다. 미주의 말이 이어졌다.

"너 보혁이한테 치근덕대는 게 보통이 아니던데? 어떻게 꼬셨니? 몸이라도 던졌어? 하긴~ 보혁이가 그런 거에 넘어갈 애도 아닌데 정말 신기해. 어떻게 너 따위 애를… 생각할수록 열받아!! 너 오늘 딱 걸렸어!! 오늘 한번 죽어봐라. 저번엔 천우나 신규가 도와줬지만 천우도 며칠 학교 안 나오는 거 알고 신규도 관여 안 할 테니 넌 이제 제삿날이야! 알아? 얘들아, 시작해! 패다가 죽을 것 같으면 잠시 쉬자. 알았지?"

미주의 말이 떨어지기가 무섭게 잔뜩 웅크린 내 등을 딱딱한 물체가 계속해서 날 구타했다. 죽을 만큼 아프다는 게 어떤 건지 실감할 수 있었다. 찢어진 이마에선 계속해서 비릿한 피가 흐르고 등뼈가 부러질 것만 같았다. 점점 등도, 머리도 그 어디도 감각을 잃어가고 있었다. 그저 머리 속엔 보혁이와의 약속 시간만이 떠오를 뿐이었다. 2시까지… 혁이한테… 가야 되는데… 2시까지… 혁이한테……. 이내 힘없이 쓰러지자 미주가 내 머리채를 잡아 올린다.

"야야~ 이것 가지고 쓰러지면 재미없지~ 좀 버텨보란 말이야!!"

짝!!

미주의 매운 손이 이미 피로 범벅이 된 내 볼을 강타했다. 내 고개가 옆으로 젖혀진 순간 머리에 소중히 꽂은 엄마의 별 핀이 바닥으로 떨어졌다. 이미 피범벅이 되어버린 얼굴에 손가락 하나 움직일 수 없는 고통… 그리고 두려움. 점점 초점을 잃어가는 눈에도 엄마의 별 핀만은 또렷하게 보였다. 바닥을 기어 별 핀을 주우려는 순간,

와작!

누군가 엄마의 소중한 별 핀을 발로 밟아버렸다. 이렇게까지 맞으면서도 눈물은 떨어지지 않는데… 죽을 만큼 아프고 고통스러웠지만 마음만은 이 애들한테 지지 않을 거라고 울지 않았는데… 엄마의 별 핀이… 엄마의 목숨과 교환한 내 소중한 별 핀이 그렇게 내 눈앞에서 내 손에 닿지도 못한 채 처참히 아작이 나버렸다. 별 핀을 밟고 발을 비틀어댄다. 저러다간… 저러다간 별 핀이 가루가 되어버리겠어. 내 핀……. 엄마ㅡ 엄미~ 혼신의 힘을 다해 손을 뻗어 누군지 모를 그 아이의 발 밑으로 집어넣었다.

"어… 엄마…… 어… 엄마……."

"야~ 이년 뭐라고 지껄이는 거야? 미친 거 아냐?"

모두들 깔깔대고 웃어댄다. 아작이 난 별 핀에 손가락이 살짝 닿는 순간, 손가락에 감각이 없을 정도의 고통이 밀려왔다. 내 손은 엄마의 소중한 별 핀과 함께 처참히 밟히고 있었다. 그리고 귓가에 흘러들어오는 앙칼진 미주의 목소리.

"도희야~ 그만 밟아. 그러다 손가락 부러지겠어. ㅋㅋ"

ㅜ.ㅜ 도희가… 도희가 내 엄마의 소중한 별 핀을……. 엄마의 소중한 별 핀은 그렇게 내 손에 쥐어지지도 못한 채, 두 번 다시는 예쁜 모습으로 돌아갈 수도 없게 산산조각나 버렸다. 이마 위로 흐르는 피 때문에 더 이상 반짝일 수 없는 별 핀이 흐릿하게 보여진다. 귓가에 앙칼진 미주와 미주 패거리의 웃음소리가 맴돈다. 내 별 핀을 밟은 도희의 발이 떼어졌을 때, 이미 내 손가락은 조금도 움직일 수 없는 상태였다. 도희의 차가운 음성이 뇌리에 꽂혔다.

"어머, 내 발 밑에 손이 있었네? 미안~ 실수로 밟았어. 근데 저 꼬질꼬질한 핀은 뭐야? 산산조각이 나버렸네. 내가 시장 가서 하나 사다줄게. 호호호호~"

바닥에 핏덩어리로 쓰러진 채 겨우 도희를 올려다보는데 흐르는 내 피에 가려 눈을 뜨기조차 힘든 상황이었다. 이미 온몸에 감각이 사라져 고통을 느낄 수도 없었다. 그 상황에서 천천히 입을 열어 겨우 용기내어 한마디 했다.

"…너… 너희들은… 어… 엄마도… 엄마도… 어… 없니……."

겨우 입을 떼는 동안 이마에서부터 흐르는 피가 입 안으로 들어온다. 순간 앙칼진 미주의 목소리가 들려왔다.

"어머~ 징그러워라. 저러다 죽는 건 아닌가 몰라~ 몇 대 맞았다고 저러니? 쩝."

거울이 있어 내 얼굴을 봤다면 나는 기절했을 것이다. 얼굴은 온통 피로 덮여 있었고 쓰러진 채 손가락 하나 까닥할 수 없는 상황이었다. 그런데도 정말 지독한 건 미주 패거리는 눈썹 하나 까닥하지 않는다는 거다. 도대체… 도대체 이 아이들은 얼마나 무서운 아이들인 걸까. 어쩌면 내가 출혈이 심해 이대로 죽을지도 모르는데 어쩜 저렇게 태연하게 날 비웃을 수 있는 걸까. 엄마……. ㅜㅜ 미안해, 엄마. 지켜주지 못해서… 미안해. 그렇게 의식을 잃어가는데 미주 패거리의 말이 희미하게 귓가에 울렸다.

"뭐야? 기절해 버리네. 근데 피를 좀 많이 흘리는 것 같지 않니? 얼굴이 아주 피범벅이다, 야~ 얼굴은 뺨 한 대 때렸는데 왜 저러지?"

그러자 잠시 머뭇거리던 도희의 목소리도 들려왔다.

"아… 아까 잠깐 손봐준다고 나도 한 대 때렸는데 모르고 머리를 좀 심하게 가격했어. 설마 많이 다치진 않았겠지?"

그러자 놀란 미주의 목소리가 들려온다.

"뭐? 도희야, 머리를 때렸어? 그, 그럼 곤란하지~ 우리도 일부러 머리는 안 때리는데 …. 질못하면 죽는다구! 그래서 저렇게 피가 많이 흐르는구나. 어, 어떡하지?"

"설마 죽기야 하겠어? 우리 그만 내려가자. 다른 사람 보기 전에."

"그래. 얼른 내려가자, 얘들아. 아차, 그리고 소아랑, 너! 이번 일 보혁이나 천우나 신규한테 꼬질렀다간 진짜 사망일 줄 알아! 알았어?"

마지막까지 내 배를 힘껏 차고 내려가는 그들. 죽을 것같이 아픈 고통 속에서도 머리 속에 맴도는 건 엄마의 얼굴과… 혁이에게 기대서서 나를 기다리고 있을 보혁이의 모습이었다. 누가… 누가 나 좀… 도와줘……. 그렇게 추운 옥상 바닥에 나는 핏덩어리가 되어 쓰러져 있었다. 그리고 나는 다시 의식을 찾을 때까지 아무에게도 발견되지 못했다.

내가 눈을 떴을 땐 이미 어둠이 가득 드리워져 있었고 여전히 나는 옥상 바닥 그 자리에 차갑게 쓰러져 있었다. 지, 지금이… 몇 시지? 가까스로 손을 움직여 보려 애를 썼지만, 손가락을 꿈틀대는 것조차 고통스럽다. 내 옆에 나가떨어진 휴대폰이 시야에 잡혔다. 조금만… 조금만 뻗으면 휴대폰이 손에 잡힌다. 조금만… 힘내, 소아랑. 조금만……. 겨우 손에 닿은 내 휴대폰. 땅에 떨어지면서 폴더가 열려 있었나 보다. 살짝 건드리자 휴대폰의 불이 환하게 들어왔다. 부재중 통화가 무려 50통이 넘게 들어와 있었다. 반은 보혁이, 또 반은 천우였다. 숨을 쉬는 것조차 힘들다. 온몸이 고통스러웠고, 마르지 않는 피는 계속 내 얼굴을 뒤덮고 있었다. 거의 초점없는 눈으로 겨우 휴대폰을 통해 알아낸 시간은… 밤 11시였다. 미안해, 보혁아. 내가 약속을 어겼어. 2시까지 혁이 앞에서 만나기로 했으면서… 내가 어겼어. 저번에 니가 8시간을 늦게 왔던 적 있었지? 나 참 많이 기다렸었는데… 그랬는데… 이번엔 내가 무려 9시간을 늦고 있구나. 그런데 어쩌지, 보혁아? 지금이라도… 당장 가고 싶은데… 몸이… 몸이 움직이질 않아. ㅜㅜ 보혁아… 흐윽! 눈물이 피와 섞여 고통을 더해갔다. 엄지손가락에 최대한 모든 힘을 실어 통화 버튼을 눌렀다. 피 때문에 몇 번이나 미끄러지는 손으로 겨우 통화 버튼을 눌렀다. 누구든… 누구든 받아줘. 보혁이든… 천우든… 누구든……. 제발! ㅜㅜ 목소리가 나올지 모르겠다. 목이 막히고 너무 고통스러워서 말하는 게 힘들다. 신호가 가고 내 휴대폰에서 들려온 목소리는… 천우였다.

[여보세요?]

천우야… 천우야, 나 아랑이야. 도와줘. 도와줘, 천우야. 말을 해야 하는데… 도와달라고 말을 하고 싶은데… 어째서 목소리가 안 나오는 거지? 천우야, 나 아랑이야. 나… 아랑이라구…….

[여보세요? 말씀하세요.]

"…으……."

천우야. ㅜㅜ 도와줘. 도와줘, 제발…….

[이거 뭐야? 암소? 니 번호 아니야? 소아랑! 듣고 있어? 이봐~ 무슨 일 있어? 왜 말을 안 해? 너 또 울고 있는 거야? 말을 해. 무슨 일로 전화했어? 응?]

도와줘. 너무 아파, 천우야. 손가락 하나… 움직이는 것도 너무 힘들어. 도와줘, 제발……. 목소리가 입 안에서만 맴돌 뿐 도저히 나오지 않는다.

[야, 암소! 뭐 해! 말을 하래두! 왜 전화를 해놓고 말을 안 하는 건데? 어? 무슨 일이야? 내가 지금 갈까? 어딘데? 학교야? 어?]

응, 학교야. 천우야, 학교 옥상이야. 도와줘. 너무 아파, 천우야. 너무 아파. 보혁이한테도 미안해. 너무 미안해. 천우야… 도와줘……

[야, 암소!! 어디냐구! 무슨 일이야? 어? 보혁이랑 싸웠어? 그런 거야? 내가 보혁이한테 연락해서 풀어줄 테니까 자초지종을 설명해봐. 왜 전화해놓고 말을 안 해!! 전화기 고장났어? 여보세요? 여보세요? 내 말 들려? 암소!!]

천우의 애타는 목소리에 목이 메어왔다. 침착해, 소아랑. 침착하고 천천히… 천천히… 말을 하는 거야. 그래, 심호흡을 하고 한마디씩… 한마디씩 천천히…….

"…천… 우……. 처… 처… 으읍! 천… 도… 도와……. 천우… 야, 도… 도… 와… 읍!"

[야, 뭐라는 거야! 너 왜 그래? 무슨 일이야? 거기 어디야? 지금 어디냐구! 와, 미치겠네!]

"도… 도와… 도와… 줘……. 허헉!!"

[너, 너 왜 그래! 너 무슨 일이야! 지금 어디야! 지금 어디냐구!!]

"오… 오… 옥… 옥… 사… 옥… 사……."

[뭐? 옥사?? 옥사가 뭐야, 옥사가! 암소! 천천히! 천천히 침착하게! 천천히 말해도 되니까 다시 한 번 천천히 말해 봐! 당장 달려갈게. 그러니까 걱정 말고 천천히 다시 말해 봐, 어서!]

"하… 하… 학교… 오… 오… 옥사……."

[뭐? 학교 옥사? 학교 옥사?? 학교… 학교… 옥상!! 학교 옥상이라
구?? 맞아?? 학교 옥상이야? 어??]

"으… 으… 응……. 으윽!"

[조금만 기다려. 당장 달려갈 테니까!!]

뚝!

그렇게 끊긴 전화를 보면서 얼마나 안심이 되는지. 천천히 몸에 고
통이 밀려오고 있었다. 그, 그렇지……. 보혁이한테도 전화를 해야
하는데… 손가락에… 힘이 없어……. 손가락에… 힘이……. 하지만
이렇게 피범벅이 된 모습을 보혁이한테 보일 바에야 천우가… 천우
가 나을지도 몰라. 온몸에 죽을 것 같은 고통을 느끼면서 숨을 쉬는
게 힘들어지고 있었다.

얼마나 시간이 흘렀을까. 거칠게 옥상 문이 열리는 소리가 들린다.

쾅!!

옥상 문이 너무 세게 열려서 벽에 부딪쳐 쾅쾅 소리를 내고 피에
가려져 자세히 보이진 않지만… 거칠게 숨을 몰아쉬며 나를 보는 천
우가 어렴풋이 시야에 잡혔다.

"암소!! 이… 이게 뭐야? 너 왜 그래? 누가 이랬어? 누구 짓이야!!
다 죽여 버리겠어!!"

"…처… 천……. 으… 나… 아… 아파……. 아… 아… 파."

"이제 걱정 마, 내가 있으니까. 대체 신보혁 그 자식은 뭐 하고 있
는 기야!! 옆에서 돌보지 않고 어딜 간 거냐고! 만나면 가만 안 둬!"

천우는 흥분한 듯하지만 천천히 조심스럽게 나를 안아 올린다. 몸

이 움직일 때마다 고통스러워 신음 소리를 내야 했다. 막 옥상을 나가려는 천우를 겨우 멈추게 했다.

"자… 자… 잠까… 잠깐… 마……."

"왜 그래! 지금 빨리 병원으로 가야 한다구!"

"어… 엄… 마… 엄마……."

"뭐? 무슨 소릴 하는 거야. 지금 엄마가 어딨다고 그래! 어서 병원으로 가자!"

"어… 엄마… 피… 핀……. 엄마… 핀……."

"뭐? 엄마 핀?? 그게 뭔데! 지금 그게 문제가 아니잖아! 어서 가자!"

그렇게 말하며 옥상을 내려가려고 한다. 안 돼, 천우야. 엄마의 핀을 저대로 두고 갈 수 없어. ㅜㅜ 눈물이 두두둑 떨어져 내렸다. 천우는 순간 멈칫하며 문을 나가려다 말고 내가 쓰러진 자리 주변을 둘러본다. 그러더니 산산조각난 엄마의 핀을 발견한다.

"이게 뭐야? 이거 니가 꽂고 다니던 핀 아니야?"

더 이상 대답할 힘도, 눈을 깜박일 힘도 없다. 그저 온몸을 휘감고 있는 죽을 것 같은 아픔의 고통만이 느껴질 뿐이다. 천우는 조심스럽게 산산조각난 핀을 모아 담아 주머니에 넣고는 나를 안은 채 조심스럽게 달린다. 그 후로는 의식을 잃었으므로 어떻게 병원까지 옮겨지게 되었는지는 모르겠다.

눈을 뜨자 난 환자복을 입고 있었다. 하얀 붕대를 이마에 감고 군데군데 상처가 심하게 나서 약을 발라 번질거리는 얼굴을 하고 있었

다. 그런 내 옆에서 천우가 내 손을 꼭 잡은 채 나를 지켜보고 있었
다. 내가 눈을 뜨자 천우는 반가운 듯 말을 꺼낸다.

"괜찮아? 어? 정신이 들어?"

"…처… 천우야……."

"후, 다행이다. 난 니가 죽는 줄만 알았잖아!"

"미안해……. 미안해, 천우야……."

"근데 어떻게 된 거야? 대체 왜 그 지경으로 옥상에 쓰러져 있었
어? 누구 짓이야? 바른대로 말해."

순식간에 눈빛이 싸늘해지는 천우… 너무 무서웠다.

"…그냥… 그냥……."

"그냥? 그냥이 어딨어? 대체 신보혁 그 자식은 니가 그 지경이 되
도록 뭐하고 있는 거야!"

"…화… 화내지 마……."

"화가 안 나게 생겼냐고! 우선 말해. 널 이 지경으로 만든 사람이
누구야. 어? 누구냐고!!"

아무 대답도 할 수가 없다. 어떻게 말하니……. 날 이 지경으로 만
들고 엄마의 별 핀까지 망가뜨린 사람이… 너희의 소중한 친구였고,
또 보혁이가 그렇게 사랑했던 도희라고… 난 죽어도 말 못해. 그저
눈물로 대답을 대신했다.

"울지 마. 제발 울지 좀 마!! 혹시… 도희야? 그래?"

난 살짝 놀란 눈으로 천우를 쳐다보다 이내 얼른 천우의 시선을 피
해 버렸다.

"도희… 구나. 그렇지? 도희지?"

벌떡 일어나더니 병실을 나가려는 천우.

"잠깐만! 천우야……. ㅜㅜ 가지 마……. 그러지 마. 가서 도희한테 뭐라고 하지 마……. 제발 부탁이야……."

"니가 이 지경이 됐는데 내버려 두라고? 난 절대 그렇게 못해! 신보혁 그 자식은 뭐가 그렇게 천하태평인지 몰라도 난 그냥 못 넘어가! 가서… 똑같이 만들어주겠어! 아니, 그 이상으로 만들어주겠다구!"

"안 돼, 천우야. 제발 그러지 마. 그러지 마, 천우야……. 너도 똑같이 그러면… 도희랑 똑같은 애밖에 안 되잖아, 응? 그러니까 제발 그러지 마. 난 천우 니가 도희랑 똑같은 애 되는 게 싫어. 응? 천우야……. ㅜㅜ 흐윽!"

눈물만이 하염없이 흐르고……. 천우는 그 자리에 잠시 멍하니 서 있다. 하지만 이내 입을 열어 이어지는 천우의 말이 내 마음을 너무나 아프고 혼란스럽게 했다.

"난 도희랑 똑같은 애 되어도 괜찮아. 하지만 보혁이는 안 되잖아. 보혁이는 도희랑 똑같은 애가 되면 안 되는 거잖아. 보혁이 대신에 내가… 내가 나빠지는 거라고 생각해. 알았지? 난… 절대 용서 못해. 널 이 지경으로 만들어놓은 인간들… 다 아작을 내버릴 거야. 두고 봐."

병실 문을 쾅 닫고 나가 버리는 천우. 불안하고 떨리는 마음뿐이다. 눈물만 하염없이 흘러내렸다. 온몸이 아프고 욱신거리지만 천우의 슬프고 살기 어린 눈빛에 온몸에 소름이 끼쳤다.

*

천우는 병원을 나오자마자 하늘비에 급하게 시동을 걸어 빠른 질
주를 한다. 신호도 모두 무시하고 마구 질주하는 천우. 그러다 그만
하늘비에 기름이 바닥나고… 시동이 꺼진 하늘비를 아무리 달리게
하려고 애를 써도 하늘비는 멈춰서 갈 줄을 모른다. 결국 하늘비에서
내려선 천우.

"이런 빌어먹을!! 하늘비, 너 이럴 거야? 왜 하필 이럴 때 밥타령이
야!! 이 근처엔 주유소도 없다구!! 제기랄!"

천우는 그대로 하늘비를 도로 옆에 세워두고 달리기 시작한다.

"가만 안 둬. 진도희… 가만 안 둬!!"

씩씩대면서 빠른 속도로 달려나가는 천우. 조금만 가면 학교에 도
달한다. 마구 달리는 천우.

학교 근처에 도달했을 때 혁이에 기댄 채 담배를 물고 있는 보혁이
가 보인다. 가쁜 숨을 몰아쉬며 보혁이를 노려보는 천우. 보혁이도
이내 천우의 모습을 발견하고는…

"성천우? 너 이 시간에 여긴 웬일이야? 어머님은……."

순식간에 보혁이에게 달려들어 멱살을 잡는 천우.

"신보혁, 이 자식! 너 대체 뭐 하는 새끼야! 뭐 하는 새끼냐고!!"

영문을 모른 채 물고 있던 담배를 떨어뜨리고 천우에게 되묻는다.

"뭐야? 너… 왜 이래? 무슨 일이야? 놓고 말해."

"뭐라고? 왜 이러냐고? 내가 너 그러라고 암소를 고이 너한테 보내준 줄 알아? 제 여자 제대로 지킬 줄도 모르는 병신 같은 자식아! 너 같은 놈한테 또 한 번 좋아하는 여자를 포기한 건 정말 내 최대 실수야!! 알아, 이 나쁜 자식아!!"

보혁이의 눈빛도 이내 싸늘하게 변하고 멱살을 잡고 있는 천우의 손을 쳐낸다.

탁!

"이거 놓고 자초지종을 설명해."

"닥쳐! 너 같은 놈하고 말하기 싫어. 방금 니 멱살에 손대서 내 손이 썩을까 걱정된다, 자식아! 그렇게 궁금하면 해성 병원 301호에 가봐라! 니 여자 친구 거기 누워 계신다! 병신 같은 놈."

순간 차갑게 내뱉는 보혁이의 아주 낮은 음성.

"…그게… 무슨 소리야?"

말없이 보혁이를 노려보고 학교로 달려들어 가는 천우. 보혁이는 천우를 쫓아가려다 말고 혁이를 시동 건다. 그리고는 해성 병원으로 빠르게 질주한다.

반면 학교 안으로 들어서자마자 천우는 기숙사를 포함해 학교 전체를 샅샅이 뒤지기 시작한다.

"그런 짓을 저질러 놓고 토요일이라고 마음 편히 집에 갔을 리가 없어. 분명 어딘가에 숨어 있을 거야. 찾는 즉시 아작을 내버리겠어!"

천우는 무시무시한 눈빛으로 학교 구석구석을 뒤지고 다닌다. 그러다 학교 건물 뒤쪽 소각로에 옹기종기 모여 앉아 담배를 피우고 있는 2학년 남자 일진들을 발견한다. 그쪽에서도 천우를 본 모양이다.

"어? 이게 누구신가? 1학년 후배님 성천우 군? 하하! 토요일인데 집에 안 갔나?"

2학년 선배의 말이 끝나기 무섭게 천우는 무시무시한 눈빛으로 선배를 쳐다보며 말한다.

"선배… 혹시 진도희라는 1학년 여자애 못 봤습니까?"

"아니~ 난 못 봤는데?? 왜? 니 깔이야? 근데 왜 그렇게 눈에 힘을 주고 있냐?"

선배의 말을 무시하고 천우가 막 지나치려고 하는데 담배를 물고 있던 다른 한 선배가 천우의 걸음을 멈추게 했다.

"진도희? 혹시 1학년 퀸카 진도희??"

천우는 잠시 머뭇거리다 대답한다.

"혹시… 보셨습니까?"

그러자 그 선배가 말을 잇는다.

"그 여자애라면 아까 1학년 여자 일진들이랑 학교 2동 건물 창고에 있던데? 뭘 하는지 창고 문을 걸어잠그고… 선배인 내가 열라는데도 문을 안 열더라구. 여자들끼리 모여서 술이라도 먹나 부지 뭐. 쩝."

그 선배의 말이 떨어지기가 무섭게 천우는 2동 건물 창고가 있는 쪽으로 달린다. 그 추운 날씨에도 천우의 이마에는 뜨거운 땀이 송골송골 맺혀 떨어진다.

이내 2동 창고 앞에 도착한 천우. 창고 문이 부서져라 두드린다.

쾅쾅쾅쾅—!! 쾅쾅쾅쾅—!!

"문 열어!! 지금 당장 문 열어!! 안에 있는 거 다 알아! 진도희!! 이 문 당장 열어!!"

잠시 안에서 웅성거리는 소리가 들리더니 이내 침묵이 흐른다. 천우의 눈빛은 이미 살기가 돋을 대로 돋아 있었다.

쾅쾅쾅—!! 쾅쾅쾅쾅—!!

손에 피멍이 들도록 문을 두드리는 천우. 금방이라도 주먹이 터져버릴 것처럼 부어오르는데도 계속 두드린다.

"이 문 안 열어? 내가 무슨 짓을 해서라도 이 문을 열었을 때, 너들은 다 죽는다!! 당장 문 열어!!"

천우의 말에도 꿈쩍하지 않자 천우는 문에 발길질을 해댄다.

쾅쾅—!! 쾅쾅쾅쾅—!!

"좋아… 문을 안 열겠다 이거지? 만약에 내가 이 문을 부수고 들어가면 안에 있는 너희들은 내가 자퇴 쓰는 한이 있어도 목숨을 끊어놓겠다!! 나 지금 농담하는 거 아니다!! 셋 셀 동안 문 열어. 셋! 둘! 하나!"

삐그덕 소리를 내며 창고의 철문이 조심스럽게 열렸다. 천천히 열리는 창고 문이 답답했는지 천우는 발로 문을 확 걷어찬다.

퍽—!!

덕분에 문을 열고 있던 1학년 미주 패거리 중 한 명이 문에 밀려 구석으로 나가떨어졌고 미주를 포함한 창고에 있던 여자애들은 겁에 질린 표정으로 천우를 바라보고 있었다. 구석에 담담한 표정으로 천우를 바라보는 도희도 있었다. 천우의 두 주먹에서는 피가 뚝뚝… 떨어졌다. 창고 문고리를 심하게 두드린 탓에 주먹이 터져 버린 것이다. 그런 주먹을 불끈 쥐고는 눈에서 살기를 내뿜으며 입을 열었다.

"…너희들… 전부 다 죽고 싶어? 죽고 싶냐고!!"

그리자 겁에 질린 미주기 눈물을 뚝뚝 흘리며 입을 연다.

"자, 잘못했어, 천우야… 한 번만 용서해 줘……. 우리… 우리는 그냥… 조, 조금 겁을 주려고……. 소아랑 그 기집애가… 아, 아니, 아랑이가 조금 튀려고 하길래 우린……."

퍽!!

천우는 창고 옆에 쌓여 있던 굵직한 나무를 들어 바닥에 내동댕이쳐 아작을 내더니…

"미주, 넌 닥쳐. 진도희… 너 이제 천박한 짓만 골라서 하는구나. 가만 안 두겠어."

성큼성큼—

구석에 자리 잡은 도희에게로 성큼성큼 다가가더니,

덥석!

멱살을 잡아 올린다. 놀란 미주 패거리들은 눈물을 흘리면서 그저 천우의 행동을 지켜보고 있다. 멱살을 잡힌 도희는 아주 앙칼진 눈으로 천우를 노려보면서 조금도 주눅 들지 않는 기세로 말한다.

"그래, 한번 때려봐! 어디 때려봐! 니가 날 때릴 수 있을까? 과연 니가 날 때릴 수 있을까?"

천우의 손이 부들부들 떨리고 있었다. 도희는 천우를 똑바로 쳐다

보면서 아무런 느낌 없는 표정으로 뻔뻔하게 말을 이어갔다.

"천우, 넌 절대로 날 못 때려. 이 멱살도 곧 놔주게 될 거야. 잠시 화가 나서 이러는 것뿐이지 넌 절대 날 못 때리잖아. 안 그래? 호호~"

천우의 두 주먹이 더 꽉 쥐어졌다. 하지만 선뜻 도희를 때리기는 망설여지는 모양이다. 그런 천우의 마음을 다 안다는 듯 도희가 계속해서 입을 열었다.

"천우야~ 진정하고 내 말 들어. 소아랑 그 기집애는 맛 좀 봐야 된다니까~ 지가 뭐가 볼 게 있다고 보혁이한테 집적대? 안 그래? 지가 가진 게 있어~ 이쁘기를 해? 너도 이제 그 기집애 그만 감싸~ 천하게 놀지 말자구. 우리~ 그런 애를 자꾸 감싸고 돌면 천우 너도 천해질 거야~ 안 그래?"

짝!!

좁은 창고 안에서 손과 볼이 맞다는 소리는 크게 울려 퍼졌다. 천우에게 뺨을 맞은 도희는 그대로 바닥에 쓰러진다. 모두들 놀라 입을 다물지 못하고 도희는 맞은 뺨을 어루만지며 바닥에 주저앉은 채 천우를 노려본다.

"너… 너… 너 나 때렸어. 너… 너 나 때렸지!"

천우는 그런 도희에게 아무 감정 섞이지 않는 냉정한 말투로 말한다.

"…일어나. 일어나, 진도희."

도희는 잔뜩 화가 난 듯 자리를 털고 일어나더니 천우에게 손바닥을 날린다.

탁! 짝!!

두 번의 둔탁한 소리가 난다. 천우에게 날린 도희의 손바닥은 잡히고, 천우가 다시 한 번 도희의 뺨을 때린 소리였다. 손이 잡혀 있는 채로 맞았기에 비닥에 쓰러지지도 못한 채 고개만 돌아간 도희. 빨갛게 볼이 부어올랐다. 도희의 입 안에서는 피가 터졌다. 한참 고개가 돌아간 채로 있더니 천우를 확 노려본다.

짝!!

도희가 천우를 쳐다보기가 무섭게 또 한 번 천우는 도희를 가격했다. 도희는 겁을 먹었는지 다시 천우를 쳐다보지 못한 채 맞은 그대로 고개를 돌리고 있었다. 그런 도희의 손목을 꽉 잡고 있던 천우, 이내 놓아주더니 천천히 입을 연다.

"…내가 널 못 때린다고? 천만에! 지금 같아선 니가 남자가 아니더라도 밟아 죽이고 싶을 정도야! 넌 겨우 뺨 세 대 맞고 분하다는 듯 눈물 흘리지만 아랑이는… 그렇게 맞고도 니가 상처받을 것을 더 걱정했어. 천하게 논다고? 진짜 추하고 덜떨어진 게 누군지 잘 생각해 봐. 몸이 더럽혀져서 더럽다는 욕을 먹는 사람보다, 난 너 같은 애가 더 더러워서 치가 떨려. 알겠어? 더럽고 추하고 천한 건… 바로 진도희, 너야!"

도희는 닭똥 같은 눈물을 뚝뚝 흘리더니 이내 스르르 주저앉아 버린다. 미주 패거리들은 잔뜩 움츠러들고 있었다. 천우는 천천히 주위를 둘러보더니…

"…일일이 다 때리면 내 손이 더러워질 것 같아. 너희들 스스로 뺨을 내려쳐. 만약에 조금이라도 살살 때린다 싶으면 내가 때려주지. 죽고 싶지 않으면 어서 자해해!"

미주 패거리들은 조금 망설이더니 스스로 자기 뺨을 있는 힘껏 내려친다.

짝! 짝! 짝—!! 짝—!! 짝—!!

계속해서 뺨 때리는 소리가 창고 안을 울리고… 도희의 흐느낌 소리도 계속 이어졌다. 천우는 그 모습을 한참 지켜보다가 천천히 창고 밖으로 나온다. 그리고 서둘러 병원으로 돌아온다.

'소아랑… 나도 어쩔 수 없는 놈인가 보다. 너 아픈 거 보고 복수하려고 한걸음에 달려왔는데… 그래도 보혁이한테 가버릴 널 생각하면… 내가 지금 뭐 하는 건지……. 하지만 약속했잖아, 널 지켜주겠다고……. 누구도 너에게 상처를 주게 할 수 없어. 알겠어? 이 바보 울보야.'

*

〈2권에 계속…〉